Derek Landy
Skulduggery Pleasant
Das Groteskerium kehrt zurück

DEREK LANDY

SKULDUGGERY PLEASANT

DAS GROTESKERIUM KEHRT ZURÜCK

Aus dem Englischen übersetzt von
Ursula Höfker

www.skulduggery-pleasant.de

Derek Landy, geboren im Oktober 1974, lebt in der Nähe von Dublin. Er kann sich an keine Zeit in seinem Leben erinnern, in der er nicht geschrieben hätte – in der Schule waren es Geschichten, die immer länger und länger wurden, später schrieb er Drehbücher für Horrorfilme. Mit Skulduggery Pleasant ist Derek Landy der Durchbruch auf dem Kinder- und Jugendbuchmarkt gelungen.

FSC
www.fsc.org
MIX
Papier aus ver-
antwortungsvollen
Quellen
FSC® C083411

ISBN 978-3-7855-7363-1
1. Auflage 2011 als Loewe-Taschenbuch
© 2007 by Derek Landy
Die Originalausgabe ist 2007 in Großbritannien bei
HarperCollins *Children's Books,*
a division of HarperCollins *Publishers* Ltd., unter dem Titel
Skulduggery Pleasant – Playing with Fire erschienen.
© für die deutschsprachige Ausgabe 2007
Loewe Verlag GmbH, Bindlach
Aus dem Englischen übersetzt von Ursula Höfker
SKULDUGGERY PLEASANT™ – Derek Landy
S & P Logo™ – HarperCollins *Publishers* Ltd.
Cover illustration © Tom Percival
Cover layout design © HarperCollins *Publishers* Ltd. 2011
All Rights Reserved
Umschlaggestaltung: Christian Keller
Printed in Germany (003)

www.loewe-verlag.de

*Dieses Buch ist meiner Familie gewidmet,
weil die mir sonst noch ewig in den Ohren liegt.*

*Nadine: Warmherzig, freundlich und
rücksichtsvoll – so bin ich eben.*

*Audrey: Das Aufregendste in deinem Leben ist
vermutlich die Tatsache, dass ich dein Bruder bin.*

*Ivan: Mit so nichtssagenden Wörtern wie „brillant",
„genial" und „begnadet" hat man versucht, mich zu
beschreiben, allerdings noch längst nicht oft genug.*

*Falls ihr gedacht habt, ich würde in meiner Widmung
irgendetwas Herzliches oder Aufrichtiges über
euch schreiben, dann gestattet mir, dass ich mal
einen Moment leise lache …*

*Denn die herzliche Aufrichtigkeit bleibt
meiner Nana vorbehalten.*

*Chic, dieses Buch ist auch dir gewidmet.
Für all die Liebe und Unterstützung, die ich über die
Jahre von dir erfahren habe. Ich liebe dich viel mehr als
alle deine anderen Enkelkinder, ich schwör's!*

INHALT

ABHÄNGEN

Walküre Unruh taumelte gegen die Brüstung, verlor das Gleichgewicht und war mit einem entsetzten Keuchen von der Bildfläche verschwunden.

Der Kirchturm ragte hoch und stolz in den Himmel über der Innenstadt von Dublin. Die nächtliche Brise war ziemlich frisch und sie trug lachende Stimmen von unten herauf. Es war ein weiter Weg bis hinunter zur Straße.

Ein Mann in einem zerknitterten Mantel trat an die Brüstung und schaute darüber. Er grinste.

„Das ist eine Beleidigung", sagte er. „Wissen die denn nicht, wie gefährlich ich bin? Ich bin nämlich sehr, sehr gefährlich. Ich bin ein Killer. Ich bin eine Killer*maschine*. Und dann schicken sie dich. Ein *Kind*."

Walküre spürte, dass sie sich nicht mehr lange an dem Sims festklammern konnte. Sie ignorierte die spöttischen Bemerkungen des Mannes, der über ihr stand, und schaute sich nach einer anderen Möglichkeit zum Festhalten um. Ihr Blick wanderte überallhin, nur nicht nach unten. Unten war die Straße und unten war der plötzliche Aufprall nach dem langen Fall. Sie wollte nicht nach unten sehen. Im Moment wollte sie mit *unten* nichts zu tun haben.

„Wie alt bist du?", fragte der Mann. „Dreizehn? Welcher verantwortungsbewusste Erwachsene schickt ein dreizehnjähriges Mädchen los, um mich aufzuhalten? Was denken sich die Leute bloß dabei?"

Walküre schwang sacht zum Turm hin und stellte ihre Füße auf einen kleinen Strebepfeiler. Die Angst breitete sich in ihr aus und sie merkte, wie sie sich verkrampfte. Sie schloss die Augen und versuchte, das lähmende Gefühl niederzukämpfen.

Bei dem Mann handelte es sich um Vaurien Scapegrace, der momentan in fünf Ländern des versuchten Mordes in mehreren Fällen angeklagt war. Er lehnte sich an die Brüstung und lächelte vergnügt.

„Ich mache Mord zu einer ganz neuen Kunstform. Wenn ich – wenn ich *töte*, male ich im Grunde ein riesengroßes Bild mit Blut und ... Innereien. Du verstehst?"

Unter Walküre funkelte die Stadt.

„Ich bin Künstler", fuhr Scapegrace fort. „Nicht alle Menschen sehen das so. Es gibt Menschen, die wahres Talent nicht erkennen, selbst wenn es vor ihnen steht. Das ist schon in Ordnung. Ich bin nicht verbittert. Meine Zeit wird kommen."

„Serpine hat versucht, die Gesichtslosen zurückzuholen", brachte Walküre mit Mühe heraus. Ihre Finger und die Muskeln in ihren Beinen brannten wie Feuer. „Wir haben ihm Einhalt geboten. Wir werden auch dir Einhalt gebieten."

Er lachte. „Wie? Glaubst du etwa, ich will die alten Götter wieder auf der Erde herumspazieren sehen? Glaubst du das wirklich? Denkst du, ich arbeite für Nefarian Serpine? Ich bin keiner von diesen durchgeknallten Anhängern, merk dir das. Ich bin mein eigener Herr."

Walküre hatte eine einzige Chance, aber um sie nutzen zu können, musste sie ruhig werden. Ihre zugegebenermaßen noch begrenzten Kräfte wirkten auf die Elemente, das heißt, sie konnte Feuer, Wasser, Luft und Erde manipulieren. Doch beim derzeitigen Stand ihrer Ausbildung ging, solange sie in Panik war, gar nichts.

„Wenn du nicht willst, dass die Gesichtslosen zurückkommen", sagte sie, „was willst du dann? Warum machst du das hier?"

Er schüttelte den Kopf. „Du verstehst das noch nicht. Das ist nur etwas für Erwachsene. Ich will ganz einfach, dass man mich anerkennt als der, der ich bin. Das ist doch wohl nicht zu viel verlangt, oder? Aber du kannst damit natürlich nichts anfangen. Du bist ja noch ein Kind." Er zuckte die Schultern. „Trotzdem ist es jetzt Zeit zu sterben."

Er beugte sich vor, um sie hinunterzustoßen.

„Hast du schon mal jemanden umgebracht?", fragte sie rasch.

„Was? Hast du nicht gehört, was ich gesagt habe? Dass ich Mord zu einer neuen Kunstform erhoben habe?"

„Aber bis jetzt hast du noch niemanden wirklich umgebracht, oder? Ich habe deine Akte gelesen."

Er machte ein finsteres Gesicht. „Rein technisch gesehen magst du recht haben, ja, vielleicht, aber heute Abend ist es so weit. Mit dir fange ich an."

Sie machte sich bereit, zwang sich, tief und gleichmäßig

zu atmen. „Finde die Stelle, an der alles aufeinandertrifft", murmelte sie.

Scapegrace runzelte die Stirn. „Wie?"

Walküre schwang die Beine nach oben, löste die rechte Hand vom Sims und spürte die Luft an ihrer Handfläche. Sie drückte dagegen, wie sie es gelernt hatte, und die Luft glitzerte und traf Scapegrace mit solcher Wucht, dass es ihm den Boden unter den Füßen wegzog. Walküre krallte sich mit beiden Händen am oberen Rand der Brüstung fest, ihre Beine baumelten in der Luft. Ächzend zog sie sich hoch, warf den linken Arm über die Mauer und hievte sich vollends darüber.

Sie rappelte sich auf, Arme und Beine zitterten noch von der Anstrengung, und machte ein paar Schritte von der Brüstung weg. Der Wind wehte ihr das dunkle Haar ins Gesicht.

Scapegrace stand bereits wieder und sie sah, wie sein Gesicht sich vor Wut verzerrte. Durch ein Fingerschnippen erzeugte sie einen Funken, den sie mit der Hand einfing. Sie versuchte sich zu konzentrieren, ihn zu einer Flamme auflodern zu lassen, doch Scapegrace kam wie eine Dampflok auf sie zu.

Sie sprang hoch und trat ihm mit beiden Beinen vor die Brust. Er stürzte erneut und blieb, alle viere von sich gestreckt, liegen.

Genau in dem Moment, in dem er sich halb aufrichtete und ihr das Gesicht zuwandte, traf ihr Stiefel ihn am Kinn. Er krümmte sich und fiel wieder nach hinten, kam auf die Beine, verlor das Gleichgewicht und stürzte erneut zu Boden. Er spuckte Blut und stierte sie an.

„Du kleines Luder", zischte er. „Du arrogantes, raffiniertes kleines Luder. Du weißt wohl nicht, mit wem du es hier zu tun hast, wie? Bald bin ich der größte Killer, den die Welt je gesehen hat!" Langsam rappelte er sich auf und fuhr sich mit dem Ärmel über die aufgeplatzte Lippe. „Wenn ich mit dir fertig bin, liefere ich deine Leiche bei deinen Vorgesetzten ab, als Warnung. Sie haben dich gegen mich ins Feld geschickt, allein! Das nächste Mal werden sie ein ganzes Bataillon schicken müssen."

Walküre lächelte, was ihn nur noch wütender machte. „Was zum Teufel ist so lustig?"

„Erstens", sagte sie mit wachsendem Selbstbewusstsein, „sind sie nicht meine Vorgesetzten. Ich habe keinen Vorgesetzten. Zweitens brauchen sie kein ganzes Bataillon, um dich niederzumachen. Und drittens, und das ist überhaupt der wichtigste Punkt … wer hat gesagt, dass ich allein gekommen bin?"

Scapegrace runzelte die Stirn, drehte sich um, sah etwas auf sich zukommen – ein Skelett in einem schwarzen Anzug – und versuchte, sofort zum Angriff überzugehen, doch eine behandschuhte Faust traf ihn im Gesicht, ein Fuß traf sein Schienbein und ein Ellbogen wurde ihm in den Brustkorb gerammt. Er sackte in sich zusammen.

Skulduggery Pleasant wandte sich an Walküre. „Alles in Ordnung?"

„Ich bringe euch beide um!", brüllte Scapegrace.

„Nicht so laut", sagte Skulduggery.

Scapegrace war wieder auf den Beinen und stürzte sich auf ihn, doch Skulduggery reagierte blitzschnell, packte ihn bei den ausgestreckten Armen und wirbelte ihn herum. Dann stoppte er ihn abrupt, indem er ihm mit dem Unterarm einen Schlag gegen den Hals versetzte. Scapegrace überschlug sich in der Luft und landete unsanft auf dem Boden.

Skulduggery wandte sich wieder Walküre zu.

„Ja, alles in Ordnung", sagte sie. „Wirklich."

Scapegrace betastete sein Gesicht. „Ich glaube, ihr habt mir die Nase gebrochen!"

Sie ignorierten ihn.

„Er redet ziemlich viel", sagte Walküre, „aber ich habe das Gefühl, er versteht selbst nicht, was er sagt."

Scapegrace sprang auf. „Ich bin der Oberkiller! Ich mache Mord zu einer neuen Kunstform!"

Skulduggery versetzte ihm erneut einen Schlag und Scapegrace vollführte eine halbe Drehung, bevor er zu Boden ging.

„Vaurien Scapegrace", sagte Skulduggery, „kraft meines Amtes, das mir durch die gerechte Herrschaft des Sanktuariums verliehen wurde, verhafte ich dich wegen Mordes an Alexander Remit und Sofia Toil in Oregon, Cothurnus Ode und Armiger Fop in Sydney, Gregory Castallan und Bartholomäus ..."

Scapegrace versuchte einen letzten, verzweifelten Angriff, den Skulduggery mit einem sehr kräftigen Schlag auf seine Nase beendete. Seine Knie knickten ein und er sackte zusammen und begann zu weinen.

EIN KILLER LÄUFT FREI HERUM

Bei dem Wagen handelte es sich um einen 1954er Bentley R Continental. Er glitt wie ein Hai durch die stille Dubliner Nacht, glänzend und kraftvoll. Es war ein herrliches Auto. Walküre liebte es inzwischen fast so sehr, wie Skulduggery es tat. Sie bogen in die O'Connell Street ein und fuhren an dem 120 Meter hohen Spire, dem modernen, nadelspitzen Wahrzeichen von Dublin, und dem Pearse-Monument vorbei. Scapegrace saß auf dem Rücksitz und beklagte sich, weil die Handschellen zu eng waren. Es war vier Uhr morgens. Walküre unterdrückte ein Gähnen.

Letztes Jahr um diese Zeit hätte sie gemütlich im Bett gelegen und geträumt von … na ja, von was immer sie damals eben geträumt hatte. In der Zwischenzeit hatte sich viel verändert und sie konnte von Glück sagen, wenn sie jede Nacht wenigstens ein paar Stunden Schlaf bekam. Wenn sie es nicht mit Spinnern wie Scapegrace aufnahm, übte sie sich in Magie, und wenn sie sich nicht in Magie übte, trainierte sie entweder mit Skulduggery oder Tanith, die ihr verschiedene Kampftechniken beibrachten. Ihr Leben machte sehr viel mehr Spaß, war sehr viel aufregender geworden und sehr viel gefährlicher.

15

Einer der ganz großen Nachteile in ihrem neuen Leben war die Tatsache, dass sie kaum noch angenehme Träume hatte. Wenn sie schlief, kamen die Albträume. Sie warteten geduldig auf ihren Auftritt und legten dann so richtig los.

Aber das war wohl der Preis, den sie zahlen musste. Der Preis für ein Leben voller Abenteuer, Spaß und Spannung.

Die Besitzer des Wachsfigurenkabinetts hatten das Museum nach den Ereignissen des vergangenen Jahres geschlossen und es in einer neuen, verbesserten Version in einem anderen Stadtviertel wiedereröffnet. Das alte Gebäude stand nun still, bescheiden und freudlos zwischen seinen Nachbarn. Die Eingangstüren auf der Vorderseite waren zu, verschlossen und versiegelt. Aber Walküre und Skulduggery hatten den Eingang auf der Vorderseite ohnehin nie benutzt.

Sie parkten in der Ladezone auf der Rückseite und brachten Scapegrace durch die Hintertür ins Haus. Die Flure waren nur schwach beleuchtet und sie gingen an den vereinzelt herumstehenden historischen Gestalten und einstigen Filmgrößen vorbei, die zurückgelassen wurden und jetzt verstaubten. Walküre fuhr mit den Fingern an der Wand entlang, bis sie den Schalter fand und die Tür neben ihr aufglitt. Sie ging voraus die Treppe hinunter und war in Gedanken wieder im Sommer des vergangenen Jahres, als sie in den Vorraum des Sanktuariums gekommen war und überall Leichen gelegen hatten …

Heute lagen zum Glück keine herum. Zwei Sensenträger hielten an der hinteren Wand Wache. Sie waren ganz in Grau gekleidet, hatten sich die Sensen auf den Rücken geschnallt und die Visiere ihrer Helme zeigten exakt geradeaus. Die Sensenträger waren das Vollstreckungsorgan und die Armee des Sanktuariums. Sie waren stumm und aufs Töten programmiert und Walküre bekam bei ihrem Anblick immer noch eine Gänsehaut.

Die Flügeltür zu ihrer Linken schwang auf und Thurid Guild, der neue Großmagier, kam heraus. Er mochte Mitte sechzig sein, hatte schütteres graues Haar, ein Gesicht mit vielen Falten und kalte Augen.

„Dann habt ihr ihn also gefunden", stellte Guild fest. „Bevor oder nachdem er jemanden getötet hat?"

„Davor", erwiderte Skulduggery. Guild knurrte etwas und gab den Sensenträgern ein Zeichen. Sie traten vor und Scapegrace wich zurück. Sie packten ihn mit festem Griff an den Armen und er wehrte sich nicht. Er jammerte nicht einmal mehr wegen seiner gebrochenen Nase, als sie ihn abführten.

Walküre wandte sich wieder Guild zu. Er zählte ganz gewiss nicht zu den freundlichen Zeitgenossen, doch in ihrer Gegenwart schien er sich besonders unwohl zu fühlen, so als wäre er sich noch immer nicht sicher, ob er sie ernst nehmen sollte oder nicht. In der Regel wandte er sich beim Sprechen deshalb immer an Skulduggery und bedachte Walküre nur dann mit einem kurzen Blick, wenn sie eine Frage stellte.

„Es ist ein Fall eingetreten, der eure Aufmerksamkeit verlangt", sagte er jetzt. „Hier entlang."

Skulduggery ging neben ihm, Walküre blieb zwei Schritte zurück. Guild hatte seinen Platz als Oberster im dreiköpfigen Ältestenrat eingenommen, doch die beiden Zauberer, die an seiner Seite regieren würden, musste er erst noch ernennen. Das war ganz offensichtlich ein langer, mühevoller Prozess, aber Walküre glaubte zu wissen, auf wen Guilds Wahl fallen würde. Er war ein Mann, der große Achtung vor Macht hatte, und es gab schließlich nur wenige auf dieser Welt, die mächtiger waren als Mr Bliss.

Sie betraten einen Raum, in dem ein langer Tisch stand, und Mr Bliss – groß, breitschultrig, glatzköpfig und mit durchdringenden blauen Augen – erhob sich.

„Ich habe beunruhigende Neuigkeiten." Bliss kam wie üblich gleich auf den Punkt. „Wie es scheint, wurde Baron Vengeous aus dem Gefängnis in Russland befreit."

Skulduggery antwortete nicht gleich. Als er dann sprach, sprach er betont langsam. „Wie ist er entkommen?"

„Nach den Berichten, die wir erhalten haben, wurde er gewaltsam befreit", erwiderte Guild. „Neun Sensenträger und schätzungsweise ein Drittel aller Gefangenen kamen ums Leben. Seine Zelle war wie alle anderen auch mit einem starken Zauber belegt. Niemand hätte in der Lage sein dürfen, dort Magie anzuwenden."

Walküre hob eine Augenbraue und Skulduggery beantwortete ihre unausgesprochene Frage: „Baron Vengeous war einer der drei Generale von Mevolent. Ein gefährlicher Fanatiker, hochintelligent und mit ganz außergewöhnlichen Fähigkeiten. Ich habe gesehen, wie er einen Kollegen von mir nur angeschaut hat und dieser kurz darauf … platzte."

„Er platzte?"

Skulduggery nickte. „Die einzelnen Teile von ihm waren anschließend überall verstreut." Er blickte zu Guild hinüber. „Weißt du, wer ihn befreit hat?"

Der Großmagier schüttelte den Kopf. „Nach Auskunft der Russen hatte eine Zellenwand einen Riss. Sie stand noch, hatte aber einen Riss, als sei etwas Schweres dagegengeprallt. Das ist der einzige Hinweis, den wir im Moment haben."

„Der Standort des Gefängnisses ist ein bestens gehütetes Geheimnis", sagte Bliss. „Es ist gut getarnt und gut geschützt. Wer immer dahintersteckt, besitzt Insiderwissen."

Guild verzog das Gesicht. „Das ist das Problem der Russen, nicht unseres. Uns hat nur eines zu interessieren, und zwar die Frage, wie wir Vengeous aufhalten können."

„Dann glauben Sie also, dass er hierherkommt?", fragte Walküre.

Guild schaute sie an und sie sah, wie er die Hand zur Faust ballte. Er war sich dessen wahrscheinlich nicht einmal bewusst, doch für Walküre war es ein eindeutiges Zeichen dafür, dass er sie immer noch nicht mochte.

„Vengeous wird nach Hause kommen, ja, schließlich liegt ein Teil seiner Vergangenheit hier." Er wandte sich wieder an Skulduggery. „Wir haben unsere Leute bereits zu Flugplätzen und Häfen im ganzen Land geschickt, in der Hoffnung, ihn an der Einreise hindern zu können. Aber du weißt besser als jeder andere, wie schwer es ist, den Baron ... aufzuhalten."

„Oh ja", murmelte Skulduggery. „Das weiß ich nur zu gut."

„Wir können also davon ausgehen", fuhr Guild fort, „dass der Baron, wenn er nicht schon hier ist, in Bälde eintreffen wird. Du hast ihn vor achtzig Jahren verhaftet. Ich vertraue darauf, dass du es wieder tust."

„Ich werde mein Bestes geben."

„Gib mehr, Detektiv."

Skulduggery betrachtete Guild eine Weile, bevor er antwortete. „Selbstverständlich, Großmagier."

Guild entließ sie mit einem knappen Nicken und als sie durch die Flure zurückgingen, sagte Walküre: „Guild mag mich nicht."

„Stimmt."

„Er mag dich auch nicht."

„Das ist mir unerklärlich."

„Was ist mit Vengeous? Ist es wirklich so schlimm, wenn er zurückkommt?"

„Noch viel schlimmer. Ich glaube, er konnte mir nie ganz verzeihen, dass ich einmal ein Bündel Dynamitstangen nach ihm geworfen habe. Offensichtlich habe ich ihn nicht getötet, aber den Tag habe ich ihm garantiert versaut."

„Ist er jetzt voller Narben?"

„Mit Magie wird man alle sichtbaren Narben ziemlich schnell los, aber ich darf wohl behaupten, dass ich seine Gefühle verletzt und ihm ein paar emotionale Narben zugefügt habe."

„Und wo steht er auf der Schurkenskala? Wenn Serpine bei zehn liegt und Scapegrace bei eins?"

„Dann liegt der Baron, ich muss es leider sagen, bei elf.“

„Im Ernst? Das ist eine ganze Schurkenstufe höher.“

„So ist es.“

„Dann haben wir ein Problem.“

„Du sagst es“, erwiderte Skulduggery düster.

BARON VENGEOUS

Das Erste, was Baron Vengeous tat, als er den Fuß auf irischen Boden setzte, war, jemanden umzubringen. Er hätte es vorgezogen, ohne einen solchen Zwischenfall auszukommen, von Bord seines Schiffes zu gehen und einfach in der Stadt unterzutauchen, doch man hatte ihn zu dem Mord gezwungen. Er war erkannt worden.

Der Zauberer hatte ihn gesehen, ihn beim Verlassen des Schiffes zwischen all den Leuten ausgemacht. Vengeous hatte sich von der Menge entfernt und den Zauberer an einen stillen Ort geführt, weg von den anderen. Der Mord war problemlos vonstattengegangen. Er hatte den Zauberer überrascht. Nach kurzem Kampf hatte sich Vengeous' Arm um den Hals des Mannes gelegt. Es war nicht einmal nötig gewesen, Magie einzusetzen.

Nachdem er die Leiche entsorgt hatte, war Vengeous in die Stadt hineingegangen. Er hatte seine Freiheit genossen, die er nach so langer Zeit nun wiederhatte.

Er war groß und breitschultrig und sein kurz geschorener Bart hatte die gleiche pistolengraue Farbe wie sein Haar. Er trug dunkle Kleidung, die Jackenknöpfe waren auf Hochglanz poliert und die Stiefelabsätze klackten auf den von Straßenlaternen beleuchteten Bürgersteigen.

Dublin hatte sich enorm verändert, seit er das letzte Mal hier gewesen war. Die ganze Welt hatte sich enorm verändert.

Er hörte die leisen Schritte hinter sich und blieb stehen, drehte sich jedoch nicht um. Der Mann in Schwarz musste um ihn herumgehen, um in sein Gesichtsfeld zu treten.

„Baron", sagte der Mann als Gruß.

„Sie sind spät dran."

„Ich bin hier, das ist die Hauptsache."

Vengeous schaute dem Mann in die Augen. „Ich dulde keine Aufsässigkeiten, Dusk. Falls du das vergessen hast."

„Die Zeiten haben sich geändert", erwiderte Dusk aalglatt. „Der Krieg ist zu Ende."

„Nicht für uns."

Ein Taxi fuhr vorbei und die Scheinwerfer beleuchteten Dusks bleiches Gesicht und die schwarzen Haare.

„Sanguin ist nicht hier", stellte er fest.

Vengeous ging weiter und Dusk hielt sich an seiner Seite. „Er wird bald zu uns stoßen, mach dir darüber keine Gedanken."

„Bist du sicher, dass wir ihm trauen können? Ich rechne ihm hoch an, dass er dich aus dem Gefängnis befreit hat, aber er hat sich achtzig Jahre Zeit gelassen dazu."

Wäre Dusk irgendein anderer Mann gewesen, hätte diese Bemerkung den Gipfel der Scheinheiligkeit bedeutet, da er selbst keinen Finger krumm gemacht hatte, um Vengeous zu helfen. Doch Dusk war nicht irgendein anderer Mann. Dusk war nur bedingt ein Mann und Loyalität lag nicht in seiner Natur. Ein gewisses Maß an Gehorsam vielleicht, aber nicht Loyalität. Deshalb hegte Vengeous auch keinen Groll gegen ihn.

Den Groll, den er allerdings gegen Sanguin hegte …

Dusk atmete plötzlich angestrengt. Er fummelte in seiner Jackentasche herum und Vengeous wartete geduldig. Er schaute zu, wie Dusk die Kappe von einer Spritze zog und sich die Nadel in den Unterarm stach. Er drückte die farblose Flüssigkeit in seinen Blutkreislauf und Augenblicke später atmete er wieder ruhig und gleichmäßig.

„Freut mich zu sehen, dass du immer noch alles unter Kontrolle hast", sagte Vengeous.

Dusk steckte die Spritze wieder ein. „Ich würde dir nicht viel nützen, wenn es nicht so wäre, oder? Was soll ich für dich tun?"

„Unsere Arbeit wird behindert werden, ohne Zweifel werden sich uns Feinde in den Weg stellen. Das lebende Skelett zum Beispiel. Wie es scheint, hat es jetzt einen Lehrling, ein dunkelhaariges Mädchen. Du wirst heute Nacht vor dem Sanktuarium auf sie warten und ihnen folgen und wenn das Mädchen allein ist, schnappst du es dir und bringst es zu mir."

„Wird gemacht."

„Lebend, Dusk."

Ein kurzes Zögern, dann noch einmal: „Wird gemacht."

DIE SCHÖNE, DAS BIEST

Sie verließen das Sanktuarium und fuhren durch die Stadt, bis sie zu einer Straße mit hässlichen Mietshäusern kamen. Skulduggery parkte den Bentley und nachdem er sich seinen Schal umgewickelt und den Hut tief ins Gesicht gezogen hatte, stiegen sie aus.

„Du hast dich noch gar nicht zu der Tatsache geäußert, dass ich heute Nacht von einem Turm geworfen wurde", sagte Walküre, als sie die Straße überquerten.

„Bedarf es einer Äußerung?", fragte Skulduggery.

„Scapegrace hat mich von einem Turm geschmissen. Wenn das keine Äußerung wert ist, was dann?"

„Ich wusste, dass du klarkommst."

„Es war ein *Turm*!"

Walküre ging voraus in eines der Mietshäuser.

„Man hat dich schon von weiter oben hinuntergeworfen", erinnerte Skulduggery sie.

„Stimmt, aber du warst immer da, um mich aufzufangen."

„Dann hast du jetzt eine wichtige Lektion gelernt – dass ich auch einmal nicht da sein kann."

„Meiner Ansicht nach ist das eine Lektion, die man mir auch mündlich hätte erteilen können."

„Unsinn. Nur auf diese Art wirst du sie nie mehr vergessen."

Während sie die Treppe hinaufstiegen, entledigte Skulduggery sich seiner Verkleidung. Im zweiten Stock blieb Walküre plötzlich stehen und drehte sich zu ihm um.

„War das ein Test?", wollte sie wissen. „Ich weiß ja, dass ich noch Anfängerin bin, ein Neuling. Bist du zurückgeblieben, um mich auf die Probe zu stellen? Wolltest du sehen, ob ich es auch alleine schaffe?"

„So etwas Ähnliches. Nein, es war, um ehrlich zu sein, gar nichts in dieser Richtung. Mein Schnürsenkel war offen. Das hat mich aufgehalten. Deshalb war ich nicht da."

„Ich hätte sterben können, weil du dir den Schuh gebunden hast?"

„Ein offener Schnürsenkel ist nicht ungefährlich", erwiderte er. „Ich hätte stolpern können."

Sie starrte ihn an. Ein Augenblick verstrich.

„War nur ein Witz", sagte er schließlich.

Sie entspannte sich. „Ehrlich?"

„Ganz ehrlich. Ich wäre nie gestolpert. Dazu bewege ich mich viel zu graziös."

Er ging an ihr vorbei und sie schaute ihm finster nach, dann folgte sie ihm in den dritten Stock. Vor der mittleren Tür blieben sie stehen. Ein kleiner Mann mit einer seidenen Fliege öffnete und ließ sie ein.

Die Bibliothek war ein riesiges Labyrinth aus hohen Bücherregalen. Walküre hatte es geschafft, sich nicht weniger als elf Mal darin zu verlaufen. Skulduggery amüsierte sich immer königlich, wenn sie in einer Sackgasse stand oder, noch besser, wieder an ihrem Ausgangspunkt gelandet war, deshalb ließ sie ihn vorgehen.

China Sorrows erschien am Ende des Ganges. Sie trug einen dunklen Hosenanzug und hatte sich das Haar aus dem Gesicht gebunden. Als sie sie sah, blieb sie stehen und lächelte. China war die schönste Frau, der Walküre je begegnet war, allerdings hatte sie die Angewohnheit, Leute dazu zu bringen, sich beim ersten Blick in sie zu verlieben.

„Skulduggery", grüßte sie, „Walküre. Schön, euch zu sehen. Was treibt die geschätzten Ermittler des Sanktuariums erneut in mein bescheidenes Heim? Ich gehe doch recht in der Annahme, dass es sich um eine Angelegenheit des Sanktuariums handelt, oder?"

„Ganz genau", antwortete Skulduggery. „Und ich bin sicher, du weißt auch schon, weshalb wir hier sind."

Ihr Lächeln wurde geheimnisvoll. „Lass mich überlegen … hat es etwas mit einem gewissen, kürzlich befreiten Baron zu tun? Du willst sicher wissen, ob ich irgendwelche besonders schlüpfrigen Gerüchte gehört habe."

„Und – hast du?", fragte Walküre.

China zögerte mit der Antwort, blickte sich um und lächelte dann wieder. „Lasst uns rübergehen zu mir", meinte sie, „dort können wir ungestört reden." Sie führte sie aus der Bibliothek und über den Flur in ihr luxuriöses Apartment. Nachdem Skulduggery die Tür hinter sich geschlossen hatte, setzte sie sich.

„Sag, Walküre", begann sie, „was weißt du über Baron Vengeous?"

Walküre setzte sich auf die Couch, doch Skulduggery

blieb stehen. „So gut wie gar nichts", gab sie zu. „Er ist gefährlich, so viel habe ich begriffen."

„Oh ja", bestätigte China. Ihre blauen Augen strahlten im Licht der Lampe. „Sehr gefährlich. Er ist ein fanatischer Anhänger der Gesichtslosen und es gibt nichts Gefährlicheres als einen Fanatiker. Er gehörte neben Nefarian Serpine und Lord Vile zu den drei von Mevolent am meisten geschätzten Generalen. Ihm wurden die streng geheimen Operationen übertragen. Hast du je von einem Groteskerium gehört, meine Liebe?"

Walküre schüttelte den Kopf.

„Bevor Baron Vengeous geschnappt wurde, erhielt er den Auftrag, einen Gesichtslosen aus den Überresten, die man in einem längst verschütteten Grab fand, wieder zum Leben zu erwecken."

Walküre runzelte die Stirn. „Ist das denn überhaupt möglich? Einen von ihnen nach so langer Zeit zurückzuholen?"

Diese Frage beantwortete Skulduggery ihr: „Den Gesichtslosen als Ganzes zurückzubringen, überstieg seine Fähigkeiten. Also hat Vengeous die Überreste mit Teilen und Organen anderer Wesen kombiniert und einen Hybriden geschaffen, den er Groteskerium nannte. Eine Zutat fehlte allerdings immer noch."

An dieser Stelle ergriff China wieder das Wort: „Eigentlich sind es zwei Zutaten. Zuerst braucht er die Kräfte eines Totenbeschwörers, um ihm Leben einzuhauchen, und wenn das geschafft ist, braucht er die zweite, um ihn am Leben zu *erhalten*. Als Lord Vile starb, dachte Vengeous, er könnte dessen Kräfte nutzen. Vile war ein Toten-

28

beschwörer, er praktizierte Todesmagie oder Schatten-magie. Die Totenbeschwörer haben die Angewohnheit, einen Großteil ihrer Kräfte auf einen Gegenstand zu übertragen, eine Waffe oder, in diesem Fall, seine Rüs-tung."

„Würde Vengeous aber diese Rüstung tragen", über-legte Walküre laut, „hätte jetzt *er* alle Kräfte, die Vile be-saß ..."

„Aber er konnte die Rüstung nicht finden", fuhr Skul-duggery fort. „Lord Vile starb allein und seine Rüstung blieb bis heute verschwunden."

„Und was ist mit der anderen Zutat? Hat er herausbe-kommen, was es war?"

„Wie ich gehört habe, ja", antwortete China.

„Und was war es?"

„Er weiß es. Wir nicht."

„Oh."

„Zu unserem Glück und dem der Welt im Allgemeinen war Skulduggery zur Stelle und hat zugeschlagen, bevor Vengeous die Rüstung und diese andere geheimnisvolle Zutat, die noch fehlte, finden konnte. Er folgte dem Ba-ron zu einem der bekannten feindlichen Schlupfwinkel und brachte ihn nach der berühmtesten Schlacht des ge-samten Krieges vor Gericht. Skulduggery wurde bei die-sem Kampf schwer verletzt, wenn ich mich richtig erin-nere."

Walküre schaute zu Skulduggery hinüber. Er ver-schränkte die Arme vor der Brust.

„Das ist wie Geschichtsunterricht", sagte er. „Warum reden wir eigentlich darüber?"

„Weil", erwiderte China lächelnd, „ich gehört habe, dass diese noch fehlende Zutat – worum immer es sich handelt – von den Komplizen des Barons endlich herbeigeschafft werden konnte oder sie zumindest wissen, wo sie sich befindet."

Skulduggery neigte den Kopf zur Seite. „Wer sind diese Komplizen?"

„Tut mir leid, das weiß nicht einmal ich."

Walküre wurde es unbehaglich. „Falls Vengeous die fehlende Zutat jetzt also hat, kann er diesen ... diesen grotesken Typen dann zum Leben erwecken?", fragte sie.

„Das Groteskerium", sagte China.

Und Skulduggery beantwortete ihre Frage mit: „Nein, das ist ausgeschlossen. Er bräuchte auch noch Viles Rüstung, die er nicht hat."

„Aber nur mal angenommen, er hätte sie und er würde dieses Ding zum Leben erwecken – was würde es tun? Und könnten wir es daran hindern?"

Skulduggery zögerte den Bruchteil einer Sekunde mit der Antwort. „Die Gefahr, die das Groteskerium darstellen würde, wäre wohl ein wenig zu groß. Theoretisch könnte es die Gesichtslosen in diese Welt zurückholen, indem es ein Portal öffnet, das Wirklichkeiten miteinander verbindet."

„Ein Portal?", hakte Walküre mit leichtem Zweifel nach.

„Ja, aber dazu müsste es alle seine Kräfte bündeln können, und das wird nicht passieren."

„Warum nicht?"

„Man musste ihm ein Herz zur Verfügung stellen, aber das einzige, das passte, war das eines Cu Gealach."

„Eines was?"

„Cu Gealach Dubh", erklärte China, „um ihm seinen vollen irischen Namen zu geben. Ihr lernt doch noch Gälisch in der Schule, oder?"

„Schon, es bedeutet ... Schwarzer Hund von irgendwas, richtig?"

„Fast. Hund vom Schwarzen Mond. Entsetzliche Kreaturen. Sie sind praktisch ausgerottet, aber es waren blutrünstige, brutale Dinger."

„Blutrünstige, brutale Dinger", sagte Skulduggery, „die nur alle paar Jahre während einer Mondfinsternis für eine Nacht blutrünstig und brutal waren. Vengeous kann also so viel Kraft in das Ding pumpen, wie er will, das Groteskerium wird erst stark genug sein, um ein Portal zu öffnen, wenn Erde, Mond und Sonne hintereinander in einer Reihe stehen, und das ist erst wieder der Fall in ..."

„Zwei Tagen", sagte China.

Skulduggery sackte zusammen und ließ den Kopf hängen. „Das ist jetzt wieder mal ausgesprochen *klasse*", murmelte er.

⁜

Sie waren auf der Autobahn, auf dem Weg zurück nach Haggard.

„So", sagte Walküre, „was ist jetzt mit der legendären Schlacht?"

Skulduggery wandte ihr den Kopf zu. „Bitte?"

„Die Schlacht zwischen dir und Vengeous, die legendäre. Was ist passiert?"

„Wir haben gegeneinander gekämpft."

„Aber warum ist es eine der berühmtesten Schlachten des ganzen Krieges?"

„Keine Ahnung. Vielleicht hatten die Leute gerade nichts anderes, worüber sie reden konnten."

„China hat gesagt, du seist schwer verwundet worden. Kannst du ihn deshalb nicht leiden? Weil du verwundet wurdest?"

„Ich kann ihn nicht leiden, weil er von Natur aus boshaft ist."

„Dann hat es also nichts damit zu tun, dass er dich verwundet hat?"

„Es liegt daran, dass er boshaft ist", beharrte Skulduggery brummig.

Sie fuhren noch weitere fünf Minuten auf der Autobahn, dann nahmen sie die Ausfahrt. Die Straßen wurden schmaler und schlängelten sich zwischen dunklen Feldern und einsamen Gehöften hindurch. Nach einer Weile erschienen orange leuchtende Straßenlampen auf beiden Seiten und sie fuhren nach Haggard hinein.

Am Pier hielt der Bentley an.

„Morgen wird ein aufregender Tag", sagte Walküre.

Skulduggery zuckte die Schultern. „Vielleicht. Vielleicht auch nicht. Wenn wir Vengeous außer Landes halten können, haben wir nichts zu befürchten."

„Und wenn wir es nicht können?"

„Dann haben wir eine ganze Menge zu befürchten und ich brauche dich ausgeruht und fit."

„Jawohl, Sir", sagte sie und zog grinsend eine Augenbraue in die Höhe. Dann öffnete sie die Tür und stieg aus und nur Sekunden später verschwanden die Rücklichter des Bentley in der Dunkelheit.

Walküre blieb noch eine Weile am Pier stehen und schaute zu, wie die dunkle See gegen die Felsen schäumte und mit den kleinen Booten spielte, die in der Nähe vertäut waren. Sie fand es herrlich, die See zu beobachten – ihre Kraft gab ihr ein Gefühl von Sicherheit.

Früher, als Walküre Unruh noch Stephanie Edgley war, wusste sie kaum etwas von der Welt außerhalb Haggards. Haggard war eine Kleinstadt an der Ostküste Irlands und das Leben dort war gewöhnlich sehr ruhig und sehr friedlich und sehr, sehr langweilig.

Das änderte sich alles, als Nefarian Serpine ihren Onkel umbrachte. Onkel Gordon war ein Bestsellerautor, er schrieb Horror- und Fantasy-Romane, aber er kannte auch das Große Geheimnis. Er wusste um die Subkultur der Magier und Zauberer, um all die kleinen Kriege, die sie geführt hatten. Er wusste um die Gesichtslosen, diese schrecklichen dunklen Götter, die von dieser Welt vertrieben worden waren, und um die Menschen, die wollten, dass sie zurückkehrten.

In den Tagen nach dem Mord hatte sie den Skelettdetektiv kennengelernt und erfahren, dass sich ihr Stammbaum zurückverfolgen ließ bis zu den allerersten Zauberern, die auf der Erde lebten, den Urvätern. Und sie wurde mit der Notwendigkeit konfrontiert, sich einen neuen Namen zu suchen. Jeder, so hatte Skulduggery ihr erklärt, hat drei Namen – den Namen, mit dem man ge-

33

boren wird, den Namen, der einem gegeben wird, und den Namen, den man selbst annimmt. Der Name, mit dem man geboren wird, liegt tief im Unterbewusstsein begraben. Der Name, der einem gegeben wird – gewöhnlich von den Eltern –, ist der Name, den die meisten Menschen als einzigen kennen. Doch dieser Name kann gegen einen verwendet werden, weshalb Zauberer einen dritten Namen annehmen müssen, um sich zu schützen.

Und so wurde aus Stephanie Edgley Walküre Unruh und sie machte sich auf, das Zaubern zu lernen und Elementezauberin zu werden.

Walküre schlich sich auf die Rückseite ihres Hauses, stellte sich direkt unter ihr Fenster und konzentrierte sich. Bis vor ein paar Wochen hatte sie noch eine Leiter gebraucht, um in ihr Zimmer zu klettern, doch mit jeder Unterrichtsstunde bei Skulduggery wuchs die Kontrolle über ihre Kräfte.

Sie ließ sich Zeit, merkte, wie sie ruhig wurde. Sie spreizte die Finger und spürte, wie die Luft ihre Haut berührte, spürte die Strömung zwischen den einzelnen Fingern. Sie spürte, wie diese Luftströme sich verbanden, und stellte sich vor, wie einer auf den anderen wirkte, sobald der richtige Druck herrschte …

Sie ließ die Arme hängen und bog die Hände nach oben, die Luft kräuselte sich und sie schoss aufwärts. Es gelang ihr gerade so, den Fenstersims zu packen. Es kam immer noch vor, dass sie ihn verfehlte, aber sie wurde mit jedem Mal besser. Sie stieß das Fenster auf und kletterte in ihr Zimmer. Dann schloss sie das Fenster und knipste das Licht an, wobei sie sich so leise wie möglich bewegte.

Sie ignorierte das Mädchen, das sich in ihrem Bett aufsetzte, das Mädchen, das ein genaues Spiegelbild von ihr war. Sie ging zur Tür, legte das Ohr daran und lauschte. Zufrieden stellte sie fest, dass ihre Eltern tief und fest schliefen. Als sie aus ihrem Mantel schlüpfte, stand ihr Spiegelbild auf.

„Dein Arm", sagte es, „du hast einen blauen Fleck."

„Ich hatte einen kleinen Zusammenstoß mit einem der Fieslinge", erwiderte Walküre leise. „Wie war dein Tag?"

„In der Schule lief alles glatt. Ich habe sämtliche Hausaufgaben gemacht, bis auf die letzte Matheaufgabe. Die habe ich nicht rausgekriegt. Zum Abendessen gab es Lasagne."

Walküre kickte die Stiefel von den Füßen. „Nichts Außergewöhnliches passiert?"

„Nein. Es war ein ganz normaler Tag."

„Gut."

„Bist du bereit, deine Rolle wieder zu übernehmen?"

„Ja."

Das Spiegelbild nickte, ging zu dem mannshohen Spiegel und trat hinein. Dann drehte es sich um und wartete. Walküre berührte das Glas und die Erinnerungen des gesamten Tages flossen in ihr Gedächtnis, während das Spiegelbild sich veränderte. Die Kleider, die Walküre im Moment trug, erschienen an ihm und dann war es nichts weiter als ihr Bild im Spiegel.

Sie ging die neuen Erinnerungen durch und ordnete sie neben denen ein, die sie selbst erworben hatte. In der Schule war es unter anderem um Berufe gegangen. Die Lehrerin hatte versucht, aus ihnen herauszubekommen, was sie einmal werden wollten, oder zumindest, was sie einmal studieren wollten. Niemand hatte auch nur die geringste Ahnung gehabt. Das Spiegelbild hatte sich auch nicht geäußert.

Walküre überlegte. Einen regulären Beruf brauchte sie eigentlich nicht. Sobald sie achtzehn war, würde sie Gordons Gut erben und sämtliche Tantiemen – an Geld würde es ihr also nie mangeln. Außerdem: Welcher Beruf, außer dem des Zauberers, konnte sie noch interessieren?

Wenn sie in der Schule gewesen wäre, hätte sie eine Antwort parat gehabt: Detektivin. Das hätte bestimmt für ein paar Lacher in der Klasse gesorgt, aber das wäre ihr egal gewesen.

Was sie von ihren Mitschülern unterschied, war nicht die Magie, das wusste sie, und auch nicht das Abenteuer. Es war die Tatsache, dass sie wusste, was sie aus ihrem Leben machen wollte, und dass sie es bereits tat.

Walküre zog sich aus, zog ihr grünweiß gestreiftes Dubliner Fußballtrikot über und legte sich ins Bett. Zwanzig Sekunden später war sie eingeschlafen.

DER SCHRECKEN VON LONDON

Ein dunkler Schatten huschte hoch über den Straßen von London dahin, sprang von Dachfirst zu Dachfirst, wirbelte herum und schlug Purzelbäume in der Luft. Er trug keine Schuhe und sprang leichtfüßig umher. Seine Schritte waren nicht lauter als ein Flüstern, das die Nachtluft davontrug. Er sang leise vor sich hin und kicherte; es war ein hohes, spitzes Kichern. Er war ganz in Schwarz gekleidet und trug einen verbeulten Zylinder, der immer fest auf seinem missgestalteten Kopf saß, egal welche akrobatischen Kunststückchen er gerade ausführte. Sein Anzug war alt und zerschlissen und roch modrig und die langen Finger liefen in langen, harten Nägeln aus.

Er landete auf einem Bein am Ende eines Dachfirsts und blieb dort stehen, den schlaksigen Körper gebeugt. So schaute er hinunter auf die Charing Cross Road, auf die Menschen, die dort unten entlanggingen, auf die Autos, die vorbeiflitzten. Er schürzte die aufgesprungenen Lippen, die kleinen Äuglein schauten hierhin und dorthin. Er ging kurz die Möglichkeiten durch, die sich ihm boten, und traf seine Entscheidung.

„Jack."

Er drehte sich rasch um und sah eine junge Frau auf

sich zukommen. Sie hatte ihren langen Mantel zugeknöpft und der Wind spielte mit ihrem zerzausten blonden Haar und blies es ihr ins Gesicht. Und was für ein hübsches Gesicht es war! Ein so hübsches Gesicht hatte Jack seit Jahren nicht mehr gesehen. Er verzog die Lippen, ließ die kleinen gelben Zähne sehen und schenkte ihr sein allerschönstes Lächeln.

„Tanith", sagte er und seine Stimme klang hoch und gepresst. Sein Akzent war eine Mischung aus Ostlondoner und ... etwas anderem, etwas Undefinierbarem. „Du siehst einfach hinreißend aus."

„Und du abstoßend."

„Zu liebenswürdig. Was führt dich in mein Gebiet?"

Tanith Low schüttelte den Kopf. „Es ist nicht mehr dein Gebiet, Jack. Alles hat sich verändert. Du hättest nicht zurückkommen dürfen."

„Wohin hätt ich denn gehen sollen? Ins Altenheim? Zum betreuten Wohnen? Ich bin ein Nachtwesen, meine Liebste. Ich bin der Springer-Jack. Ich gehör hier auf die Dächer."

„Du gehörst in eine Zelle."

Er lachte. „Ich? In Gefangenschaft? Welches Verbrechen sollte ich denn begangen haben?"

„Du meinst: Welches außer Mord?"

Er drehte den Kopf zur Seite und schaute sie aus dem Augenwinkel heraus an. „Dann ist das immer noch illegal?"

„So ist es."

Sie knöpfte ihren Mantel auf und legte die Hand auf das Schwert an ihrer Seite. „Du bist verhaftet."

Er lachte, schlug einen Salto in der Luft, landete auf dem rechten Fuß und grinste sie an. „Das ist ja mal was ganz Neues. Du hast deine Nase ja schon immer in Dinge gesteckt, die dich nichts angingen, hast immer 'n großes Trara um das gemacht, was du für Gerechtigkeit hältst, aber *verhaftet* hast du bisher noch niemanden. Bist du jetzt 'n echter Bulle? Eine von der Polizei?"

„Gib auf, Jack."

„Teufel noch eins, du bist es wirklich! Betrachte mich als beeindruckt."

Er senkte den Kopf und sah sie aus diesen kleinen Augen an. „Was hast du immer gesagt, bevor es zur Sache ging? ‚Komm und versuch's doch –"

„… wenn du dich traust.'"

Er grinste. „Und? Traust du dich?"

Sie zog ihr Schwert aus der Scheide. Es fing einen Mondstrahl auf und hielt ihn fest. Sie erwiderte seinen Blick ausdruckslos. „Das kannst du selbst entscheiden."

Und Springer-Jack sprang.

Er schlug einen Salto über sie weg und sie drehte sich um, duckte sich unter den harten Fingernägeln weg, wich, als er landete, den Klauen mit knapper Not erneut aus und stellte sich ihm entgegen, als er sich auf sie stürzte.

Er schlug das Schwert zur Seite, hob den rechten Fuß und grub die Zehennägel in ihre Hüfte. Dann kletterte er an ihr hinauf und kniete auf ihrer Schulter. Sie packte sein Handgelenk, um den Nägeln zu entgehen. Dabei kam sie ins Wanken, da sie sein Gewicht nicht tragen konnte, doch bevor sie aufs Dach stürzte, sprang er von ihr herunter. Er landete elegant, während sie sich abrollte und kniend verharrte. Dann stürzte er sich erneut auf sie.

Sie kullerten über den Boden. Er hörte, wie ihr das Schwert aus der Hand fiel, und spürte ihren Fußtritt in seinem Magen. Er schlug erneut einen Salto und landete, doch ihre Faust war schon da und traf ihn mitten im Gesicht. Er taumelte ein paar Schritte rückwärts; helle Lichter tanzten vor seinen Augen. Sie versetzte ihm einen Tritt gegen das Knie und er heulte auf vor Schmerz. Dann wurde er am Handgelenk gepackt und es gab einen scharfen Ruck.

Als er wieder klar sehen konnte, stieß er sie weg. „Du solltest mich in Ruhe lassen", zischte er. „Ich bin einzigartig! Es gibt nicht einmal einen Namen für das, was ich bin! Ich sollte auf der Liste der bedrohten Arten stehen! Du solltest mich schützen!"

„Du weißt, wie sie bedrohte Arten schützen, Jack? Sie stecken sie in spezielle Reservate, wo niemand ihnen was antun kann."

Er verzog das Gesicht. „,Reservat' ist so 'n neumodisches Wort für Zelle, stimmt's? Und du bringst mich noch nicht einmal in die Nähe von so 'ner verdammten Zelle!"

Und da wehte es zu ihnen herauf. Das Weinen eines Babys. Jacks Züge glätteten sich und er lächelte wieder.

„Denk gar nicht erst darüber nach", warnte Tanith.

Sein Lächeln wurde zu einem anstößigen Grinsen.

„Wer zuerst da ist", sagte er.

Jack lief zum Rand des Daches und darüber hinaus. Unter seinen Füßen war nichts als Luft, bis das nächste Dach kam. Er landete und lief sofort weiter. Als er über die

Schulter zurückschaute, sah er Tanith, die versuchte, mit ihm Schritt zu halten. Sie war nicht schlecht, die Frau, aber Jack war einfach zum Springen geboren. Auf diesem Gebiet war er der Größte in ganz London. Er erreichte Stellen, die kein anderer erreichte. Und er wusste es.

Wieder ertönte das Weinen des Babys und er änderte die Richtung, mied die Viertel, in denen noch Leben war, und folgte dem Geräusch über Seitenstraßen und Gässchen. Seine kräftigen Beine erlaubten ihm weite Sprünge durch die Dunkelheit, er drehte sich und schlug seine Zehennägel in Ziegel. Er rannte die ganze Länge eines Gebäudes entlang. Er sah Tanith, die sich parallel zu ihm bewegte, von Dach zu Dach sprang in dem Versuch, ihn abzufangen, bevor er sein Ziel erreichte.

Ein neuerlicher Schrei des Babys und Jack visierte ein offenes Fenster hoch über der Straße an. Mit ein paar kleinen Sprüngen nahm er Anlauf. Aus den Augenwinkeln sah er Tanith herankommen. „Viel zu langsam", dachte er. Er sprang von der einen Straßenseite auf die andere, schoss ohne anzuecken durchs Fenster und direkt auf die Wiege zu.

Doch in der Wiege lagen lediglich Decken. Das Zimmer war dunkel und unmöbliert und glich nicht im Geringsten einem Kinderzimmer. Und warum stand das Fenster offen? So warm war es doch gar nicht …

Das Babyweinen, lauter als vorher, kam aus einem kleinen Gerät beim Fenster.

Es war eine Falle. Sie hatte ihn hereingelegt.

Er trat ans Fenster, doch sie war an der Hauswand heraufgestiegen und kletterte gerade zu ihm herein.

„Da draußen", sagte sie, „hätte ich dich nie geschnappt. Aber hier drin, in einem abgeschlossenen Raum ... Jetzt habe ich dich, Klopskopf."

Jack bekam Panik. Er sprang zur Tür, doch sie ließ sich nicht öffnen. Es lag ein Glanz darauf, den er selbst in der Dunkelheit sehen konnte, und er wusste, dass sie standhalten würde, egal womit er sie einzuschlagen versuchte. Er wirbelte herum. Der einzige Ausweg war das Fenster – das Tanith Low jetzt bewachte. Sie legte ihr Schwert auf den Boden und zog den Mantel aus. Ihre Tunika war ärmellos und man sah ihre kräftigen Arme. Sie ließ den Kopf über die Brust rollen, lockerte die Schultern und nickte ihm zu.

„Jetzt ist es so weit", sagte sie. „Endlich. Komm und versuch's doch, wenn du dich traust."

Mit einem Schrei stürzte Jack sich auf sie und sie versetzte ihm einen Tritt. Er holte mit der Hand aus, sie duckte sich weg und ihre Faust traf ihn am Kinn. Er versuchte, mit einem Salto über sie wegzuspringen, doch die Zimmerdecke war zu niedrig, er knallte mit dem Bauch dagegen, spürte, wie es ihm die Luft abstellte, und krachte auf den Boden. Danach nahm er nur noch jede Menge Fäuste, Ellbogen und Knie wahr und eine Mauer, die ihm immer wieder ins Gesicht sprang.

Jack sackte in sich zusammen. Er atmete schwer und stöhnte vor Schmerzen. Er schaute zur Decke hinauf und konnte, obwohl es dunkel war, die Risse erkennen. Tanith trat in sein Blickfeld und schaute auf ihn herunter.

„Bist du jetzt bereit für deine hübsche, warme Zelle?"

Jack wimmerte.

FEUERBÄLLE IM PARK

Walküre war früh wieder wach. Sie nahm einen Kieselstein von ihrem Nachttisch und setzte sich im Schneidersitz auf den Boden. Der Kieselstein lag flach und glatt in ihrer Hand. Sie konzentrierte sich darauf, so wie Skulduggery es ihr gezeigt hatte. Sie konzentrierte sich, bis sie die Luft auf ihrer Haut spürte, und sie konzentrierte sich auf die Tatsache, dass alles miteinander verbunden war. Langsam hob sich der Kieselstein von ihrer Handfläche; die Luft selbst ließ ihn schweben.

Ein Teil von ihr war immer noch ganz fasziniert, wenn sie das sah, doch sie unterdrückte ihre Begeisterung. Wenn sie Magie anwandte, konnte sie es nicht zulassen, dass irgendetwas ihre konzentrierte Ruhe störte.

Und dann diese Stimme. Wie das Sirren des Bohrers beim Zahnarzt wand sie sich die Treppe herauf und der Kieselstein fiel in ihre Hand zurück. Mit einem ungehaltenen Knurren stand Walküre auf und ging ins Bad; für heute waren ihre Übungen beendet. Sie duschte, zog ihre Schuluniform an und ging hinunter in die Küche.

Da saß ihre Mutter und neben ihr Tante Beryl mit der schrillen Stimme und dem spitzen Gesicht.

„Morgen", grüßte Walküre und ging sofort zum Schrank.

„Hallo, Liebes", sagte ihre Mutter.

„Guten Morgen, Stephanie", sagte Beryl kühl.

„Beryl", erwiderte Walküre nur.

„Wie läuft es in der Schule?"

Walküre schüttete Müsli in ihre Schüssel und füllte mit Milch auf. Sich hinzusetzen, lohnte nicht. „Ganz okay."

„Lernst du auch so viel? Meine Mädchen lernen den ganzen Tag. Das haben sie von mir, wie ich zugeben muss. Mit einer solchen Arbeitsmoral werden sie es garantiert noch weit bringen."

Walküre murmelte etwas und schob sich einen Löffel Müsli in den Mund. Sie hatte ihre Zweifel bezüglich so ziemlich allem, was Beryl gerade gesagt hatte. Ihre Tante mochte sie nicht und Walküre mochte ihre Tante nicht. Ihre Tante mochte sie nicht, weil Walküre das Gut ihres verstorbenen Onkels geerbt hatte, und Walküre mochte ihre Tante und auch ihren Onkel Fergus nicht, weil sie unsympathische Zeitgenossen waren.

Ihr Vater kam in die Küche. Er trug Anzughose und Weste und eine Krawatte um den nackten Hals. Er zwinkerte Walküre zu, dann erst bemerkte er seine Schwägerin.

„Hallo, Beryl." Der Schock war ihm deutlich anzusehen.

„Guten Morgen, Desmond."

„Was machst du denn hier, Beryl? Es ist noch nicht einmal acht Uhr. Du weißt, dass ich dich nicht sehen will, bevor ich nicht wenigstens eine Tasse Kaffee getrunken habe."

Beryl lachte ihr hässliches, gekünsteltes Lachen. „Oh,

Desmond, du bist ein solcher Chaot! Ich bin hier, weil ich etwas mit Melissa zu bereden habe. Es gibt noch eine Menge zu organisieren für morgen Abend."

„Ach du liebe Zeit, das Familientreffen!"

„Es wird einfach wundervoll."

„Aber du bist doch auch dabei", sagte Walküres Vater mit gerunzelter Stirn und Walküre verschluckte sich fast an ihrem Müsli. Ihre Mutter schaute ihn an.

„Du hast dein Hemd vergessen."

„Ach ja, deshalb bin ich ja hier. Ich habe kein sauberes mehr."

„Hinter der Tür."

Er drehte sich um, sah das frisch gebügelte weiße Hemd auf dem Bügel und rieb sich die Hände. Er nahm das Hemd herunter, zog es an und schob den Kragen unter die Krawatte, als er es zuknöpfte. Er trug nicht gern Krawatten. Er besaß ein Bauunternehmen und war immer davon ausgegangen, dass er Arbeitsstiefel und Jeans tragen könnte. Doch hin und wieder musste er sich gut anziehen und – wie er es ausdrückte – so tun, als sei er zivilisiert.

„So, Steph", sagte er, „du freust dich doch bestimmt auf einen super Tag in der Schule, oder?"

„Und wie!", erwiderte sie mit gespieltem Enthusiasmus.

„Was glaubst du wohl, was ihr heute lernt?"

„Keine Ahnung. Vielleicht subtrahieren?"

Er wedelte abschätzig mit der Hand. „Das Subtrahieren wird immer überschätzt. Es ist wie Addieren, nur rückwärts. Du wirst es nie brauchen."

„Desmond!", rügte Beryl streng. „Was ist das denn für eine Einstellung? Stephanie ist in einem Alter, in dem Kinder leicht zu beeinflussen sind. Ihr muss beigebracht werden, dass alles, was sie in der Schule lernt, wertvoll ist. Späße sind gut und schön, aber einige Dinge muss man einfach ernst nehmen. Wie willst du erwarten, dass Stephanie jemals zu einer verantwortungsvollen Persönlichkeit heranwächst, wenn du nur immer mit schlechtem Beispiel vorangehst?"

„Weiß nicht", antwortete er. „Reine Glückssache, nehme ich an."

Beryl stieß einen genervten Seufzer aus. Sie machte den Eindruck, als wollte sie gleich zu einer Moralpredigt ansetzen. Walküre und ihr Vater packten die Gelegenheit am Schopf und ergriffen das Wort, bevor sie den Mund aufmachen konnte.

„Ich muss zur Schule", sagte Walküre und schob sich den letzten Löffel Müsli in den Mund.

„Ich muss zur Arbeit", sagte ihr Dad nur eine Millisekunde nach ihr.

Walküre stellte ihr Schälchen in die Spülmaschine und ging zur Tür. Ihr Vater folgte.

„Aber Desmond, du hast noch nicht gefrühstückt", erinnerte Walküres Mutter ihn stirnrunzelnd.

„Ich hole mir unterwegs etwas", sagte ihr Vater und verließ hinter Walküre die Küche.

Im Flur steuerte Walküre auf die Treppe zu und ihr Vater nahm seine Schlüssel vom Garderobentisch. Sie schauten sich an und nickten sich zum Abschied wortlos zu. Dann lächelten sie, er ging hinaus und sie in ihr Zimmer.

Nicht zum ersten Mal fragte sie sich, wie ihr Vater wohl reagieren würde, wenn er wüsste, dass die Gerüchte über seine Familie der Wahrheit entsprachen, dass sie tatsächlich von den Urvätern abstammten, dass sein Großvater und sein verstorbener Bruder recht gehabt hatten. Aber sie klärte ihn nicht auf. Wenn er die Wahrheit wüsste, würde er versuchen, sie daran zu hindern, dass sie jeden Tag wegging. Und er würde versuchen, sie vor Leuten wie Serpine und Vengeous und wer es sonst noch auf sie abgesehen hatte, zu schützen. Oder er könnte, was noch schlimmer wäre, mitmischen wollen. Doch damit, dass ihr Vater sich in Gefahr brachte, konnte sie nicht umgehen, da war sie ziemlich sicher. Sie wollte eine ganz normale Familie haben. Normal war gut. Normal bedeutete Sicherheit.

Sie schloss die Tür, zog den Pullover ihrer Schuluniform aus und legte ihn aufs Bett. Sie legte die Hand auf ihren Spiegel und einen Augenblick später trat ihr Spiegelbild heraus. Ein einziges Mal hatte sie vergessen, was ein Spiegel aus Aufnähern macht, und ihr Spiegelbild war mit dem Schulwappen auf der falschen Seite und einem rückwärts geschriebenen Schulmotto zum Unterricht erschienen. Doch dieser Fehler war ihr zum Glück nie wieder unterlaufen. Sie wartete, bis es den Pulli übergezogen hatte, dann gab sie ihm ihre Schultasche.

„Viel Spaß", sagte sie und ihr Spiegelbild nickte und eilte hinaus.

Walküre lächelte in sich hinein. Sie war kaum noch in der Schule, seit Skulduggery seine Zauberkünste an ihrem Spiegel bewiesen hatte, und doch war sie auf dem

Laufenden, sowohl was den Unterrichtsstoff anging als auch den neuesten Klatsch und alles, was eine ganz normale Dreizehnjährige eben tagtäglich so machte. Und das, ohne den Fuß in ein Klassenzimmer setzen zu müssen.

Klar, manchmal wünschte sie schon, sie wäre dort gewesen und hätte etwas selbst erlebt, anstatt es lediglich durch die Augen ihres Spiegelbilds zu sehen. Es war nicht dasselbe, ob man dabei war, wenn ein Streich gespielt wurde, oder ob man sich nur aus Erzählungen daran erinnerte. Aber auch das gehörte wohl zu dem Preis, den sie bezahlen musste.

Leise zog Walküre den Rest ihrer Schuluniform aus und versteckte sie unter dem Bett. Dann schlüpfte sie in die schwarzen Sachen, die extra für sie angefertigt worden waren. Sie war ein Stück gewachsen, seit Grässlich Schneider die Kleider für sie maßgeschneidert hatte, aber sie passten immer noch und dafür war sie dankbar. Schließlich hatten sie ihr mehr als ein Mal das Leben gerettet und leider konnte sie Grässlich nicht einfach bitten, ihr neue zu schneidern. Im Kampf gegen den Weißen Sensenträger hatte er sich als letzter Waffe der Erdkraft bedient und sich in Stein verwandelt. Walküre hatte ihn nicht besonders gut gekannt, aber sie vermisste ihn dennoch und sie wusste, dass es Skulduggery genauso ging.

Sie zog den Mantel über, öffnete das Fenster und atmete tief durch. Nachdem sie sich vergewissert hatte, dass sie nicht beobachtet wurde, kletterte sie aufs Fensterbrett, verharrte einen Moment dort und konzentrierte sich. Dann glitt sie über den Rand und ließ ihren Fall von der verdichteten Luft unter sich bremsen. Es sah nicht elegant aus und die Landung war immer noch etwas zu hart, aber doch schon viel besser als zu Anfang.

Sie joggte zum Pier hinunter. Früher hatte sie sich dort mit ihren Freunden getroffen. Sie hatten Anlauf genommen, waren so weit wie möglich hinaus und über die Felsen unter ihnen gesprungen und dann mit Geschrei und Gespritze hinein ins glitzernde Wasser. Ja, es war gefährlich, und ja, der arme JJ Pearl hatte sich an den Felsen das Knie zertrümmert, aber die Gefahr gab der ganzen Sache einen zusätzlichen Kick. Seither hinkte JJ leicht und sie hatte sich längst von den Freunden ihrer Kinderzeit verabschiedet. Das Schwimmen vermisste sie allerdings. Dazu war sie in letzter Zeit kaum noch gekommen.

Der Bentley stand neben einem verrosteten Fiat und wartete auf sie. Er fiel auf wie ein bunter Hund – aber das tat er überall.

„Guten Morgen", begrüßte Skulduggery sie, als sie einstieg. „Bist du gut ausgeruht?"

„Ich habe zwei Stunden geschlafen."

„Nun ja, niemand hat behauptet, dass es einfach sei, das actiongeladene Leben eines großen Detektivs zu führen."

„Doch, *du* hast es behauptet."

„Ich habe gesagt, dass es für *mich* einfach ist", korrigierte er sie. „War das der Wagen deiner liebenswürdigen Tante, den ich vor eurem Haus gesehen habe?"

„Ja", sagte sie und erzählte ihm von ihrer kurzen Begegnung mit Beryl.

„Ein Familientreffen?", fragte Skulduggery, als sie fertig war. „Gehst du hin?"

„Wie – ich soll es dir allein überlassen, Baron Vengeous und seine Komplizen aufzuhalten? Das ist ja wohl ein Witz! Ich schicke mein Spiegelbild, danke der Nachfrage."

„So ein Familientreffen kann Spaß machen."

„Klar – weil ich mit dieser Seite der Familie immer irre viel Spaß habe. Es wäre ja alles nur halb so schlimm, wenn es die Verwandtschaft von Mums Seite wäre – da gibt es immer viel zu lachen. Aber Dads Seite ist einfach zu … abgedreht, wenn du verstehst, was ich meine."

„Ich verstehe. Gordon hat mir oft von seiner Verwandtschaft erzählt. Aber vergiss nicht, dass du genauso abgedreht bist."

Sie schaute ihn finster an. „Ich bin nicht *so* abgedreht. Ich bin *gut* abgedreht. Ich bin *cool* abgedreht."

„Ja", sagte er mit leisem Zweifel in der Stimme, „ja, das bist du."

„Ach, halt die Klappe. Aber Dads sämtliche Cousins und Cousinen kommen mit ihren Familien, Leute, die ich kaum kenne, und natürlich Beryl und Fergus und die Giftspritzen … Es wird sicher nur schrecklich und deshalb bringen mich da keine zehn Pferde hin."

„Du hast mich überzeugt."

Er ließ den Motor an und sie rutschte tief in ihren Sitz, als er losfuhr und auf die Straße einbog.

„Hast du inzwischen etwas über Vengeous herausbekommen?"

„Einer unserer Leute von den Docks hat sich noch nicht zurückgemeldet", erwiderte Skulduggery. Er trug seine übliche Verkleidung – einen breitrandigen Hut, XXL-

Sonnenbrille, Lockenperücke und einen Schal, der die untere Hälfte seines Gesichts bedeckte. „Es muss nichts zu bedeuten haben, aber ..."

„Aber Vengeous kann bereits hier sein?"

„Hm, ja."

„Schlecht."

„Gut ist es nicht."

Sie fuhren die Hauptstraße hinunter und Walküre linste aus dem Fenster, als sie an der Bushaltestelle vorbeikamen. Fünf gelangweilte Teenager standen sich in ihrer Schuluniform die Beine in den Bauch.

„Mein Spiegelbild ist nicht da", stellte sie stirnrunzelnd fest.

„Vielleicht wurde es aufgehalten."

Sie schüttelte den Kopf. „Es hat vor mir das Haus verlassen."

Der Bentley fuhr langsamer. „Was willst du tun?"

„Wahrscheinlich hat das überhaupt nichts zu bedeuten. Es könnte durch den Park gegangen sein ... allerdings sollte es inzwischen trotzdem hier sein. Aber wie gesagt, wahrscheinlich gibt es irgendeine harmlose Erklärung dafür."

Skulduggery hielt am Straßenrand und wandte sich ihr zu. „Du nutzt das Spiegelbild sehr viel öfter als allgemein üblich", sagte er. „Du solltest auf gelegentliches ungewöhnliches Verhalten gefasst sein."

„Ich weiß ..."

„Aber du willst nachschauen, wo es steckt. Richtig?"

„Ich will nur wissen, ob alles in Ordnung ist. Ich steige hier aus und gehe durch den Park."

„Und ich drehe um und fahre zurück zum Pier. Dort treffen wir uns dann wieder."

Walküre nickte, vergewisserte sich, dass niemand herschaute, stieg aus und lief zwischen zwei Häusern hindurch.

Dahinter kletterte sie über den Zaun und ließ sich auf der anderen Seite ins Gras fallen. Der Park war eine grüne Oase hinter der Hauptstraße mit Bäumen und Blumenrabatten und einem Springbrunnen. Hier hatte Walküre früher oft Fußball gespielt.

Wahrscheinlich war sie mal wieder überängstlich. Ihr Spiegelbild hatte bestimmt nur irgendwen getroffen, den Walküre kannte. Und wenn jemand die ganze Sache auffliegen ließ, war mit Sicherheit sie selbst es, indem sie in eine Situation hineinplatzte, die das Spiegelbild in seiner gewohnten Tüchtigkeit meisterte.

Dann hörte sie sich selbst schreien.

Walküre verließ den Hauptweg und lief auf das kleine Wäldchen zu. Dahinter, in der Nähe des Springbrunnens, kämpften zwei Gestalten miteinander. Eine davon war ihr Spiegelbild, das versuchte, sich aus der Umklammerung eines Mannes in Schwarz zu befreien.

„He!", rief Walküre.

Der Mann in Schwarz schaute auf. Er war blass und auf eine ungewöhnliche Art schön und entschieden zu gelassen. „Da bist du ja", sagte er. „Fast hätte ich mich täuschen lassen. Aber nur fast. Die hier hat keine Angst. Und ich kann Angst *riechen*."

Er stieß das Spiegelbild von sich und es fiel hin.

„Geh zur Schule", sagte Walküre zu ihm.

52

Das Spiegelbild nickte, hob ihre Schultasche auf und lief an ihr vorbei zu dem Wäldchen, ohne sich noch einmal nach ihrem Angreifer umzudrehen.

Walküre schaute ihn finster an. „Wer bist du? Wie hast du herausgefunden, wo ich wohne?"

„Ich bin euch gefolgt", sagte er. „Als ihr in die Stadt gekommen seid, habe ich euch verloren, also beschloss ich zu warten, bis du wieder auftauchst. Ich habe in der Zwischenzeit sogar ein paar neue Freunde gefunden."

Jetzt sah sie sie, ein junges Pärchen, das auf sie zukam. Sie kannte sie, zwar nicht mit Namen, aber sie hatte sie schon gesehen, Händchen haltend und lachend. Jetzt lachten sie nicht. Sie waren bleich, so bleich wie der Mann in Schwarz. Sie sahen krank aus und ihre Kleider waren blutbefleckt. Sie beobachteten sie mit dunklen, toten Augen. Walküre schaute wieder zu dem Mann in Schwarz und musste daran denken, wie geschmeidig und elegant er sich bewegt hatte.

„Du bist ein Vampir", keuchte sie.

„Und du bist Walküre Unruh und kommst jetzt mit uns."

Auf einen Kampf konnte sie es nicht ankommen lassen. So weit war sie noch längst nicht.

Also rannte sie los.

Das Pärchen nahm die Verfolgung auf, sie hörte ihre Schritte auf dem Rasen. Walküre behielt ihren Vorsprung bei. Sie brauchte sich nicht umzuschauen, um zu wissen, wie dicht sie ihr auf den Fersen waren; sie hörte es. Nur *ihn* hörte sie nicht.

Der Mann in Schwarz lief neben ihr, bewegte sich ohne

alle Anstrengung. Sie versuchte, einen Haken zu schlagen, doch er streckte lässig die Hand aus und seine Finger umschlossen ihren Arm. Als er abrupt stehen blieb, wurde sie mit einem schmerzhaften Ruck herumgerissen.

Sie holte zu einem Faustschlag aus, doch er drehte sich weg, sodass sie ins Leere schlug. Sie versuchte es mit einem Tritt und er machte einen Schritt zur Seite, wobei sein Gesichtsausdruck nie etwas anderes als Langeweile zeigte. Dann drehte er ihr den Arm auf den Rücken und sie ging auf die Knie.

„Der Baron will dich lebendig", sagte er, „aber er hat nichts von *unverletzt* gesagt, merk dir das. Und versuch nicht noch einmal, mich zu schlagen."

„Und wie ist es mit mir?", fragte Skulduggery, der sich im Laufschritt von hinten näherte. „Darf *ich* dich schlagen?"

Der Mann in Schwarz ließ Walküre los und drehte sich um; zu spät sah er Skulduggerys Faust, die ihn am Kinn traf. Er wankte einen Schritt zurück und Skulduggery spreizte die Finger. Ein starker Luftstoß fuhr in den Vampir und drängte ihn weiter zurück. Er überschlug sich, doch anstatt auf dem Rücken im Gras zu landen, entwickelte sein Körper eine unmenschliche Beweglichkeit, er wand sich und stand wie eine Eins.

„Der Detektiv", murmelte er.

„Hallo, Dusk", erwiderte Skulduggery. „Lange nicht gesehen. Immer noch ein Bösewicht?"

Der Mann, den er Dusk genannt hatte, lächelte. „Wenn es mich überkommt, ja." Er wies auf das junge Pärchen. „Darf ich dir meine Freunde vorstellen? Ich nenne sie

Wurmling eins und Wurmling zwei. Du kannst selbst entscheiden, wer wer ist."

Das Pärchen griff an. Skulduggery wich ihrem ungeschickten Zugriff aus und ließ sie zusammenprallen. Dusk wirbelte herum und einen Wimpernschlag später war er bei Walküre und zog sie auf die Füße.

Skulduggery stürzte sich auf ihn, sie gingen zu Boden und Skulduggery verlor Hut und Schal. Walküre stolperte rückwärts. Wurmling eins, der junge Mann, fauchte und ging auf sie los. Aus der Nähe betrachtet, sah er noch schlimmer aus. Die Augen waren glanzlos und rot gerändert und unter seinem Hemdkragen sah sie die Bissspuren in seinem Hals. Es waren nicht die zwei kleinen Nadelstiche, die sie aus Vampirfilmen kannte – der Hals war brutal zerbissen. Sie konnte das getrocknete Blut auf seiner Haut riechen. Es roch nach Kupfer.

Sie bekam Panik. Er hatte sie am Mantelkragen gepackt und stieß sie zurück. Und er hatte Kraft. Seine Freundin, Wurmling zwei, war direkt hinter ihm und genauso blutrünstig wie er.

Walküre zwang sich zur Ruhe, erinnerte sich an das harte Training mit Skulduggery und Tanith, in dem sie gelernt hatte, ihren Körper auch dann zu entspannen, wenn sie am liebsten nur noch geschrien hätte.

Sie ließ sich von Wurmling eins zurückstoßen. Dann umfasste sie mit der linken Hand sein Handgelenk und hielt ihm die rechte vors Gesicht. Sie stemmte den linken Fuß in den Boden, drehte sich seitwärts und Wurmling eins schlug einen Salto über ihre Hüfte.

Wurmling zwei fauchte und holte aus und Walküres

Welt bebte. Sie stieß die Hand weg, die sie packen wollte, versuchte einen Fesselgriff, der nicht funktionierte, und trat dann gegen das Knie von Wurmling zwei und stieß sie von sich.

Sie schaute hinüber zu Skulduggery und Dusk. Jetzt, wo Skulduggery sich das Überraschungsmoment nicht mehr zunutze machen konnte, gelang es Dusk, sich dank seiner Kraft und übernatürlichen Beweglichkeit vor seinen Angriffen in Sicherheit zu bringen. Er tänzelte aus der Reichweite seiner Hiebe und Tritte und wenn Skulduggery versuchte, ihn zu packen, war er ihm auch schon wieder entwischt.

Dusk versetzte nun Skulduggery einen Tritt und sprang zurück und dabei fiel ihm etwas aus der Tasche. Er schaute hin und wollte es aufheben, doch Skulduggery streckte die Hand aus und es flog hinein.

Es war eine Spritze, gefüllt mit einer farblosen Flüssigkeit.

Dusk zuckte die Schultern. „Du kannst sie behalten", sagte er, „ich habe noch jede Menge davon."

Die Wurmlinge stellten sich wieder in Position.

Walküre schnippte mit den Fingern, doch kein Funke entzündete sich. Sie versuchte es ein zweites Mal und jetzt spürte sie die Reibungswärme. Sie konzentrierte sich. Sie schloss die Hand, ließ die Energie aus ihrer Körpermitte in ihren Arm fließen, in die Handfläche, nahm den Funken auf und machte eine Flamme daraus.

„Zurückbleiben!", warnte sie.

Die Wurmlinge antworteten nicht. *Konnten* sie überhaupt antworten?

Die Flamme wuchs, wurde zu einem Feuerball in ihrer Hand und sie warf ihn direkt auf die beiden.

Im selben Moment rief Skulduggery etwas und kam angerannt. Er warf die Arme in die Luft und ein Windstoß traf den Feuerball und lenkte ihn von seiner Bahn ab, während die Flammen erloschen.

Dann war er an Walküres Seite, nahm ihren Arm und ging mit ihr rückwärts, als die Wurmlinge sich anpirschten.

„Sie wurden infiziert", sagte er, „aber sie sind noch nicht verloren. Noch nicht ganz. Wir wollen sie nicht umbringen."

Dusk trat hinter sie. „Sie können schließlich nichts dafür, dass ich sie mir ausgesucht habe."

Skulduggery erklärte Walküre: „Es dauert zwei Nächte, bevor ein Infizierter zum Vampir wird. So lange ist er ein unschuldiges Opfer."

„Aber in zwei Nächten", ergänzte Dusk, „ist das alles hier ohnehin vorbei."

Skulduggery zog seine Pistole und zielte auf ihn. Die Wurmlinge blieben stehen und fauchten. Dusk hörte nicht auf zu lächeln.

„Das ist eure letzte Chance abzuhauen", sagte Skulduggery.

„Warum sollten wir das tun? *Ihr* seid doch auf dem Rückzug. *Ihr* könnt meine Freunde nicht umbringen. Die kleine Auseinandersetzung hier verliert *ihr*."

Skulduggery entsicherte die Pistole. „Ich habe gesagt, dass wir sie nicht umbringen *wollen*. Ich habe nicht gesagt, dass wir es nicht tun *werden*."

„Wenn ein Schuss aus diesem Ding losgeht", sagte Dusk, „kommt die halbe Stadt angelaufen, um zu sehen, was los ist, und du hast deine Verkleidung verloren."

„Das ist der einzige Grund, weshalb ich euch nicht hier und jetzt das Licht auspuste."

Dusk überlegte, welche Chancen er hatte, und zuckte dann die Schultern. „Wurmlinge", sagte er, „wir gehen."

Das infizierte Pärchen machte seinem Unmut mit einem Fauchen Luft, gehorchte aber und entfernte sich mit Dusk.

Skulduggery hielt die Pistole immer noch im Anschlag. „Sag Vengeous, ich hätte mehr von ihm erwartet. Sich an meine Kollegen heranzumachen, um mich zu schnappen, war doch immer Serpines Masche. Sag ihm, wenn er mich will, soll er ein Mann sein und kommen, um mich zu holen."

„Der Baron ist ein Ehrenmann."

„Der Baron ist ein Feigling."

Dusk lächelte, sagte aber nichts mehr.

Walküre stand neben Skulduggery und sie schauten Dusk und seinen Wurmlingen nach, wie sie zwischen den Bäumen verschwanden.

UNERWÜNSCHTER BESUCH

Das Hibernia-Kino sah aus wie ein alter Mann mit hängenden Schultern und grauem Gesicht. So stand es eingezwängt zwischen höheren und breiteren Gebäuden. Seine Fassade war ein bröckelndes Zeugnis vergangener Zeiten und in seinem Namen fehlten fast alle Vokale. Vor fünfzig Jahren war dieses Kino ein Anziehungspunkt gewesen; jedes Wochenende waren die Dubliner in Scharen gekommen. Der erste Film, den Skulduggery hier gesehen hatte, war *Die oberen Zehntausend* und seither schwärmte er für Grace Kelly.

Er stellte den Bentley in der kleinen Gasse hinter dem Kino ab und ging mit Walküre hinein. Der dicke Teppich auf dem Boden schluckte das Geräusch ihrer Schritte. Sie gingen an gerahmten Postern von irgendwelchen obskuren Filmen vorbei mit Schauspielern, die längst tot waren. Seit Jahrzehnten war kein zahlender Besucher mehr in dem Gebäude gewesen.

Im Kinosaal war es wie immer still und zudem war er leer. Skulduggery und Walküre gingen die flachen Stufen zwischen den Sitzreihen hinunter. Vor der Kinoleinwand hing ein schwerer roter Vorhang, der schon ganz muffig roch. Als sie näher kamen, ging der Vorhang auf und auf der Leinwand begann ein alter Schwarz-Weiß-Film. Eine Backsteinmauer war zu sehen und eine offene Tür. Zu hören waren die Geräusche einer Stadt bei Nacht. Walküre folgte Skulduggery hinauf auf die kleine Bühne und zu der gezeigten Tür. Ihre Schatten fielen ins Bild. Dann gingen sie durch die Leinwand.

Sie stiegen die Treppe, die dahinter lag, hinauf und bald verdrängte Kunstlicht die Dunkelheit. Sie erreichten das oberste Stockwerk, wo nichts mehr auf das alte Kino hinwies. Auf den Fluren und in den Labors blinkte und blitzte es nun. Der Besitzer des Hibernia hatte viel Zeit aufgewendet, um das Gebäude zu renovieren und es in das Institut für wissenschaftliche Magie zu verwandeln, von dem er immer geträumt hatte. Da die Arbeit in den verschiedenen Abteilungen – wie dem medizinischen Flügel, dem brandneuen Archiv oder der Abteilung für theoretische Magie (Forschung und Entwicklung) – ziemlich heikel war, gab es keine Fenster. Eine Klimaanlage regelte die Temperatur aufs Genaueste. Obwohl dem Besitzer das gesamte Haus zur Verfügung stand – er teilte es lediglich mit seinen beiden Assistenten –, arbeitete er fast ausschließlich im kleinsten und dunkelsten Labor, wo Skulduggery und Walküre ihn schließlich auch antrafen.

Kenspeckel Grouse drehte sich um, als Skulduggery ihn mit Namen begrüßte.

„Du schon wieder", sagte er in einem Ton, der vor Wärme und Herzlichkeit nicht gerade troff. „Was willst du?"

Kenspeckel war ein schmächtiger älterer Herr mit weißem Haarschopf und sehr wenig Geduld.

„Wir haben etwas für dich", sagte Skulduggery und

zeigte ihm die Spritze, die Dusk aus der Tasche gefallen war. „Wir wollten dich fragen, ob du vielleicht Zeit hättest, das hier zu analysieren."

„Oh, weil ich ja sonst nichts zu tun habe, wie?", schnaubte Kenspeckel. „Walküre, dich habe ich ja seit Wochen nicht mehr gesehen. Gehst du allem Ärger aus dem Weg?"

„Nicht wirklich", gab Walküre zu.

„Das habe ich auch nicht erwartet", erwiderte er mit einem ärgerlichen Seufzer. Der ältliche Wissenschaftler war zwar mürrisch und hatte schlechte Umgangsformen, aber Walküre schien er ins Herz geschlossen zu haben. „In was hat er dich denn jetzt wieder hineingezogen?"

„Ich habe sie nirgendwo hineingezogen", verteidigte sich Skulduggery.

Walküre lächelte. „Schlägereien, versuchte Entführung, noch mehr Schlägereien. Das Übliche, du kennst es ja."

Skulduggerys Handy klingelte und er trat etwas beiseite, um das Gespräch entgegenzunehmen.

Sobald er außer Hörweite war, wurde Kenspeckels Ton freundlicher. „Wie geht es deiner Schulter?"

„Viel besser. Es ist kaum noch etwas zu sehen."

Kenspeckel nickte. „Ich habe eine neue Tinktur ausprobiert. Die Zutaten sind etwas schwerer zu beschaffen, aber bei meinen Lieblingspatienten gehe ich gern auf Nummer sicher, damit der Heilungsprozess so schmerzlos wie möglich abläuft."

„Ich gehöre zu dieser Kategorie?", fragte Walküre und ihr Lächeln wurde noch breiter.

Kenspeckel schnaubte. „Du *bist* die Kategorie."

Walküre lachte.

„Dein Partner gehört nicht dazu, nur damit das klar ist", fuhr Kenspeckel fort. Er wandte sich wieder Skulduggery zu, als dieser sein Gespräch beendete. „Lass mich die Spritze mal sehen."

Skulduggery gab sie ihm.

„Woher hast du sie?"

„Sie fiel einem Vampir aus der Tasche."

Kenspeckel hielt die Spritze ans Licht und betrachtete die Flüssigkeit darin. „Faszinierende Wesen, diese Vampire. Zwei voneinander völlig unabhängige Hautschichten, von denen die obere sich erneuert, wenn die Sonne aufgeht. Sie sind Menschen bei Tag, lediglich etwas schneller und kräftiger als andere, aber im Grunde sterblich. Bei Nacht allerdings …"

Walküre nickte. „Ich weiß, wie sie bei Nacht sind."

„Hm? Oh, stimmt ja, du weißt es aus eigener Erfahrung. Wie war das damals gleich noch einmal? Ah, natürlich!" Er schaute Skulduggery finster an. „Jemand mit absolut null Verantwortungsgefühl hat dich zu einem Vampir geschleift und es fast geschafft, dass man dich umgebracht hätte."

Skulduggery neigte den Kopf zur Seite. „Redest du von mir?", fragte er unschuldig.

Kenspeckel wandte sich wieder der Spritze zu. „Ich habe so eine schon mal gesehen", sagte er, „aber nur ein einziges Mal. Es handelt sich um ein seltenes Gebräu aus Schierling und Eisenhut. Ein Vampir würde es sich spritzen, wenn er nachts seine bestialische Natur unterdrücken wollte."

„Macht Sinn", murmelte Skulduggery. „Dusk ist für Vengeous nicht zu gebrauchen, wenn er jeden Tag bei Sonnenuntergang die Kontrolle über sich verliert."

Kenspeckel lockerte seine Krawatte und öffnete den obersten Hemdenknopf. „Ich hatte als junger Mann einen Zusammenstoß mit einem Vampir und bin gerade so mit dem Leben davongekommen. Deshalb trage ich das hier ständig bei mir."

Er zeigte ihnen ein kleines Fläschchen, das er um den Hals hängen hatte.

„Ist das Weihwasser?", fragte Walküre zweifelnd.

„Weihwasser? Nein, nein, nein! Es ist Meerwasser, Walküre."

„Oh", sagte sie gedehnt.

„Weihwasser wirkt nicht", erklärte Kenspeckel, „und ein Pfahl durchs Herz bringt sie nicht um. Köpfen funktioniert, aber Köpfen funktioniert bei fast allem. Das einzige Vampir-Gerücht, an dem etwas dran ist, ist fließendes Wasser."

Walküre runzelte die Stirn. „Oh. Und das ist das einzige Gerücht, von dem ich offenbar noch nichts gehört habe."

„Man erzählt sich doch, dass Vampire kein fließendes Wasser überqueren können und deshalb zum Beispiel keine Brücke über einen Fluss benutzen", erklärte Skulduggery. „Eine Brücke zu überqueren macht ihnen überhaupt nichts aus. Das Salzwasser ist es, das ihnen zusetzt."

„Vampire reagieren extrem allergisch auf das Zeug", fuhr Kenspeckel fort. „Wenn sie es trinken, schwillt ihre

Kehle an und es drückt ihnen die Luftröhre ab. Deshalb habe ich immer welches bei mir."

„Aber sie müssen es doch trinken, oder?", fragte Walküre.

„Ja, schon …"

„Und wie kriegt man einen Vampir dazu, das Wasser zu trinken, ohne dass er einen vorher umbringt?"

Kenspeckel blinzelte, sagte aber nichts.

„Schon gut", sagte Walküre rasch, „ich bin sicher, dir würde etwas einfallen. Du könntest ihm das Wasser zum Beispiel in den Mund schütten, wenn er dich beißen will."

Kenspeckel ließ die Schultern hängen und Walküre bekam ein ganz schlechtes Gewissen, weil sie ein Loch in seinen Verteidigungsring gepopelt hatte.

„Lass gut sein", sagte er trübselig.

„Tut mir leid …", begann Walküre, doch er hob die Hand.

„Du brauchst dich nicht zu entschuldigen. Ich bin ein *medizinisches* Genie, ein *wissenschaftliches* Genie, aber ganz offensichtlich kein *taktisches* Genie. Ich darf gar nicht daran denken, dass ich die letzten hundertachtzig Jahre keine Angst vor Vampiren hatte, weil ich ein Fläschchen Salzwasser um den Hals trug. Was war ich doch für ein Idiot!"

Kenspeckel schlurfte davon und Skulduggery legte Walküre die Hand auf die Schulter.

„Herzlichen Glückwunsch", sagte er. „Du hast gerade eine dreihundert Jahre alte Neurose wiederaufleben lassen. Wir sind fertig hier."

Walküre fühlte sich ganz elend, als sie auf demselben Weg, den sie gekommen waren, das Gebäude auch wieder verließen. Sie kamen an den beiden Assistenten in weißen Laborkitteln vorbei, Stentor und Civet, die in einem leer stehenden Raum miteinander rangen. Walküre war schon unzählige Male hier gewesen und an einen solchen Anblick gewöhnt. Die Assistenten winkten und rangen weiter.

Walküre war als Erste unten an der Treppe. Sie trat an die Kinoleinwand und ging hindurch. Dann hüpfte sie von der Bühne hinunter und wartete unten auf Skulduggery. Sie sah ihn durch das Bild der Tür kommen und einen Augenblick später flackerte der Film, die Leinwand wurde schwarz und der ganze Raum dunkel. Skulduggery verließ die Bühne und der Vorhang schloss sich langsam hinter ihm.

„Wer hat vorhin angerufen?", erkundigte Walküre sich. Es war ein Versuch, sich von dem Gedanken an das, was sie Kenspeckel angetan hatte, abzulenken.

„Der Großmagier", antwortete Skulduggery. „Er wollte uns nur wieder kontrollieren. Er ist so besessen davon, den Baron zu finden, dass ihn das ziemlich … gereizt macht."

„Er ist doch immer gereizt."

„Aber jetzt will er offenbar einen neuen Rekord aufstellen."

„Wenn doch nur Meritorius noch am Leben wäre. Er war ein guter Großmagier. Guild ist … Er ist wie ein Politiker, der immer glaubt, sich bei den Leuten beliebt machen zu müssen."

Sie verließen das Kino und traten in den hellen Sonnenschein. Skulduggery sagte nichts, bis sie bei seinem Bentley waren.

„Wir sind mit Tanith in der Bibliothek verabredet. Ich lass dich dort raus und wir treffen uns dann später bei ihr, ja?"

„Wohin gehst du?"

„Ich habe noch … etwas zu erledigen."

„Warum die Pause?"

„Bitte?"

„Du hast eine Pause gemacht beim Sprechen. Du hast noch … etwas zu erledigen. Warum hast du die Pause gemacht?"

„Weiß nicht. Nur so …"

„Du hast doch etwas vor."

„Nein –"

„Warum hast du dann die Pause gemacht?"

„Steig ein."

Sie stieg ein. Er stieg ein.

„Anschnallen", sagte er.

„Warum hast du eine Pause gemacht?"

Er ließ den Kopf auf die Brust sinken. „Weil ich etwas vorhabe."

„Und warum kann ich nicht mitkommen?"

„Weil es etwas ganz Hinterhältiges ist."

„Aber du sagst es mir später, versprochen?"

„Versprochen."

„Also gut." Sie schnallte sich an. „Fahren wir."

⁙

Walküre betrat das Mietshaus und stieg die Treppe hinauf, dabei begegnete sie einem Mann ohne Schatten. Sie erreichte den dritten Stock, als China Sorrows gerade aus der Bibliothek kam und in ihr Apartment gehen wollte.

„Walküre", begrüßte China sie, „wie schön, dich nach so kurzer Zeit wiederzusehen." Sie trug einen blassgrünen Rock und dazu ein Jackett, das dunkler war als tausend gemahlene Smaragde. Ihre Halskette war außergewöhnlich schön.

„Die ist ja traumhaft", sagte Walküre mit einem Blick darauf.

„Nicht wahr? Diese Halskette hat zwei hochanständigen Männer das Leben gekostet. Ich trage sie gelegentlich in Erinnerung an das Opfer, das sie gebracht haben. Manchmal trage ich sie auch, weil sie so gut zu dem Rock passt. Möchtest du hereinkommen?"

„Gern." Walküre folgte China in deren Wohnung und schloss die Tür hinter sich. Sie hätte es nie zugegeben, aber sie war ganz verliebt in Chinas Apartment. Der Teppich war weich und zart gemustert, die Einrichtung elegant und sparsam und man hatte einen Blick über Dublin, der die Stadt schöner und romantischer erscheinen ließ, als sie in Wirklichkeit war.

„Gibt es etwas Neues?", erkundigte sich China, während sie einen Stapel Briefe durchsah.

„Nichts Besonderes. Allerdings wurde ich angegriffen."

„Oh!"

„Von einem Vampir und seinen Wurmlingen."

„Ich kann sie nicht ausstehen", sagte China. „Haben

sie einmal zugebissen, muss die infizierte Person zwei Nächte lang für sie schuften, ohne sich dagegen wehren zu können, und wenn sie nicht behandelt wird, verwandelt sie sich danach in einen echten Vampir. Ein schrecklicher Zustand. Hast du zufällig seinen Namen aufgeschnappt?"

„Dusk."

„Oh, den kenne ich. Dusk ist sehr nachtragend. Ich hatte einmal einen Kollegen, der ihn geärgert hat. Es hat Jahre gedauert, aber irgendwann hat Dusk ihn schließlich aufgespürt und es war kein schneller Tod, den er ihm bereitet hat. Da war eine Menge Blut im Spiel und Geschrei und ..."

Sie fing sich wieder und lächelte. „Entschuldige. Ich gebe zu, dass ich in letzter Zeit ziemlich schlechte Laune habe. Wegen dieser Sache mit dem Groteskerium ... Alles, wofür ich so hart gearbeitet habe, meine Bibliothek, meine Sammlungen, mein Ansehen – das alles könnte aus schierer Gleichgültigkeit im Handumdrehen ausgelöscht werden."

„Zusammen mit dem Rest der Welt", erinnerte Walküre sie.

„Ja. Das wäre ebenfalls bedauerlich." China legte die Briefe weg. „Hast du ihn schon gesehen? Den Baron, meine ich."

„Nein, noch nicht."

China ließ sich auf ihrem luxuriösen und dazu äußerst geschmackvollen Sofa nieder. „Ein ungewöhnlicher Mann. Er behauptet gern von sich, er sei geradeheraus. Dabei ist er alles andere als das. Er hat dieselben elitären

Ansichten wie Nefarian Serpine, doch wo Serpine unabhängig und selbstsüchtig war, tat der Baron seine Pflicht vollkommen selbstlos und in blindem, unerschütterlichem Gehorsam. Was Serpine angefangen hat, will Vengeous vollenden. Für ihn ist die Rückkehr der Gesichtslosen das Einzige, was je wirklich wichtig war."

„Klingt so, als würdest du ihn gut kennen."

„Und ob ich ihn kenne. Hat Skulduggery dir das nicht erzählt? Auch ich habe früher die Gesichtslosen verehrt."

Walküre spürte, wie sie blass wurde. „Was?"

China lächelte. „Dann hat er es dir also nicht erzählt. Bliss und ich wuchsen in einer Familie auf, die die Dunklen Götter verehrte. Mein Bruder hat die Ansichten unserer Familie schon ziemlich früh abgelehnt. Bei mir hat es … etwas länger gedauert. Als ich sie noch verehrte, schloss ich mich einer kleinen Gruppe Gleichgesinnter an, zu der auch der Baron gehörte. Weißt du noch, wie ich dir gesagt habe, dass es nichts Gefährlicheres gibt als einen Fanatiker? Wir waren sogar in den Augen eines Fanatikers gefährlich."

„Ich … das wusste ich nicht."

China zuckte die Schultern. „Ich war jung und dumm und arrogant. Ich habe mich geändert. Ich bin nicht mehr so dumm."

China lachte. Walküre rang sich ein Lächeln ab.

„Und jetzt", fuhr China fort, „fragst du dich wieder einmal, ob du mir trauen kannst. Was hat Skulduggery gesagt, als er dir zum ersten Mal von mir erzählt hat?"

„Er … er hat gesagt, dass dir nicht zu trauen ist."

„Weil ich dein Vertrauen nicht wert bin, Walküre. Ich bringe die, die mir nahestehen, in Gefahr, wenn ich daraus einen Vorteil ziehen kann. Ich bin kein netter Mensch, meine Liebe. Ich gehöre nicht zu … zu den Guten."

„Warum verlässt er sich dann immer noch auf dich?"

„Weil auch er sich verändert hat und weil er kein Scheinheiliger ist. Er verurteilt mich nicht für das, was ich früher getan habe, solange ich nicht wieder so werde, wie ich damals war. Der Krieg gegen Mevolent hat alle verändert, die dabei waren. Wir alle haben Züge an uns gesehen, von denen wir lieber nichts gewusst hätten."

„Was hat Skulduggery gesehen?"

„Wut. Seine Familie wurde vor seinen Augen ermordet und als er vom Tod zurückkam, kam die Wut mit. Bei den meisten hält eine so schreckliche Wut nur eine gewisse Zeit lang an. Skulduggery ist die Ausnahme von der Regel. So ist er nun mal. Seine Wut blieb."

„Und was ist passiert?"

„Er verschwand. Wenn du mich fragst, hat Skulduggery gesehen, wozu er in der Lage ist, und er wusste, dass er die Wahl hatte – er konnte sich von seiner Wut auffressen lassen oder sie bekämpfen. Also ging er. Als er zurückkam, war die Wut zwar immer noch da, aber da war auch noch etwas anderes` – eine Erkenntnis, glaube ich. Ein neues Ziel. Er konnte wieder Witze machen, was mir sehr willkommen war, denn er gehört zu den wenigen Menschen, die mich zum Lachen bringen können. Kurz darauf erfuhren wir, dass Lord Vile gestürzt worden war. Skulduggery selbst brachte den Baron hinter Gitter und Mevolents Pläne begannen sich in Wohlgefallen aufzulösen."

„Wo war er? In den fünf Jahren, meine ich?"

„Ich weiß es nicht. Wir dachten alle, er sei tot. *Wieder* tot. Aber er kam genau in dem Augenblick zurück, als wir ihn brauchten. Das ist auch so etwas, worauf du dich bei ihm verlassen kannst – die Rettung im genau richtigen Moment. Darin ist er wirklich gut."

Es klopfte an der Tür. Sie erhoben sich beide. Vom Flur her hörten sie eine erstickte Stimme und dann ein lautes Rumsen.

China sah Walküre an. „Geh ins Schlafzimmer", sagte sie rasch. „Keine Widerrede. Geh ins Schlafzimmer und mach die Tür zu."

Walküre gehorchte, allerdings ließ sie die Tür einen Spaltbreit offen, gerade weit genug zum Durchschauen.

Sie sah, wie China das Telefon abnahm. Dann wurde die Apartmenttür aufgestoßen und der schmächtige Mann mit der Fliege kam hereingeflogen. Er landete zusammengekrümmt auf dem Boden und rührte sich nicht mehr.

Ein Mann betrat die Wohnung. Dem Aussehen nach war er um die fünfzig, hatte graues Haar und einen kurz geschorenen Bart. Er trug dunkle Kleidung, die leicht militaristisch anmutete. Seine Stiefel waren blank poliert. In seinem Gürtel steckte ein Dolch.

„Hallo, China", sagte er. „Schön, dich wiederzusehen."

„Baron Vengeous", sagte China gedehnt und legte das Telefon wieder hin. „Ich wünschte, ich könnte dasselbe von dir sagen. Weshalb bist du hier?"

„Willst du damit sagen, du weißt es nicht?"

„Wenn du ein überfälliges Buch zurückbringen willst –

die Bibliothek ist über den Flur. Die Säumnisgebühr wird dir hoch, aber gerechtfertigt vorkommen."

„Ich bin deinetwegen gekommen, China. In wenigen Stunden werde ich im Besitz von Lord Viles Rüstung sein und die letzte noch fehlende Zutat ist in Reichweite. Es wird Zeit, dass du die Maske abnimmst, Zeit, der Farce ein Ende zu bereiten. Du musst deinen Platz einnehmen."

„Mein Platz ist hier und nirgendwo anders."

„Wir wissen beide, dass das nicht stimmt. Du könntest den Gesichtslosen genauso wenig den Rücken kehren wie ich. Ich habe erlebt, wie du sie verehrst."

„Das war einmal."

Vengeous schüttelte den Kopf. „Du hast den Dunklen Göttern Treue geschworen. Du kannst deine Meinung nicht einfach so ändern."

„Doch, das kann ich und ich habe es getan."

Walküre sah durch den Türspalt, wie sich das Gesicht des Barons vor Wut verzerrte. „Du bist ihre Dienerin", sagte er leise und drohend. „Wenn du den Schwur, den du aus freien Stücken geleistet hast, nicht aufrechterhalten willst, tue ich es für dich. Du wirst zur Stelle sein, wenn die Gesichtslosen zurückkommen, und sei es nur, damit du die erste Verräterin bist, die sie umbringen."

Er wollte sie packen, doch China legte ihre linke Handfläche auf den Bauch und schnippte mit den Fingern der rechten und sämtliche Möbelstücke in dem Raum flogen auf Vengeous zu.

Walküre beobachtete mit offenem Mund, wie Tische, Stühle und Bücherregale in einem Wahnsinnstempo in

Vengeous hineinkrachten. Er wankte und stürzte und Blut lief ihm übers Gesicht. China klopfte sich zwei Mal auf den Bauch und machte eine Geste mit der rechten Hand und alles – das Mobiliar mitsamt dem Baron – schlitterte über den Boden und prallte gegen die Wand. Wieder ein Klopfen auf den Bauch und eine Handbewegung und die Möbel rückten zur Seite und schufen einen freien Platz um Vengeous herum.

„Du drohst mir nicht in meinem eigenen Heim", sagte China und ließ die Möbel erneut angreifen.

Doch Vengeous war schnell, er machte einen Satz nach vorn, seine Augen leuchteten gelb. Der Tisch, der genau auf ihn zukam, zerfiel mit einem Schlag in hunderttausend Splitter. Er tauchte unter dem Splitterregen durch und entging den restlichen Möbelstücken, die hinter ihm in die Wand krachten.

Seine Faust traf China am Oberkörper und sie flog hinten gegen die Wand und landete auf einem Knie.

Walküre hatte schon die Klinke in der Hand und wollte die Tür aufreißen, da sah sie, wie China zu Vengeous aufschaute und die Augen zusammenkniff.

„Hat meine Wortkette sich geschlossen, bindet dich der Kreis und übereignet dich deinem Schicksal."

Vengeous wollte sich auf sie stürzen, stieß jedoch gegen eine unsichtbare Wand. Er versuchte, nach hinten auszuweichen, kam aber nur wenige Schritte weit, bevor er wieder gegen ein Hindernis stieß. Er schaute auf den Boden, auf das kunstvolle Muster des Teppichs, und sah den darin verborgenen Kreis.

„Kluges Mädchen …"

„Hast du mir wirklich nicht zugetraut, dass ich Sicherheitsvorkehrungen treffe?", fragte China.

„Sehr, sehr clever."

Seine Augen glühten gelb.

„Das wird nicht funktionieren, mein lieber Baron. Meine Kraft liegt in Symbolen. Deine Kräfte können diesen Schild nicht niederreißen. Du kannst mir nichts antun. Aber ich dir."

Vengeous blickte wieder auf den Teppich, sah weitere verborgene Muster, Symbole, die um den Kreis herum in den Teppich hineingearbeitet waren und deren Energie jetzt blau pulsierte. Aus seiner Nase tropfte Blut.

„China", sagte er und es kostete ihn einige Anstrengung, seine Stimme unter Kontrolle zu halten, „du willst das doch nicht wirklich tun."

„Mit wem hast du dich verbündet?", fragte sie. „Wer hat deine Freilassung angeordnet? Wer steckt hinter dem allem?"

Er presste ein verzweifeltes Lachen heraus, das der Schmerz rasch verstummen ließ. „Du hast dich für die … falsche Seite entschieden, Frau. Ich wünschte, ich könnte … ich wünschte, ich könnte dich so lang am Leben lassen, dass du es bereuen könntest …"

Vengeous sackte zu Boden. „Ich wünschte, ich hätte die Zeit, dich dazu zu bringen, dass du bettelst … dass du mich um Gnade anflehst. Ich würde dich … ich würde dich zum *Schreien* bringen …"

„Gut", sagte China und ging zum Telefon. „Dann muss ich jetzt wohl die Profis rufen."

„China …", keuchte Vengeous.

Sie drehte sich zu ihm um. „Ja, mein lieber Baron?"

„Du hast doch nicht wirklich … du hast doch nicht wirklich angenommen, dass es so einfach wird?"

Dusk kam zur Tür herein. Ein weiterer Mann folgte ihm. Der Fremde hatte blondes Haar und trug einen braunen Anzug, ein weißes Hemd und eine dunkle Sonnenbrille. Seine Cowboystiefel waren alt und zerschrammt und er grinste.

Der Teppich löste sich unter seinen Füßen auf und er sank nach unten, verschwand einfach im Boden. China machte einen Satz zum Telefon hin, doch Dusk war wie der Blitz bei ihr und stieß sie zurück.

Walküre schaute fassungslos zu, wie die Hand des Fremden vor Vengeous wieder aus dem Boden auftauchte, ihn an den Füßen packte und hinunterzog. Der Boden schloss sich hinter ihnen und die Symbole leuchteten noch einmal auf, bevor sie wieder ihre normale Farbe annahmen.

Einen Augenblick später traten Vengeous und der Fremde neben China durch die Wand.

„Deine Gastfreundschaft war schon mal entschieden besser", sagte Vengeous. Seine Augen blitzten auf und China stürzte zu Boden. Dusk zerrte sie wieder hoch.

„Sieh zu, dass sie nichts anfasst", sagte Vengeous zu ihm. „Sie hat überall Symbole verteilt. Einige sind unsichtbar. Ein paar hat sie sich sogar auf den Körper tätowieren lassen. Sie darf auf *gar* keinen Fall etwas anfassen."

Dusk packte China an den Handgelenken und drehte ihr die Arme auf den Rücken.

Vengeous wischte sich mit einem Taschentuch das Blut ab. „Ich habe mehr von dir erwartet, China. Als du uns verlassen hast, dachte ich immer, du kommst zurück. Niemand kann tun, was du getan hast, und dann einfach davonlaufen. Ich hielt es nicht für möglich."

Sie schaute ihn an. Die Schmerzen in ihren Armen zeichneten sich auf ihrem Gesicht ab. „Ich habe andere Hobbys entdeckt. Du kannst dir auch welche zulegen. Briefmarken sammeln, zum Beispiel."

Dusk drehte an ihren Armen und sie keuchte. Der Mann mit der Sonnenbrille lachte.

Vengeous steckte das Taschentuch wieder ein. „Ich kann immer noch Gnade walten lassen, auch wenn meine Götter das *nicht* tun. Das Mädchen, China. Walküre Unruh. Sag mir, wo sie ist, und ich lasse dich am Leben."

„Skulduggery macht sich nichts aus ihr", stieß China zwischen zusammengebissenen Zähnen hervor. „Sie ist ein Hobby von ihm, weiter nichts. Du kommst über sie nicht an ihn heran."

„Meine Gnade ist auf eine bestimmte Zeit beschränkt. Sag mir, wo ich sie finde, oder ich foltere dich so lange, bis du darum bettelst, dass du es mir sagen darfst."

„Gut", antwortete China, „ist ja schon gut." Sie nickte in Richtung Schlafzimmer. „Sie ist da drin."

Walküre überlief es eiskalt, doch Vengeous schüttelte nur traurig den Kopf.

„China, diese Seite an dir mag ich überhaupt nicht, diese *Witze*."

„Ich habe zu viel Zeit mit Skulduggery verbracht. Du erinnerst dich doch sicher noch an *seine* Späße, Baron?

Woran erinnerst du dich noch? Daran, wie er dich festgenommen hat?"

„Ich erinnere mich, dass ich ihn fast umgebracht
habe."

„*Fast* war nicht genug", sagte China und sie brachte
sogar ein Lachen zustande. „Er ist dir auf den Fersen,
musst du wissen. Ich hoffe nur, dass ich dabei sein kann,
wenn er dich schnappt."

Dusk verrenkte ihren Arm und China schrie auf.

„Sag mir, wo das Mädchen ist", verlangte Vengeous,
„oder ich lasse dir die Arme brechen."

„Hier bin ich", sagte Walküre und stieß die Tür in genau dem Moment auf, in dem das Feuer in ihrer Hand
aufflammte.

BILLY-RAY SANGUIN

Der erste Feuerball, den sie warf, war schlecht gezielt und verfehlte Dusk. Der zweite hätte Baron Vengeous getroffen, wenn der sich nicht im letzten Moment weggeduckt hätte. Er war schnell. Vielleicht noch schneller als Skulduggery.

„Unruh", zischte er.

„Lauf!", rief China und Walküre gehorchte.

Sie war schon auf dem Flur, als sie sich noch einmal umschaute und sah, wie China mit der Hand wedelte. Die Tür fiel zu und die Männer in ihrem Apartment waren eingesperrt.

Sie erreichte die Treppe und wollte hinunterlaufen, als etwas nach ihrem Knöchel griff und sie fast gestürzt wäre. Sie fand das Gleichgewicht wieder und lief weiter und als sie sich umschaute, sah sie eine Hand, die wieder in der Treppenstufe verschwand.

Im zweiten Stock wäre sie auf dem Treppenabsatz fast gegen die Wand gelaufen, doch sie konnte sich abstoßen und rannte weiter. Ein Stück unterhalb brach die Wand auf und der Mann mit der Sonnenbrille trat heraus. Walküre umklammerte mit beiden Händen das Geländer, sprang hoch und nutzte den Schwung, um ihm mit aller

Kraft vor die Brust zu treten. Er prallte gegen die Wand und fiel nach vorn.

Im ersten Stock fehlte nicht viel und sie wäre über ihre eigenen Füße gestolpert. Der Mann war direkt hinter ihr. Sie sprang die letzten paar Stufen hinunter und rannte hinaus auf die Straße.

Autos fuhren vorbei und der Bürgersteig war voller Leute. Zu viele unschuldige Menschen, die in einen Kampf verwickelt werden könnten. Sie sprintete in eine schmale Gasse neben dem Mietshaus, die am anderen Ende in eine ruhige Nebenstraße mündete.

Der Mann mit der Sonnenbrille war hinter ihr, schloss die Lücke fast auf Armeslänge. Walküre schaffte es kaum noch, außerhalb seiner Reichweite zu bleiben.

Sie ließ sich fallen, der Mann stolperte über ihre Beine und flog über sie weg und dabei verlor er seine Sonnenbrille. Er landete der Länge nach auf dem Boden und als er ihr den Kopf zuwandte, sah sie, dass dort, wo seine Augen sein sollten, zwei kleine schwarze Löcher waren.

Sie schoss hoch, lief den Weg zurück, den sie gekommen war, und schaute sich in dem Moment um, als der Mann im Boden versank, geradewegs nach unten fuhr wie in einem Fahrstuhl. Noch fünf Schritte bis zur Straße. Da brach der Boden vor ihr auf und er schoss heraus. Sie taumelte rückwärts und versuchte, sich den Staub aus den Augen zu reiben, damit sie wieder etwas sah.

„Ich versteh überhaupt nicht, was der ganze Zirkus soll", sagte der Mann. Er war Amerikaner und sprach mit einem starken Südstaatenakzent. „Du bist doch nur 'n kleines Mädchen."

Sie schnippte mit den Fingern, doch er schlug ihr auf die Hand, bevor sie eine Flamme erzeugen konnte. Dann packte er sie. Sie spürte etwas Kaltes und Glattes an ihrem Hals.

„Versuch das nicht noch mal", warnte der Mann.

Er hielt ein Rasiermesser mit hölzernem Griff in der Hand und als ihr Blick wieder klar war, erkannte sie darauf die Initialen B.-R. S. Sie schaute auf und sah vorne auf der ruhigen Nebenstraße ein schwarzes Motorrad stehen. Taniths schwarzes Motorrad.

Eine alte Frau mit runzligem Gesicht und gelben Zähnen bog in die Gasse ein. Sie starrte Walküre und den Mann an, drehte sich um und ging rasch wieder davon.

Der Mann schüttelte den Kopf. „Siehst du, das ist das Problem mit ganz normalen Leuten. Sie sehen was Ungewöhnliches, sehen was, das ihnen Angst macht, und schon laufen sie in die andere Richtung. Du weißt, was das bedeutet, nicht wahr? Es bedeutet, dass dir niemand hilft. Es bedeutet, dass du ganz allein bist."

In dem Moment hustete jemand direkt hinter ihnen. Der Mann drehte sich um und Tanith Lows Fuß traf ihn mitten im Gesicht.

Er stolperte und Walküre riss sich los. Sie wirbelte herum, um ihn nicht aus den Augen zu verlieren, und schob sich rückwärts zur Wand. Der Mann hätte richtig gut ausgesehen, wären da nicht die schrecklichen schwarzen Löcher gewesen.

Er lächelte. „Und wer bist jetzt du?"

„Du zuerst", sagte Tanith.

Der Mann gluckste. „Meinetwegen. Billy-Ray Sanguin,

Meister in ungemütlichen Todesursachen aller Art und Lieferant grausamer und ungewöhnlicher Strafen."

„Du bist ein Killer?"

„Das wäre zu bescheiden, Süße. Ich bin ein *Luxus*killer. Außerdem kann man mich mieten, wenn Muskeln gebraucht werden, und nebenher übe ich noch sämtliche Söldneraktivitäten aus. Ich bin sehr, sehr teuer und ich bin sehr, sehr gut. Und wer bist du?"

„Dein Ende", sagte Tanith.

Sanguin lachte. „Oh, verstehe. Ich hab mich oft gefragt, wie mein Ende wohl aussieht. Dass es was so Hübsches ist, hätt ich nie gedacht."

Tanith griff unter ihren Mantel und brachte ihr Schwert zum Vorschein. „Kommst du freiwillig mit oder muss ich dir wehtun, Mr Sanguin?"

Sanguin machte ein erschrockenes Gesicht. „Moment mal! Schau dir mal deine Waffe an und dann schau dir meine an! Ich hab nur das kleine Rasiermesserchen hier! Das ist ja wohl nicht fair!"

„Aber dass du dein Messer einem unbewaffneten Mädchen an den Hals hältst, *das* ist fair, wie?"

Er zögerte und trat dann einen Schritt zurück, als sie näher kam. „Für mich hat's fair ausgesehen", sagte er, „zu dem Zeitpunkt. Wenn ich jetzt zurückschaue, war es vielleicht tatsächlich ein wenig einseitig. So im Nachhinein betrachtet."

Tanith zog ihren Mantel aus und ließ ihn fallen. Sie ließ die Muskeln an ihren Oberarmen spielen, zog das Schwert aus der Scheide und ging auf ihn zu.

„Oh", sagte er, „jetzt wird's interessant."

Tanith führte einen Hieb und Sanguin duckte sich, sodass die Klinge über seinen Kopf hinwegpfiff. Eine kleine Bewegung aus dem Handgelenk und Tanith führte den nächsten Hieb, doch er war schon außerhalb ihrer Reichweite und lachte.

„Das macht richtig Spaß! Zwei erwachsene Menschen, die sich auf die ganz altmodische Art und Weise näherkommen. Wie romantisch!"

„Du bist nicht mein Typ."

„Du weißt doch gar nicht, wer dein Typ ist, Süße."

„Ich weiß, dass *du* es nicht bist. Ich habe ein Paar Handschellen mit deinem Namen drauf, Mr Sanguin."

„Handschellen können mich nicht festhalten, schöne Frau. Ich bin so ziemlich gegen jeden Fesselzauber immun, von dem du je in deinem Leben gehört hast, und gegen ein paar weitere dazu. Das ist es, was mich aus der Masse heraushebt."

„Das und deine psychopathische Veranlagung."

„Oh, die macht mich nicht zu etwas Besonderem, die sorgt nur dafür, dass man *Spaß* mit mir hat."

Dieses Mal war es Sanguin, der als Erster angriff. Er täuschte einen Ausfall nach rechts vor, um das Schwert in diese Richtung zu lenken, dann machte er einen Sprung nach vorn und das Rasiermesser durchschnitt die Luft.

Tanith hob den Ellbogen und versetzte ihm einen Schlag gegen den Unterarm, sodass das Messer sein Ziel verfehlte. Dann trat sie ihm gegen das Knie und ließ ihr Schwert durch die Luft sausen. Sanguin musste rasch ausweichen. Er rollte ungeschickt über den Boden, kam wieder hoch und rieb sich das Knie.

„Das hat wehgetan", sagte er lächelnd.

„Ich kann es dir auch leichter machen."

„Gibst du mir dein Schwert?"

„Nein, aber wenn du mir sagst, was Baron Vengeous vorhat, lass ich dich gehen."

Er runzelte die Stirn. „Aber ich bin mit dem Wagen hier."

„Ich wiederhole das Angebot nicht, Mr Sanguin."

„Es ist sicher sehr gut gemeint. Aber leider bin ich ein Profi, ich wurde für diesen Job bezahlt und ich gedenke ihn auch auszuführen. Schließlich habe ich einen Ruf zu verlieren. Ich mache dir einen Vorschlag: Du bleibst ganz still stehen und erlaubst mir, dich umzubringen. Dann nehme ich mir das Mädchen und wir gehen fröhlich unseren Geschäften nach. Wie klingt das?"

„Ganz schlecht."

„Mist. Na ja, dann heißt es wohl: zurück zu den Ursprüngen, nehm ich an."

Er stand da, die Beine geschlossen, und lächelte wieder. Walküre schaute zu, wie der Boden unter ihm Risse bekam, und als er lose genug war, sank Sanguin einfach hinein und verschwand vor ihren Augen.

Tanith hielt das Schwert kampfbereit. Der Boden hatte sich wieder geschlossen, lediglich Hunderte kleiner Risse zeigten an, was passiert war. Walküre rührte sich nicht.

Sekunden verstrichen. Tanith hatte die Stirn gerunzelt; wahrscheinlich überlegte sie, ob ihr Gegner einfach das Weite gesucht hatte. Sie schaute zu Walküre hinüber und wollte etwas sagen, als die Wand hinter ihr einbrach und Billy-Ray Sanguin sich auf sie stürzte.

Es schien jedoch nicht möglich, Tanith zu überraschen, denn sie trat lässig zur Seite und fuhr ihm genauso lässig mit dem Schwert über den Unterarm. Er heulte auf vor Schmerz und ließ das Rasiermesser fallen. Dann tänzelte er zurück und drückte die Hand auf die Wunde, um das Blut zu stillen. Von seinem Sprung durch die Mauer war er immer noch voller Staub.

Walküre blickte neben sich auf den Boden.

„Untersteh dich!", warnte Sanguin und fixierte sie mit diesen schwarzen Löchern. Sie ignorierte ihn, bückte sich und hob das Rasiermesser auf, was ihn fuchsteufelswild machte.

„Was ist mit euch Frauen nur los?", brüllte er und kickte in die Luft. „Ihr tretet in unser Leben und nehmt uns alles! Über die Jahre habt ihr viele kleine Stückchen von mir bekommen, sogar von meiner *Seele*! Und jetzt? Jetzt habt ihr auch noch mein Rasiermesser! Womit soll ich denn jetzt Leute umbringen? Womit soll ich mich *rasieren*?"

Baron Vengeous bog von der Straße her in die Gasse ein und blieb hinter Sanguin stehen. Walküre erstarrte.

„Bring es endlich hinter dich!", rief Vengeous wütend.

„Jawohl, Sir", erwiderte Sanguin. An Tanith gewandt, fuhr er leise fort: „Siehst du? Du bringst mich in Schwierigkeiten mit dem Boss. Überlass mir das Mädchen, und zwar sofort."

Eine Tür, die Walküre bis jetzt nicht bemerkt hatte, ging auf und China trat heraus.

„Tut mir leid", sagte sie, „aber das wird sie nicht tun." Sie hatte eine frische Platzwunde an der Stirn, war ansonsten aber unverletzt.

Ein schwarzer Jeep hielt neben Vengeous und Dusk stieg aus.

Walküre schaute zufällig nach oben und sah eine Gestalt auf dem Dach. Einen Augenblick lang dachte sie, es sei noch einer von Vengeous' Kumpanen, doch dann trat die Gestalt einen Schritt vor und ließ sich fallen. Neben ihnen landete Mr Bliss, der sich nun aufrichtete.

Walküre sah, wie der Baron hinter Sanguin finster in die Runde schaute.

„Sanguin", rief er, „es sind zu viele. Wir gehen."

„Bin sofort da, Baron."

Doch Vengeous wartete nicht auf ihn, sondern stieg in den Jeep. Dusk setzte sich wieder ans Steuer und sie fuhren davon.

So plötzlich allein gelassen, verzichtete Sanguin auf seinen finsteren Blick. Er schaute seine Gegenüber an und fuhr sich mit der Zunge über die Lippen. Noch immer presste er die Hand auf den verletzten Arm; Blut tropfte durch seine Finger.

„Was hat Baron Vengeous vor?", fragte Bliss leise und drohend.

„Ich weiß es nicht", erwiderte Sanguin. „Nein, warte, das war gelogen. Ich weiß es wohl, ich sage es nur nicht."

Walküre sah, wie er die Beine schloss und der Boden unter seinen Füßen Risse bekam.

„Haltet ihn!", rief sie.

Tanith wollte sich auf ihn stürzen, doch es war zu spät. Mit der gesunden Hand auf dem verletzten Arm verschwand er im Boden.

„Verdammt!", fluchte Tanith. „Und das will ein Luxus-killer sein! Er ist doch nichts weiter als ein raffinierter kleiner Feigling."

„Das hab ich gehört!"

Sie spannten kampfbereit die Muskeln an, als sie auf das aufgebrochene Stück Boden hinunterschauten – und auf Sanguin, der den Kopf herausstreckte und zu ihnen aufsah. Sie entspannten sich wieder.

„Ich bin kein Feigling", verteidigte er sich hitzig. „Man hat mich lediglich vorübergehend ausgebootet. Nur ein ganzer Mann kann zugeben, wenn er geschlagen wur-de."

„Dann musst du sehr männlich sein", sagte Walküre.

Der Amerikaner funkelte sie böse an. „Niemand mag sarkastische Bemerkungen, Miss Unruh. Ich hab meinen Abgang nur verschoben, um dir etwas zu versprechen. Du hast mir mein Rasiermesser weggenommen, Süße. Das ist in meinen Augen ein unverzeihliches Vergehen. Ich schwör dir also, dass ich dich, wenn die Zeit gekom-men ist, das heißt, wenn du deinen Zweck erfüllt hast, *kostenlos* umbringen werde."

Damit verschwand Billy-Ray Sanguin wieder im Boden. Sekunden später streckte er den Kopf noch einmal he-raus.

„Oder zumindest zum halben Preis."

Und weg war er.

DAS GEHEIMZIMMER

Nachdem Walküre das Telefonat beendet hatte, wusch sie sich in der Toilette der Bibliothek das Gesicht. Als sie sich die Hände abtrocknete, sah sie, dass sie zitterten. Sie zitterten immer nach einem Kampf, wenn das überschüssige Adrenalin die Gelegenheit ergriff, nach Belieben in ihrem Körper herumzuflitzen.

Tanith wartete auf dem Flur auf sie und gemeinsam gingen sie die Treppen hinunter. Sie wollten zu Gordons Haus fahren und nachsehen, ob sie im Büro des verstorbenen Onkels irgendwelche Bücher über das Groteskerium fanden. Bliss blieb derweil bei China und half ihr, wieder einigermaßen Ordnung in ihrem Apartment zu schaffen. Walküre hatte noch nie Geschwister gesehen, die so vorsichtig miteinander umgingen wie diese beiden.

„Wie hat Skulduggery geklungen?", fragte Tanith nach einer Weile.

„Wütend", erwiderte Walküre, „und besorgt. Er bleibt nur ruhig, wenn ich von Leuten angegriffen werde, die er kennt. Aber von diesem Sanguin hat er noch nie etwas gehört."

„Jetzt wissen wir wenigstens, wie Vengeous aus seiner Zelle fliehen konnte."

Walküre nickte. „Dieser Tunnelgräber-Trick ist nicht schlecht, zugegeben, und recht nützlich. Nur sollte er ihn möglichst nicht anwenden, um mich zu schnappen. Ich habe keine Lust, Geisel zu spielen. Das macht bestimmt keinen Spaß."

Sie traten ins Freie und gingen zu Taniths Motorrad.

„Wie läuft's beim Training?", erkundigte sich Tanith.

„Gut. Na ja, meistens. Es gibt ein paar Bewegungsabläufe, die ich irgendwie … verlegt habe."

„Verlegt?"

„Vergessen."

Tanith lachte. „Wenn das hier vorbei ist, gehen wir sie noch einmal durch. Du schaffst das schon, keine Sorge. Wie geht es deinen Eltern?"

Walküre zuckte die Schultern. „Denen geht es gut."

„Warst du wieder öfter in der Schule?"

„Ach, Skulduggery schickt mich immer hin, wenn es hier gerade mal nicht brennt. Aber durch das Spiegelbild muss ich mich mit solchen Sachen eigentlich nicht mehr herumschlagen. Das ist echt super."

Tanith setzte ihren Helm auf, klappte das Visier hoch und sah Walküre mit einem merkwürdigen Blick an. „Ich würde mich nicht zu sehr von dem Spiegelbild abhängig machen, wenn ich du wäre. Indem du alle seine Erinnerungen aufnimmst, mag es sich so anfühlen, als würdest du zur Schule gehen, aber du gehst nicht wirklich. Du stehst draußen und betrachtest einen wichtigen Teil deines Lebens nur wie durch ein Fenster. Du bist dreizehn, Walküre. Du solltest deine Zeit mit Gleichaltrigen verbringen."

Walküre hob eine Augenbraue, als sie ebenfalls einen Helm aufsetzte. „Die kämpfen nicht gegen Monster, Tanith. Wenn sie es täten, wäre ich viel öfter mit ihnen zusammen."

Als Walküre zum ersten Mal auf Taniths Motorrad mitgefahren war, hatte sie sich anfangs seitlich an Taniths Mantel festgehalten, doch je schneller sie wurden, desto weiter nach vorn waren ihre Hände gewandert, bis sie Taniths Taille schließlich fest umklammerte. Nachdem sie ihre Angst überwunden hatte – dass sie aus der nächsten Kurve fliegen und einen schmerzhaften Tod erleiden würden, nachdem es ihnen auf offener Landstraße die Haut abgezogen hatte –, begann sie, das Gefühl zu genießen. Inzwischen machte ihr das Motorradfahren riesigen Spaß.

Tanith schlängelte sich durch den Verkehr und legte sich mit einer beängstigenden Geschwindigkeit in die Kurven und Walküre lachte laut unter ihrem Helm.

Irgendwann bogen sie von der Landstraße auf einen schmalen Feldweg ab und die Fahrt wurde entschieden holpriger. Nur Taniths exzellente Reflexe bewahrten sie davor, in einen der vorbeihuschenden Bäume zu donnern.

Sie ließen die Bäume hinter sich und schossen einen Hügel hinauf. Einen Augenblick lang flogen sie durch die Luft, um dann weich auf einer schmalen Straße zu landen. Jetzt kam noch die gewölbte Brücke und dann passierten sie auch schon das schwere Tor, das zu Gordon Edgleys Haus führte.

Für Walküre war es immer noch das Haus ihres Onkels.

Die Tatsache, dass sie es geerbt hatte, änderte daran absolut nichts.

Tanith bremste und ließ das Hinterrad ein wenig zur Seite hin wegrutschen, wodurch eine Kieselsteinfontäne aufstieg. Nachdem sie den Motor ausgeschaltet hatte, kickte sie den Ständer hinunter. Sie schwangen sich vom Rad und nahmen die Helme ab.

„Wie war die Fahrt?", fragte Tanith lächelnd.

Walküre strahlte sie an. „Ich sage Skulduggery schon die ganze Zeit, er soll sich ein Motorrad zulegen."

„Und was hält er davon?"

„Er sagt, Leute, die Lederkleidung tragen wie du, sollten Motorrad fahren. Leute, die teure Anzüge tragen wie er, sollten Bentley fahren."

„Das hat was." Tanith schaute hinüber zum Haus. „Gehen wir rein?"

Walküre lachte, zog den Schlüssel aus der Tasche und schloss die Haustür auf. „Es fällt mir immer noch schwer zu glauben, dass du ein Fan meines Onkels bist."

Sie gingen ins Haus. Der Flur war riesig, mit schaurigen Fantasybildern an den Wänden. Sie durchquerten ihn und betraten das Wohnzimmer.

„Dein Onkel war der beste Schriftsteller, den es je gab", meinte Tanith. „Warum sollte ich kein Fan von ihm sein?"

„Du ... ich weiß auch nicht, du bist irgendwie nicht der Typ. Es ist so, als ob deine Freundin deinen Vater für den coolsten Typ auf diesem Planeten hält. Es kommt mir einfach ein bisschen lächerlich vor."

„An dem, was dein Onkel geschrieben hat, war nun

wirklich nichts Lächerliches. Habe ich dir schon erzählt, dass eine seiner Kurzgeschichten auf einem Vorfall basiert, der *mir* passiert ist?"

„Du hast es mir erzählt. Schon oft."

„Ich habe ihn nie kennengelernt, aber er muss irgendwie davon erfahren haben. Vielleicht hat Skulduggery von der Sache gehört und sie ihm erzählt."

Tanith stand mitten im Wohnzimmer und blickte sich mit einem Ausdruck leichter Wehmut um. „Und hier hat Gordon gewohnt. Hier hat er seine Meisterwerke geschrieben. Du bist ein Glückskind, Walküre. Wie war es eigentlich, einen Onkel wie Gordon Edgley zu haben?"

„Nicht schon wieder", wehrte Walküre ab. „Wir haben jetzt wirklich anderes zu tun." Sie ging zum Bücherregal, holte ein Buch mit schwarzem Schutzumschlag heraus und gab es Tanith. Die biss sich auf die Lippe.

Und Dunkelheit brach über sie herein war der Titel von Gordons letztem Werk. Es sollte in wenigen Monaten erscheinen, doch Walküre hatte Tanith das Vorabexemplar zum Lesen gegeben. Wann immer Tanith hierherkam, verschlang sie ein paar Kapitel, bis es wieder Zeit war zu gehen. Sie liebte die Atmosphäre des Hauses und nutzte jede Gelegenheit herzukommen.

Wortlos ging Tanith mit dem Buch zur Couch, kuschelte sich in die Polster und begann zu lesen.

Walküre musste die Zähne zusammenbeißen, um nicht laut zu lachen. Sie verließ das Wohnzimmer, stieg die Treppe hinauf, ging in Gordons Arbeitszimmer und schloss die Tür hinter sich.

Im Gegensatz zu den übrigen Räumen herrschte in

Gordons Arbeitszimmer das reinste Chaos. Die Bücherregale brachen fast zusammen und überall lagen Manu-
skriptstapel herum. Sie trat zu dem Regal an der Rückwand und ging die Titel durch. Hier standen seine
Nachschlagewerke. Gelegentlich entdeckte Walküre hier
sogar Bücher über Magie, die sie gesucht und nicht einmal in China Sorrows' Bibliothek gefunden hatte.

Walküre strich mit dem Finger über die Buchrücken.
Wenn jemand Informationen über ein so bizarres und
einzigartiges Wesen wie das Groteskerium gesammelt
hatte, konnte das nur Gordon gewesen sein. Das war sein
Ding.

Sie verharrte mit dem Finger auf einem dicken, lederge-
bundenen Buch ohne Rückentitel. Sie hatte es früher
schon gesehen, ihm aber keine Bedeutung beigemessen.
Als sie es jetzt vom Regal nehmen wollte, ließ es sich
nicht bewegen. Sie runzelte die Stirn, packte es fester
und zog. Es ließ sich halb herausziehen, doch dann saß es
wieder fest. Dafür bewegte sich die Wand.

„Das gibt's doch gar nicht!", keuchte Walküre, als das
ganze Bücherregal aufschwang. Dahinter lag ein Raum,
schwarz wie die Nacht.

Ein Geheimzimmer. Ein richtiges, echtes Geheimzimmer.

Sie versuchte gar nicht erst, das erwartungsvolle Grinsen zu unterdrücken, das sich auf ihrem Gesicht ausbreitete, und trat ein. Sofort gingen überall Kerzen an.

Wie im Arbeitszimmer waren auch in dem Geheimzimmer ringsherum Regale und diese Regale waren vollge-
stellt mit Gegenständen, fremdartigen wie vertrauten.

Unter denen, die Walküre einordnen konnte, waren reich verzierte Spieldosen, kunstvoll gearbeitete Statuetten, silberne Dolche und vergoldete Kelche.

Vor ihr stand ein Tisch und auf dem Tisch lag in einer vergoldeten Schale in Klauenform ein blauer Edelstein. Als sie näher trat, begann der Edelstein von innen schwach zu leuchten und an der Rückwand des Raumes erschien aus dem Nichts ein Mann.

Beleibt. Braune Hose mit passender Weste über einem Hemd, dessen Ärmel bis zu den Ellbogen aufgekrempelt waren. Sandfarbenes, von grauen Strähnen durchzogenes Haar türmte sich wie ein lockerer Strohballen auf seinem Kopf. Er drehte sich um und riss die Augen auf, als er sie sah.

„Stephanie, was machst du denn hier?"

Sie starrte ihn an. „Onkel Gordon?"

Ihr toter Onkel stemmte die Hände in die Hüften und schüttelte den Kopf. „Was denkst du dir eigentlich dabei, hier in meinem Haus herumzuschleichen? Ich habe immer gesagt, dass du viel zu neugierig bist. Das ist zugegebenermaßen etwas, das wir gemeinsam haben, aber ich für mein Teil bin mir nicht zu schade, gelegentlich den Scheinheiligen zu spielen, wenn es sein muss."

Walküre stand nur da, mit offenem Mund. „Bist du … bist du es wirklich?"

Er zuckte zusammen, als sei er bei einer Lüge ertappt worden, dann wedelte er mit den Händen und wackelte mit dem Kopf. „Nein, ich bin es nicht", sagte er, „das ist alles nur ein Traum …"

„Onkel Gordon, hör auf damit."

„Geh dahin zurück, woher du gekommen bist", fuhr er fort, wobei er die Worte in die Länge zog, „und versuche aufzuwachen ... Und denk daran, das ist alles nur ein Traaauuummm!"

„Ich meine es ernst, Onkel Gordon, hör auf mit dem Quatsch."

Er hörte auf, mit dem Kopf zu wackeln, und ließ die Hände sinken.

„Gut, dann mache dich auf einen Schock gefasst, Stephanie. Die Welt ist nicht das, wofür du sie hältst. Es gibt Magie, echte Magie, und sie ist –"

„Das weiß ich doch längst", unterbrach sie ihn. „Sag mir einfach, was hier vorgeht. Wie kommt es, dass du hier bist?"

„Du weißt über die Magie Bescheid? Wer hat dir davon erzählt?"

„Beantwortest du mir meine Frage?"

„Möglich. Was wolltest du gleich wieder wissen?"

„Wie kommt es, dass du hier bist?"

„Ach, das. Ich bin gar nicht hier. Nicht wirklich. Das bin nicht ich. Das heißt, ich bin natürlich ich, aber dann doch wieder nicht. Siehst du den blauen Edelstein? Er ist sehr selten. Man nennt ihn Echostein und üblicherweise wird er dazu benutzt –"

„Ich weiß, was ein Echostein ist."

„Ach ja?"

„Die Leute schlafen drei Nächte lang mit dem Stein neben sich und übertragen dadurch ihre Persönlichkeit auf ihn."

„Oh. Ja, du hast recht", sagte er. Er sah etwas enttäuscht

aus. „Üblicherweise tun das Sterbende. Nach ihrem Tod bekommen die Hinterbliebenen den Stein, damit er ihnen über ihre Trauer hinweghilft oder Fragen beantwortet, die noch offen sind. Solche Sachen eben. Für mich war er dagegen mehr so etwas wie eine Schreibhilfe."

„Eine Schreibhilfe?"

„Ich habe mein Bewusstsein auf den Stein übertragen, beziehungsweise der echte Gordon übertrug *mich* auf den Stein. Er wendet sich immer dann an mich, wenn er bei einer Story nicht mehr weiterkommt oder sie aus einem anderen Blickwinkel betrachten muss oder auch nur dann, wenn er sich mit jemandem unterhalten will, der ihm gewachsen ist, intellektuell gesehen. Wir führen meist sehr interessante Unterhaltungen, das kann ich dir sagen."

„Das ist … das ist so …"

„Narzisstisch?"

„Ich wollte eigentlich *verrückt* sagen, aber lassen wir es meinetwegen bei narzisstisch. Wie viel Zeit haben wir, bevor er seine Kraft verliert?"

Gordon, der Echo-Gordon, schüttelte den Kopf und wies auf die Schale mit dem Stein. „Solange der Echostein in seinem Nest liegt, lädt er sich permanent neu auf. Ich könnte ewig hierbleiben – vorausgesetzt natürlich, es wäre noch jemand da. Nur mit mir allein wäre es ziemlich langweilig. Ich freue mich natürlich, dass ich mit dir reden kann, Stephanie, und ich würde dich auch gern in den Arm nehmen, wenn ich nicht direkt durch dich hindurchgreifen würde, was ziemlich merkwürdig wäre, aber ich muss dir leider sagen, dass es Gordon selbst bestimmt gar nicht recht ist, wenn er erfährt, dass du hier warst."

„Hm, also … ich glaube nicht, dass er es erfährt. Weißt du noch, wann du das letzte Mal mit Gordon gesprochen hast? Mit dem anderen Gordon, dem echten?"

Er kniff die Augen zusammen. „Warum fragst du das, Stephanie? Stimmt etwas nicht?"

Sie zögerte. „Ich heiße Walküre."

„Wellküre?"

„*Wal*küre mit a. Walküre Unruh. Du hast mir das Haus hier in deinem Testament vermacht."

Er starrte sie an. „Oh. Oh nein!"

„Doch."

„Oh mein Gott, ich bin … ich wusste ja, dass ich … ich meine, ich wusste, dass ich möglicherweise in Gefahr war, nachdem ich das Zepter der Urväter entdeckt hatte, aber … aber … Du musst mir jetzt die Wahrheit sagen, ja? Du musst vollkommen und brutal ehrlich sein. Sag mir frei heraus – bin ich tot?"

„Ja."

Er schlug die Hände vors Gesicht.

Sie wartete darauf, dass er sie wieder ansah. Als er es nicht tat, suchte sie nach Worten, um das Schweigen zu brechen. „Ich kann mir gut vorstellen, dass das jetzt ein Schock für dich ist …"

Endlich hob er den Kopf. „Wie bin ich gestorben?"

„Nefarian Serpine hat dich umgebracht", sagte Walküre so taktvoll wie möglich unter den gegebenen Umständen. „Also, er hat *Gordon* umgebracht. Und damit wahrscheinlich auch dich …"

„Serpine hat mich umgebracht? Dann hat er das Zepter! Schnell, Stephanie, wir dürfen keine Zeit verlieren –"

„Keine Sorge, er ist tot. Skulduggery hat ihn letztes Jahr schon getötet."

„Oh." Echo-Gordon atmete erleichtert auf. „Verstehe. Und du kennst also Skulduggery?"

„Er hat mich eingewiesen."

„Und was ist mit dem Zepter?"

„Es kann niemandem mehr gefährlich werden."

„Konntet ihr die Hinweise entschlüsseln, die ich euch gegeben habe? Die Sache mit der Brosche und den unterirdischen Höhlen?"

„Ja. Das war ausgesprochen clever von dir."

„Das mit dem Rätsel war meine Idee", sagte er stolz. „Gordon, der echte Gordon, wollte klare Anweisungen hinterlegen für den Fall, dass ihm etwas zustößt, aber ich habe ihn davon überzeugt, dass es besser ist, es in ein Rätsel zu verpacken. Es gibt dem Ganzen noch eine zusätzliche Note, findest du nicht auch?"

Seine Unterlippe zitterte.

„Ist alles in Ordnung?", fragte Walküre.

„Eigentlich nicht. Ich bin die Erinnerungen eines Toten. Ich versuche gerade, eine Daseinsberechtigung für mich zu finden. Gab es Aufruhr? Als ich starb, meine ich? Wurde ein Tag Staatstrauer angeordnet?"

„Hm … kein ganzer Tag, glaube ich …"

Er runzelte die Stirn. „Aber ich war ein Bestsellerautor. Man hat mich *geliebt*. Und eine Gedenkminute, die im ganzen Land abgehalten wurde – gab es die?"

Walküre rieb sich die Arme. „Eine Minute? Ich bin mir

nicht sicher, ob es … also, ob es eine offizielle Gedenkminute gab, aber mir ist aufgefallen, dass die Leute … stiller waren als sonst."

„Wie sieht es mit den Verkaufszahlen aus?"

„Oh, deine letzten beiden Bücher kamen sofort wieder in die Top Ten."

„Und was ist mit meinem letzten Buch?"

„Es erscheint in drei oder vier Monaten, glaube ich."

„Das wird ein Renner", sagte er und rieb sich das Kinn. „Das sollte sich wirklich gut verkaufen, jetzt, wo ich tot bin."

„Auf deiner Beerdigung waren jede Menge Leute", erzählte Walküre. „Viele haben geweint und gesagt, was für ein großartiger Mann du warst und wie sehr man dich vermissen wird."

Echo-Gordon verdaute das, dann nickte er. „Man *wird* mich vermissen. Und ich war tatsächlich ziemlich großartig." Plötzlich machte er ein griesgrämiges Gesicht. „War Beryl auch da?"

Walküre lachte. „Ja, und sie hat sich ein paar Tränen abgequetscht, um möglichst viel Mitleid zu bekommen."

„Ich konnte die Frau nie leiden. Wenn du mich fragst, hätte Fergus was Besseres kriegen können. Nichts viel Besseres, damit wir uns richtig verstehen – der Mann hat die Persönlichkeit eines nassen Handtuchs. Aber jede andere wäre besser gewesen als Beryl. Gordon hat ihnen in seinem Testament doch ein Boot hinterlassen, oder? Wie haben sie das denn aufgenommen?"

„Fergus hat es die Sprache verschlagen und Beryl bekam einen hysterischen Anfall."

Echo-Gordon lachte und rieb sich die Hände. „Das hätte ich zu gern miterlebt. Wir haben vielleicht eine Familie!"

„Das kannst du laut sagen. Übrigens findet morgen Abend ein Familientreffen statt."

„Tatsächlich? Wie schön! Nimmst du mich mit?"

„Äh ... wie denn? Du bist tot, Onkel Gordon."

„Steck einfach den Stein in deine Tasche und bring mich in ein leeres Zimmer, von dem aus ich mir die ganzen Edgleys anschauen und über sie lachen kann. Ich könnte aber auch als Geist auftreten und Beryl heimsuchen."

„Hm, das wäre vielleicht etwas kindisch, oder? Aber ich glaube ohnehin nicht, dass ich hingehe. Ich muss morgen Abend die Welt retten, deshalb ..."

„Ja, natürlich. Aber falls du es dir noch anders überlegst ..."

Sie grinste. „Dann nehme ich dich mit, versprochen. Aber was hat es mit diesem Zimmer hier auf sich? Was haben all diese ... Sachen hier zu bedeuten?"

Er drückte stolz die Brust heraus. „Das, meine liebe Nichte, sind Gegenstände von großer magischer und historischer Bedeutung. Was du da auf den Regalen um dich herum siehst, ist so selten, dass viele Sammler über Leichen gehen würden, um sie in ihren Besitz zu bekommen. Und ich meine das ernst. Es gibt da eine Frau –"

„China Sorrows?"

„Du kennst sie also. Ja, China. Wenn sie von diesem kleinen Schatz hier wüsste, würde sie vor nichts haltmachen, um ihn sich zu holen. Man sollte ihr also besser nichts davon erzählen. Ich habe sie eine ganze Zeit lang sehr geliebt, musst du wissen."

„Jeder liebt China."

„Schon, aber meine Liebe war stärker und es war wahre Liebe. Ich glaube, sie wusste es, und ich glaube, sie hat mich auf ihre Art genauso geliebt wie ich sie. Das heißt, sie hat Gordon so geliebt wie er sie ... nein, so sehr wie ich sie ... sie liebte Gordon so, wie ich sie geliebt habe. Oder so ähnlich."

„Geht es ... geht es dir wirklich gut?"

„Ich durchlebe gerade eine kleine Existenzkrise, nichts Ernstes." Er hielt inne und überlegte einen Augenblick, dann hellte sich seine Miene auf. „Dann hat Skulduggery dich also unter seine Fittiche genommen, ja? Bei ihm kann dir nichts passieren, er ist einer von den Guten."

„Das ist er. Ich lerne zaubern bei ihm und kämpfen ... Es ist nicht gerade ungefährlich, macht aber einen Riesenspaß."

„Ich habe ihm bei einigen von seinen Fällen geholfen. Nichts Großartiges, aber hin und wieder konnte ich ein paar Geheimnisse aufdecken. Ich war ja nie der Actionheld, der die Fäuste fliegen lässt. Nachforschungen anstellen, Dinge aufspüren, Leute – das war eher mein Ding. Woran arbeitet ihr gerade?"

„Wir sind hinter diesem Spinner her, der aus dem Gefängnis ausgebrochen ist, Baron Vengeous."

„Vengeous?", fragte Echo-Gordon. „Er ist auf freiem Fuß?"

„Wir fürchten, dass er das Groteskerium zum Leben erwecken will."

Echo-Gordon fielen fast die Augen aus dem Kopf. „Das Groteskerium? Das ist so unfair! Ich wollte ein Buch über die ganze Geschichte schreiben und jetzt bin ich tot!"

„Das ist tatsächlich unfair", stimmte sie zu. „Weißt du etwas darüber?"

„Ein wenig schon. Ich habe keine Bücher, in denen du etwas nachschlagen könntest, aber ich weiß, dass es aus Einzelteilen verschiedener ziemlich beeindruckender Kreaturen zusammengesetzt wurde. Dass man es zum Leben erwecken kann, hätte ich allerdings nicht im Traum gedacht."

„Das versuchen wir auch erst noch rauszukriegen."

Echo-Gordon schüttelte ehrfürchtig den Kopf. „Erstaunlich. Außerordentlich erstaunlich. Es soll einen Stachel von einem Helaquin haben und verschiedene Teile stammen von einem Shibbach. Nach dem, was ich gelesen habe, musste Baron Vengeous es innen völlig neu ausstaffieren, ihm einen ganzen Satz neuer Innereien verpassen. Das Herz, das er ihm gegeben hat, es stammt von einem Cu Gealach, sitzt auf der rechten Seite und tiefer als üblich, ungefähr hier." Er wies auf seine Rippen.

„Könnte man es, wenn es auftaucht, umbringen, indem man sein Herz demoliert?"

„Ja, dann wäre es mausetot."

„Dann … bringen wir es einfach auf diese Art um, oder? Wo ist das Problem?"

„So einfach ist es auch wieder nicht. Da das meiste an ihm von einem Gesichtslosen stammt, heilt es schnell wieder. Je mehr Kräfte es sammeln kann, desto schneller heilt es, bis man ihm überhaupt keine Verletzungen mehr zufügen kann. Tut mir leid, aber ein Groteskerium im Vollbesitz seiner Kräfte umzubringen, ist so gut wie unmöglich. Habt ihr es schon gefunden?"

„Nein. Wir wissen ja nicht einmal, wo wir anfangen sollen zu suchen."

„Fragt die Qual."

„Wen?"

„Vor ein paar Jahren ging das Gerücht, dass ein Mann mit Namen die Qual wüsste, wo das Groteskerium versteckt wurde."

„*Die* Qual? Nicht vielleicht Joey Qual oder Sam Qual? Einfach nur *die* Qual?"

„Einfach nur die Qual, ja. Er ist inzwischen wahrscheinlich tot, falls es ihn überhaupt je gegeben hat. Es war nur ein Gerücht. Frag Eachan Meritorius, ob er ihn kennt."

„Hm, Meritorius ist tot. Und Morwenna Crow auch. Sagacious Tome ebenfalls, aber er hat die anderen betrogen. Dass *er* tot ist, tut mir deshalb nicht leid."

„Meine Güte. Meritorius und Crow? Das sind eine ganze Menge Tote. Gibt es auch welche, die nicht tot sind?"

„Hm … Grässlich Schneider ist ein Denkmal."

„Das ist immerhin etwas."

Walküre schaute auf ihre Uhr. „Ich sollte besser gehen. Tanith wartet unten auf mich."

„Tanith?"

„Tanith Low."

„Oh, ich habe von ihr gehört. Getroffen habe ich sie nie, aber gehört von ihr. Du kennst die Erzählung *Die nächtliche Horror-Show* aus meiner Kurzgeschichtensammlung? Dazu hat mich etwas, das ich über sie gehört habe, inspiriert."

Walküre lächelte. „Sie würde sich bestimmt freuen, wenn sie das wüsste."

Echo-Gordon betrachtete Walküre liebevoll. „Du bist für das alles wie geschaffen, weißt du das? Ich habe Skulduggery eine Zeit lang geholfen, bis ich merkte, dass ich mich nicht so gern in Lebensgefahr begebe. Manchmal bereue ich meinen Rückzieher. Aber du ... Ich wusste immer, dass du wie geschaffen bist für dieses Abenteuerzeug. Deshalb hast du auch alles geerbt."

„Dafür wollte ich mich noch bedanken. Es ist ... einfach irre."

„Schon gut. Wie ist übrigens Serpine gestorben?"

„Qualvoll."

Echo-Gordon grinste. „Oh, gut."

Walküre schloss gerade die Tür ab, als der Bentley vor Gordons Haus hielt.

„Alles in Ordnung?", fragte Skulduggery, kaum dass er ausgestiegen war.

„Das habe ich dir doch schon am Telefon gesagt. Tanith kam gerade noch rechtzeitig und hat die Situation gerettet."

Skulduggery schaute zu Tanith hinüber. „Danke."

„Walküre hatte alles im Griff", sagte sie mit einem Schulterzucken.

„Wie ist dein streng geheimes, hinterhältiges Vorhaben

gelaufen?", erkundigte sich Walküre, um das Gespräch rasch auf etwas anderes zu bringen.

Skulduggery zögerte mit der Antwort. „Das ist ein heikles Thema."

„Wir sind doch alles Freunde hier. Also, wo warst du?"

„Nun, ich … ich bin ins Sanktuarium eingebrochen."

„Bitte – *was* hast du gemacht?"

„Du hast da vorher etwas gesagt, dass Thurid Guild wie ein Politiker sei, der immer glaubt, sich bei den Leuten beliebt machen zu müssen. Das hat mich auf etwas gebracht. Also bin ich in seine Privaträume eingebrochen. Ich hatte so eine Ahnung."

Tanith starrte ihn an. „Das ist … das ist ziemlich gefährlich, Skulduggery. Wenn die Sensenträger dich erwischt hätten …"

„Ich weiß. Es wäre ein interessanter Kampf geworden. Aber ich musste es riskieren, wirklich. Ich war neugierig."

„Worauf?", fragte Walküre.

„Vielleicht gibt es einen begründeten Verdacht, dass Thurid Guild etwas mit Vengeous' Befreiung zu tun hatte."

Walküre runzelte die Stirn. „Was soll das heißen – er hat etwas damit zu tun gehabt?", wollte sie wissen. „Ist er ein Verräter?"

„Meine illegalen Untersuchungen haben gerade erst begonnen. Es ist noch zu früh, um –"

„Genau wie Sagacious Tome", unterbrach ihn Walküre. „Und China!"

Skulduggery legte den Kopf schief. „China ist keine Verräterin."

„Aber sie hat die Gesichtslosen verehrt, oder?"

„Ja, schon, aber wir haben alle schon Dinge getan, auf die wir nicht gerade stolz sind."

„Selbst du?"

Skulduggery schaute sie an, sagte jedoch nichts.

„Wie ist es möglich, dass ein Verräter zum Großmagier gewählt wird?", fragte Tanith.

Skulduggery schüttelte den Kopf. „Es handelt sich lediglich um einen Verdacht meinerseits. Ich habe ein paar Aktenordner verschwinden lassen, die dem Großmagier gehören, und –"

„*Verschwinden* lassen?"

„– und ich brauche etwas Zeit, um sie durchzugehen. Bis ich ihm etwas nachweisen kann, ist Thurid Guild unschuldig. Was allerdings nicht bedeutet, dass wir ihm trauen. Das wäre dumm."

„Sicher", sagte Tanith.

„Logisch", sagte Walküre.

„Gut. Habt ihr irgendetwas herausgefunden, das uns weiterhelfen könnte?"

Walküre schaute Tanith an, die ihre Stiefelspitzen betrachtete.

„Ich ... ich habe gelesen."

„Du hast Nachforschungen betrieben, meinst du?"

Tanith wurde rot und Skulduggery neigte wieder leicht den Kopf.

„Du hast wieder in Gordons neuem Buch gelesen, habe ich recht?"

„Es ist absolut gänsehautmäßig wahnsinnig spannend!",
murmelte sie.

Er seufzte und wandte sich an Walküre. „Und du?"

Echo-Gordon hatte sie gebeten, niemandem etwas von
ihm zu erzählen, zumindest so lange nicht, bis er sich an
die Tatsache gewöhnt hatte, dass er die einzige Gordon-
Edgley-Ausgabe war, die es auf diesem Planeten noch
gab. Walküre hatte es ihm widerwillig versprochen.

„Ich habe in einem von Gordons Notizbüchern etwas
entdeckt", log sie. „Danach könnte jemand namens die
Qual wissen, wo Vengeous das Groteskerium versteckt
hat."

„Die Qual?"

„Keine Ahnung, ob es ihn wirklich gibt."

„Es gibt ihn."

„Du kennst ihn?"

„Nein", erwiderte Skulduggery, „aber ich kenne jemanden, der ihn kennt."

LORD VILES RÜSTUNG

Billy-Ray Sanguin mochte die Infizierten nicht.

Er betrachtete sie im Vorbeigehen, schaute in ihre ausdruckslosen Gesichter mit den matten Augen. Die Hälfte von ihnen grub, die andere Hälfte räumte Steine fort, und das ohne jede Pause. Dusks Gewalt über sie war absolut.

Sanguin ließ sie schuften. Beim Gehen spürte er das Messer in seinem Gürtel. Es war groß und schwer und unhandlich. Sein Rasiermesser war ihm viel lieber gewesen, aber dieses Mädchen hatte es ihm ja weggenommen. Er wartete ungeduldig auf ein Wiedersehen mit ihr.

Die Höhlen waren riesig und die Fackeln, die man verteilt hatte, konnten die Dunkelheit, die Baron Vengeous durchschritt, kaum erhellen.

„Die Infizierten haben die Kammern im Osten ausgeräumt", berichtete ihm Sanguin. „Dort ist die Rüstung nicht. Ich selbst hab die Höhlen im Westen durchsucht und nichts gefunden. Hab mich auch durch ein paar eingebrochene Tunnel im Norden gegraben – ebenfalls nichts. Sieht so aus, als wär die Rüstung, wenn sie überhaupt hier ist, in einer der Kammern im Süden."

„Sie ist hier", sagte Vengeous voller Überzeugung.

„Lord Vile ist in diesen Höhlen gestorben, das weiß ich. Was ist mit meinen Kleidern?"

Um die Rüstung tragen zu können, brauchte Vengeous spezielle Kleider, die ihn vor den Totenbeschwörer-Kräften darin schützten. Diese Kleider zu besorgen, war Sanguins Job gewesen.

„Bis Sonnenuntergang sind sie fertig", versicherte Sanguin ihm, „wie versprochen."

„Hoffentlich."

Sanguin schaute ihn an, sagte jedoch nichts. Mit dem Baron war nicht zu spaßen, schon gar nicht in einer Zeit wie dieser.

Es gab noch jemanden, den Sanguin nicht mochte: Dusk. Er mochte Vampire im Allgemeinen nicht, doch gegen Dusk hegte er eine ganz spezielle Abneigung, vor allem gegen seine Fähigkeit, sich vollkommen geräuschlos anzuschleichen. Sanguin kannte nur einen Menschen, der Dusk herankommen hörte, und das war Vengeous. Deshalb zuckte Sanguin auch zusammen, als Dusk plötzlich direkt neben ihm zu reden begann, und Vengeous blieb vollkommen ruhig.

„Baron", verkündete Dusk, „wir haben sie gefunden."

Vengeous' Augen blitzten im Licht der Fackeln. Sanguin folgte den beiden tiefer in das Höhlensystem hinein. Das Wasser lief an den Wänden herunter und machte den Boden rutschig. Sie gingen auf ein Rudel Infizierter zu, die beiseitetraten, um Baron Vengeous in die neu entdeckte Kammer zu lassen. Sanguin drängelte sich nach vorne durch und stellte sich neben Dusk.

Die Fackeln warfen lange Schatten auf die rauen Wände. In der Mitte der Kammer stand ein großer runder Steintisch und auf diesem Tisch lag die Rüstung. Sie war von einem stumpfen Schwarz und vollkommen schmucklos, ohne Gravierungen oder Prägungen. In Baron Vengeous' Augen muss sie das Schönste gewesen sein, das er je gesehen hatte.

Lord Viles Rüstung.

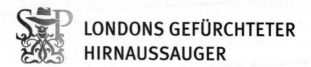

LONDONS GEFÜRCHTETER HIRNAUSSAUGER

Vaurien Scapegrace saß gegenüber von Skulduggery am Tisch. Tanith stand direkt hinter ihm und Walküre hatte sich mit verschränkten Armen in der Ecke neben der Tür aufgebaut.

Skulduggery schaute von dem Ordner auf, in dem er gelesen hatte. „Vaurien, du warst bisher nicht sehr kooperativ, wenn jemand etwas von dir wissen wollte, stimmt's?"

„Keine Ahnung, was die Typen immer wollen."

„Es ist bekannt, dass du der Freund eines Mannes namens die Qual bist."

Er zuckte die Schultern. „Mir neu."

„Was ist dir neu?"

„Dass ich ihn kenne."

„Wen?"

„Was?"

„Dass du die Qual kennst?"

„Ja."

„Dann kennst du ihn also?"

„Ja." Dann rasch: „Nein."

„Du kennst ihn nicht?"

„Ich nicht. Ich nicht. Nie von ihm gehört."

„Ich sage es nur ungern, Vaurien, aber das klingt erstaunlich wenig überzeugend."

Scapegrace schüttelte den Kopf. „Wer soll das sein? Ich hab nie von ihm gehört. Welcher Qual?"

„Erkennst du die hübsche Lady hinter dir wieder?"

Scapegrace versuchte, sich auf seinem Stuhl umzudrehen, doch wegen der Fesseln konnte er lediglich den Kopf drehen. Er schaute wieder auf Skulduggery und zuckte die Schultern. „Sollte ich?"

„Das ist Tanith Low. Vielleicht hast du schon von ihr gehört. Tanith ist eine berühmte Vernehmungsbeamtin, auf der ganzen Welt bekannt wegen ihrer hundertprozentigen Erfolgsrate, wenn es darum geht, die Informationen zu bekommen, die sie braucht."

Tanith hob erstaunt eine Augenbraue, sagte jedoch nichts.

„Ach ja?", erwiderte Scapegrace. Er sah leicht beunruhigt aus. „Und wie schafft sie das?"

„Nun ja, vorsichtig ausgedrückt, hat sie die Fähigkeit, den Leuten das Gehirn auszusaugen."

Scapegrace riss die Augen auf und Tanith musste in die vorgehaltene Hand husten, um nicht laut zu lachen. Auch Walküre konnte sich das Lachen kaum verkneifen. Sie wünschte sich überallhin, nur nicht in Scapegrace' Blickfeld.

„Das darf sie nicht", widersprach er. „Das ist illegal."

„Ist es nicht, tut mir leid. Es ist eine Gesetzeslücke, die sie seit Jahren nutzt. Sie saugt das Gehirn aus und schluckt es. Dabei nimmt sie das darin gespeicherte Wissen auf und verdaut es."

„Das ist ja ekelhaft", sagte Scapegrace mit schwacher Stimme.

„Du lässt uns keine andere Wahl. Tanith, darf ich bitten?"

Tanith hob hinter Scapegrace in einer hilflosen Geste die Hände. Sie ließ sie rasch wieder sinken, als Scapegrace versuchte, sich zu ihr umzudrehen, und wurde todernst. Sobald er wieder nach vorn blickte, nahm sie ihr hilfloses Gestikulieren erneut auf.

Scapegrace straffte die Schultern, ballte die Fäuste und kniff die Augen zusammen. „Du wirst mir nicht das Hirn aussaugen!", brüllte er.

Skulduggery lehnte sich zurück, ohne Tanith irgendeine Hilfestellung zu geben. Sie drohte ihm mit dem Finger und wandte ihre Aufmerksamkeit dann Scapegrace zu. Seufzend trat sie neben ihn und hielt die Hände über seinen Kopf. Er hatte die Augen immer noch fest geschlossen.

Dann hatte sie eine andere Idee. Sie beugte sich zu ihm hinunter und brachte ihren Mund dicht an sein Ohr. Er spannte alle Muskeln an. Sie öffnete den Mund und dieses kaum hörbare Geräusch, als Lippe sich von Lippe trennte, ließ Scapegrace aufheulen und sich aufbäumen und mitsamt dem Stuhl seitlich wegkippen.

„Ich sag's!", kreischte er. „Ich sag alles, was ich weiß! Aber halt sie mir vom Leib, ja? Sag ihr, sie soll mein Hirn in Ruhe lassen!"

„Lebt die Qual noch?", fragte Skulduggery, der sich über ihn gestellt hatte.

„Ja!"

„Wann hattest du das letzte Mal Kontakt mit ihm?"

„Vor zwei Jahren, ich schwör's!"

„Aus welchem Grund habt ihr euch getroffen?"

„Ich wollte bloß mit ihm reden."

„Worüber habt ihr gesprochen?"

Scapegrace blinzelte nach oben, um sich zu vergewissern, dass Tanith nicht sofort mit dem Hirnaussaugen anfangen würde. „Über nichts. Er ging wieder. Er wollte nicht mit mir reden. Ich glaube, er mag mich nicht."

„Warum mag er dich nicht?"

„Keine Ahnung. Vielleicht liegt's an meinem Geruch."

„Was weißt du über das Groteskerium?", fragte Walküre.

„Nichts. Gar nichts, ehrlich."

„Tanith", sagte Skulduggery gelangweilt, „saug sein Gehirn aus."

„Nein! Halt! Ich weiß nichts, aber *er*! Es war im Krieg, im Krieg gegen Mevolent. Er war hinter Baron Vengeous her."

„Warum?", wollte Skulduggery wissen.

„Er wollte ihn umbringen. Während der ganzen Geschichte, diesem Krieg, war er auf *eurer* Seite. Ich war auch auf eurer Seite."

„Ich habe dich nie kämpfen sehen."

„Ich war ziemlich weit hinten", erwiderte Scapegrace kläglich. „Aber Tatsache ist, dass wir alle gegen den gleichen Feind gekämpft haben – das zählt doch, oder?"

Skulduggery neigte den Kopf zur Seite. „Der Feind meines Feindes ist nicht notwendigerweise mein Freund."

„Die Qual hat mir mal erzählt, dass er Vengeous beobachtet hätte und kurz davor war zuzuschlagen, als *du* aufgetaucht bist. Du hast mit ihm gerungen und hast Vengeous abgeführt, und die Qual hat beschlossen, dass es an der Zeit sei, sich zur Ruhe zu setzen. Er ist ein altes Haus. Ihn gab es schon lange, bevor Mevolent auf der Bildfläche erschien. Aber er hat mir gesagt, dass er gesehen hätte, wo Vengeous das Groteskerium versteckt hat."

„Wo?"

„Das hat er mir nicht gesagt. Er hat nur gemeint, dass ich nichts für mich behalten könnte oder so."

„Wo ist er?"

Scapegrace schaute mit großen Augen zu ihm auf. „Schwörst du, dass du sie nicht an mein Hirn lässt?"

„Du hast mein Wort."

„Roarhaven", sagte Scapegrace nach kurzem Zögern.

Walküre hatte schon von Roarhaven gehört. Es war eine Stadt der Zauberer, eine kleine, düstere Stadt, in der Fremde nicht willkommen waren.

„Er ist in Roarhaven."

⁘

Scapegrace saß mit Handschellen, Fußfesseln und einem Knebel im Mund auf der Rückbank des Bentley. Die Fesseln hatte er schon gehabt, als man ihn ins Auto gesetzt hatte. Der Knebel war neu. Skulduggery hatte keine Lust mehr, sich mit ihm zu unterhalten.

Sie fuhren Richtung Osten aus der Stadt hinaus, wechselten von der Innenstadt in die Vorstädte und von den Vorstädten aufs Land. Nachdem sie eine halbe Stunde lang über schmale, gewundene Sträßchen gefahren waren und gelegentlich am Rand angehalten hatten, um riesige Traktoren vorbeirumpeln zu lassen, erreichten sie eine Kleinstadt an einem dunklen See, der in der Nachmittagssonne glänzte.

Der Bentley hielt im Schatten eines großen Baumes am Stadtrand und Walküre und Skulduggery stiegen aus. Es war warm und ungewöhnlich still.

„Man hört keine Vögel singen", stellte Walküre fest.

„Roarhaven inspiriert nicht gerade zu Gesang", erwiderte Skulduggery. „Es sei denn Grabgesang."

Sie sahen Leute auf der Straße, aber alle gingen grußlos aneinander vorbei.

Skulduggery zog Scapegrace aus dem Wagen und entfernte den Knebel.

„Wo finden wir die Qual?"

„Gib mir einen Augenblick Zeit, ja?" Scapegrace schaute hinüber zur Stadt. „Ich war schon seit Jahren nicht mehr hier. Und dabei bin ich hier zu Hause. Das ist eine ganz große Sache für mich."

Skulduggery seufzte. „Entweder du machst dich endlich nützlich oder wir stecken dich in den Kofferraum und machen uns allein auf die Suche."

„Kein Grund, mir zu drohen", sagte Scapegrace ärgerlich. „Ihr habt's eilig, das hab ich inzwischen kapiert. Aber es ist kein Grund, mich in meiner Heimatstadt unhöflich zu behandeln."

„Willst du dich nützlich machen?"

Scapegrace schaute finster vor sich hin. „Ja."

„Gut."

„Kannst du mir nicht wenigstens die Fesseln abnehmen?"

„Nein."

„Auch nicht die an den Füßen? Es ist seit zwanzig Jahren das erste Mal, dass ich wieder zu Hause bin, und ich will nicht, dass man mich für einen Kriminellen hält."

„Du bist ein Krimineller", sagte Walküre.

„Schon, aber …"

„Die Fesseln bleiben dran", bestimmte Skulduggery.

Scapegrace murmelte etwas vor sich hin, setzte sich aber mit kleinen Trippelschrittchen in Bewegung, um nicht zu stolpern. Seine Fußfesseln klimperten, als er sie abseits der Hauptstraße über schmale Gässchen zwischen den Häusern in die Stadt hineinführte.

„Wo wohnt er?", fragte Skulduggery nach einer Weile.

„Gleich da drüben." Scapegrace wies mit dem Kinn auf das Gebäude direkt vor ihnen.

Walküre runzelte die Stirn. „In dem Pub? Die Qual wohnt in einem Pub?"

„Nicht in irgendeinem Pub", fauchte Scapegrace. „In *meinem* Pub. Das heißt, es *war* mein Pub, bevor ich es verloren habe. Ich hab's als Zeichen gesehen, versteht ihr? Als Zeichen, mich vom Acker zu machen, zu sehen, was die Welt sonst noch zu bieten hat. Manchmal tut es mir leid, dass ich von hier fort- und irgendwo hingegangen bin, wo ich keine Familie hatte, keine Freunde. Es hat Zeiten gegeben, da war ich schrecklich einsam …"

„Das muss schlimm gewesen sein", meinte Walküre.

„Aber wenn du vielleicht nicht durch die Gegend laufen und versuchen würdest, Leute umzubringen …"

„Ich bin Künstler", erklärte Scapegrace stolz. „Wenn ich töte, mache ich Ekelkunst."

Sie ignorierten ihn und gingen zur Seitentür. Skulduggery bückte sich, um das Schloss aufzubrechen.

„Tanith bräuchte es nur zu berühren, um es aufzukriegen", sagte Walküre missbilligend.

Skulduggery drehte den Kopf in ihre Richtung, ganz langsam, und einen Augenblick später klickte das Schloss und ging auf. Er steckte den Dietrich wieder ein. „Mir gefällt die altmodische Art besser."

„Nur weil du keine andere Wahl hast."

„Ich bin ein Elementezauberer", erinnerte er sie. „Tanith ist Alchemistin. Ich würde gerne mal sehen, wie sie einen Feuerball wirft."

Scapegrace hüstelte nervös. „Sie kommt doch nicht auch her, oder? Diese Tanith?"

„Keine Sorge", beruhigte Walküre ihn. „Dein Hirn ist sicher. Zumindest für den Augenblick."

Skulduggery drückte die Tür auf und schaute hinein. Dann packte er Scapegrace am Ellbogen und zog ihn in den Flur. Es war dunkel dort und es roch nach abgestandenem Bier und nassen Geschirrtüchern. Aus der Schankstube kamen Stimmen.

„Wo ist sein Zimmer?", fragte Skulduggery leise.

„Unten. Ich hab den Keller als Wohnung ausgebaut und er hat sie dann nach seinem Geschmack eingerichtet."

Sie gingen zur Rückseite des Pubs.

„Damals hatte ich noch jede Menge Ideen", fuhr Scapegrace fort. „Ich wollte die gesamte Vorderseite des Pubs neu gestalten und nach Westen hin erweitern, vielleicht eine Musikanlage einbauen, eine kleine Tanzfläche. Dann habe ich mich aber doch dagegen entschieden. Zu teuer. Außerdem wollte hier noch nie jemand tanzen, deshalb habe ich …"

Walküre schaute sich immer wieder um, um sich zu vergewissern, dass ihnen niemand folgte.

„Aber das waren noch Zeiten!", schwärmte Scapegrace mit Bedauern in der Stimme. „Die ganze alte Clique hat sich in meiner Kneipe getroffen – Blitzer-Dave, Quatsch-Pete, Hieronymus Maustot. Wir haben getrunken und geredet und gelacht. In der guten alten Zeit."

Skulduggery legte den Kopf schief. „Vaurien, wenn du uns umbringen willst, gibt es schnellere Methoden, als uns deine Lebensgeschichte zu erzählen."

„Auch schmerzlosere", fügte Walküre hinzu.

„Ich dachte, es interessiert euch", sagte Scapegrace beleidigt. „Ich dachte, es könnte hilfreich sein, wenn ich euch etwas über die Vergangenheit des Pubs erzähle und wie meine Verbindungen dazu sind."

„Gibt es einen bestimmten Grund, weshalb du glaubst, dass dieses Wissen hilfreich sein könnte?", fragte Skulduggery.

„Wenn ihr mich zu Ende erzählen ließet, könnte ich es euch sagen."

„In Ordnung, erzähl zu Ende."

„Der Grund, weshalb sie hauptsächlich zu mir kamen, war der, dass es in einer Stadt voller Zauberer nicht gerade viele Plätze gab, wo man sich treffen und sich noch als etwas Besonderes vorkommen konnte. Dafür, dass das möglich war, habe ich gesorgt. Während vorne der Rest der Roarhaven-Zauberer bedient wurde, gab es ein Hinterzimmer nur für mich und meine Freunde, wo wir sitzen und reden und Pläne schmieden konnten."

„Tatsächlich?", fragte Skulduggery, als Walküre die Tür öffnete.

„Jawohl." Scapegrace nickte. „Ein privates Hinterzimmer."

Sie traten ein. Zwei Männer an der Bar. Zwei weitere, die an einem verschrammten Tisch Poolbillard spielten. Ein sauertöpfischer Barkeeper und in der Ecke ein Riese, dessen Glatze die Decke streifte. Sie alle hielten inne und schwiegen und schauten herüber.

Walküre und Skulduggery erstarrten.

Scapegrace grinste. „Hi, Kumpels."

DER TRESENKAMPF

Eine Fliege summte laut. Sie flog gegen ein schmutziges Fenster, vor dem ein abgestorbener Baum stand.

Der Barkeeper kam hinter dem Tresen hervor und die beiden Männer rutschten von ihren Hockern.

„Scapegrace", sagte der Barkeeper und kaute den Namen beim Aussprechen durch. „Du hast vielleicht Nerven, dich mit deiner dreckigen Visage hier in meinem Pub blicken zu lassen."

„*Dein* Pub?" Scapegrace lachte verächtlich. „Du hast ihn bei einem Pokerspiel gewonnen, bei dem du auch noch geschummelt hast."

„Du auch", erwiderte der Barkeeper. „Ich hab nur besser geschummelt. Wieso bist du wieder da?"

„Ich hab's einfach nicht mehr ausgehalten. An dieser Stadt hängen so viele teure Erinnerungen. Ich hab auch gehofft, dass deine Schwester in der Nähe ist, Hieronymus – ist sie da?"

Hieronymus Maustot sah aus, als würde er jeden Augenblick explodieren. „Aus deinem Mund will ich kein Wort über sie hören, hast du mich verstanden?"

Scapegrace zuckte die Schultern. „Wie willst du das verhindern?"

„Ich glaube, hier liegt ein kleines Missverständnis vor",
versuchte Skulduggery zu beschwichtigen, doch keiner
beachtete ihn.

Maustot trat vor, die Hände an den Seiten zu Fäusten
geballt. „Was hältst du davon, wenn ich zu Ende bringe,
was wir vor zwanzig Jahren angefangen haben, he?"

Scapegrace lachte spöttisch. „Du willst mich umbringen? So sieht es also aus?"

„Oh, nicht nur ich, Kumpel. Jeder hier drin, der das
Drecksstück umbringen will, soll vortreten!"

Alle traten einen Schritt vor.

„So sieht es also aus", wiederholte Scapegrace und tat
erregt. „Nach all dem Gerede von Freundschaft, nach all
den Jahren, nach allem, was wir zusammen durchgestan-
den haben … wollt ihr mich jetzt alle umbringen?"

„Dich möglichst grausam umbringen", sagte einer der
Billardspieler.

„Ich würde euch ja gern helfen", meinte Scapegrace. Er
hob die Hände und zeigte ihnen die Handschellen. „Doch
wie ihr seht, bin ich im Moment etwas eingeschränkt.
Aber wenn ihr es fertigbringt, diese beiden ehrenwerten
Leute umzubringen, die mit mir hier reingekommen sind,
lässt sich euer Wunsch vielleicht erfüllen."

Maustot runzelte die Stirn. „Ein kleines Mädchen umbringen? Ja, diese bedeutsame Tat könnten wir gerade
noch vollbringen. Und was ist mit dir, Klappergestell?
Wer bist du?"

„Wir sind ganz bestimmt nicht auf Streit aus", versicherte Skulduggery statt einer Antwort.

„Dann kommt er als nette Überraschung", sagte der

Mann zu Maustots Linken. Elektrizität knisterte in seiner Handfläche. Zweifelsfrei Blitzer-Dave.

„Wir sind im Auftrag des Sanktuariums hier", versuchte Skulduggery eine andere Schiene.

Der Mann zu Maustots Rechten schnaubte wütend und Maustot grinste. „Hast du das gehört, Pete? Sie kommen vom Sanktuarium."

„Ich *hasse* das Sanktuarium", knurrte Quatsch-Pete.

„Oh", sagte Skulduggery.

„Wir *alle* hassen das Sanktuarium."

„Ah. Dann sind wir nicht im Auftrag des Sanktuariums hier. War nur ein Scherz."

„Dann stirbst du lachend", zischte Maustot, „es sei denn, du sagst uns auf der Stelle, wer du bist."

Skulduggery betrachtete ihn einen Augenblick, dann nahm er Hut und Schal und Sonnenbrille ab und legte sie auf den Billardtisch.

Augen wurden aufgerissen. Unterkiefer klappten hinunter. Man trat ein paar Schritte zurück.

„Der Skelettdetektiv", sagte einer der Billardspieler.

„Ich lege mich nicht mit einem Skelett an", sagte sein Freund. „Ausgeschlossen."

„Was ist los mit euch?", brüllte Maustot. „Das ist *mein* Pub, hört ihr? Das ist *mein* Revier. Ich bin der Einzige, um den ihr euch hier drin sorgen solltet. Er ist tot – na und? Den schaffen wir. Wir sind sechs, er ist allein. Oh, und dann noch das kleine Mädchen. Ist das etwa zu viel für euch zähe Burschen?"

Die Billardspieler schauten sich nervös an, dann schüttelten sie die Köpfe.

„Dann sind wir uns ja einig", meinte Maustot. „Zuerst bringen wir die beiden um, dann unseren guten alten Freund Scapegrace."

„Das wird ein Spaß", sagte Scapegrace, schlurfte zu einem Tisch in der Ecke und setzte sich. „Dann lasst mal hören, wie ihr es machen wollt."

„Es ist schon eine ganze Weile her, dass Brobding was zum Üben hatte", sagte Maustot und der Riese trat vor.

Walküre schaute zu Skulduggery hinüber. „Den kannst *du* haben", flüsterte sie.

„Ich bring euch jetzt um", verkündete Brobding, der Riese, mit tiefer Bassstimme. „Nehmt es aber bitte nicht persönlich."

„Wenn das so ist", erwiderte Skulduggery, „schlage ich dich jetzt nieder und haue dir den Billardtisch um die Ohren. Aber bitte nimm auch du es nicht persönlich."

Brobding lachte. Alles lachte.

Skulduggery machte einen Schritt auf den Riesen zu und spreizte die Finger beider Hände und Brobding, dem Riesen, zog es den Boden unter den Füßen weg und er krachte in die rückwärtige Wand.

Walküre schnappte sich einen Billardstock vom Tisch und zerbrach ihn auf dem Kopf eines der Billardspieler. Er taumelte in eine Ecke und der zweite Spieler lief auf sie zu.

Quatsch-Pete holte zu einem Kinnhaken aus, doch Skulduggery machte sich nicht einmal die Mühe, ihn abzublocken. Er wich einfach aus, verringerte gleichzeitig die Distanz und versetzte ihm einen Stoß und Quatsch-Pete stolperte in Maustot hinein.

Blitzer-Daves ganzer Körper knisterte vor Elektrizität. Die Haare standen ihm zu Berge und im Zimmer roch es plötzlich nach Ozon. Er griff an und Skulduggery kickte ihm einen Barhocker gegen die Beine. Fluchend ging Blitzer-Dave zu Boden.

Der zweite Billardspieler versuchte, Walküre zu würgen. Sie trat ihm vors Schienbein und bohrte ihm einen Finger ins Auge, sodass er vor Schmerz brüllte. Er schlug wild um sich, sie konnte nicht alle Schläge abblocken und wurde an der Stirn getroffen.

Skulduggery trat nach Blitzer-Dave, als dieser aufzustehen versuchte, und dann hing Maustot an ihm. Skulduggery packte ihn und drehte sich seitwärts und Maustot stieß ein erstaunlich hohes Kreischen aus, als er über seine Hüfte flog und auf dem dreckigen, klebrigen Boden landete.

Der Spieler hob Walküre hoch und knallte sie auf den Tisch. Es stellte ihr die Luft ab. Er hob sie erneut hoch und ließ sie wieder hinunterkrachen. Sie bekam die schwarze Billardkugel mit der 8 zu fassen und als er sie ein drittes Mal hochriss, traf ihn die Kugel am Ohr. Er röhrte vor Schmerz und sackte in sich zusammen.

Skulduggery drosch mit den Fäusten auf Quatsch-Pete ein, dann verdrehte er ihm den Arm und warf ihn mit dem Gesicht gegen die Wand. Quatsch-Pete rutschte daran hinunter auf den Boden.

Maustot brüllte, als Skulduggery sich ihm zuwandte. Der Barbesitzer straffte die Schultern, seine Nackenmuskeln traten hervor und das Gesicht lief rot an, seine Fäuste wuchsen und verformten sich und wurden zu Vorschlaghämmern. Spucke flog durch die Luft, als er triumphierend lachte.

Auf der anderen Seite des Raums hatte sich der Billardspieler wieder aufgerappelt. Er rieb sich das Ohr und humpelte. Er kniff ein Auge zu und stierte Walküre an.

„Ich bring dich um", drohte er wenig überzeugend. Walküre hielt die Kugel mit der 8 noch in der Hand, also holte sie aus und warf. Die Kugel traf den Billardspieler direkt zwischen den Augen, fiel auf den Boden und rollte davon. Der Billardspieler stand mit verblüfftem Gesicht da, dann fiel auch er bewusstlos auf den Boden.

Walküre sah, wie Maustot eine seiner Vorschlaghammer-Fäuste in Skulduggerys Seite drosch und dieser gegen die Wand taumelte. Maustot zielte nach seinem Kopf, doch Skulduggery duckte sich weg und die Faust fuhr durch die Holzverkleidung der Wand. Maustot wollte sie herausziehen, aber es ging nicht.

Skulduggery versetzte ihm einen Faustschlag. Und noch einen.

Maustot drehte sich um, holte aus und ließ die andere Faust durch die Luft sausen. Sie fuhr in die Holzverkleidung und blieb stecken.

„Oh nein", wimmerte Maustot.

Skulduggery zielte sorgfältig und schlug zu. Maustots Kopf wurde nach hinten gerissen und der Körper sackte gegen die Wand. Er wäre zu Boden gegangen, hätten seine Vorschlaghammer-Fäuste ihn nicht aufrecht gehalten.

„Skulduggery", sagte Walküre warnend.

Brobding, der Riese, rappelte sich gerade wieder auf und er sah wütend aus.

„Wie schon gesagt", versicherte Skulduggery ihm, „das ist nicht persönlich gemeint."

Brobding stieß ein Grollen aus und Skulduggery lief auf ihn zu und sprang, drehte sich in der Luft und trat mit dem rechten Fuß zu. Der Tritt traf Brobdings Kiefergelenk. Skulduggery landete und Brobding fiel auf ein Knie.

Walküre starrte Skulduggery an.

„Was ist?", fragte er.

„Du hast ihn getreten", sagte sie, „aber normalerweise machst du so etwas nicht. Solche Tritte sind Taniths Spezialität."

„Du bist beeindruckt, wie?" Er legte beide Hände flach an die Seite des Billardtisches und zuckte die Schultern. „Ich bin jetzt wahrscheinlich ein Held für dich."

„Oh, verschone mich!"

Brobding, der Riese, schaute sich um, dann kräuselte sich die Luft und der Billardtisch flog durch den Raum und krachte in ihn hinein. Der Tisch kippte bei dem Aufprall um, die Kugeln flogen durch die Luft und Brobding streckte alle viere von sich. Er stand nicht mehr auf.

„Du hast ihn gewarnt", sagte Walküre.

„Das habe ich", bestätigte Skulduggery und verließ den Raum durch die Tür, durch die sie gekommen waren.

Als er einen Augenblick später wieder zurückkam, schob er Scapegrace vor sich her.

„He, langsam!", brüllte Scapegrace. „Mit solchen Fußfesseln ist das Gehen gar nicht so einfach!"

Walküre schaute ihn an. „Weit bist du tatsächlich nicht gekommen."

Scapegrace blickte sich um und sah die ganzen reglosen Gestalten. „Oh gut", sagte er mitleidlos, „ihr habt sie fertiggemacht."

„Netter Versuch."

Er zuckte die Schultern. „Ich hab ehrlich vergessen, dass das Ding jetzt Maustot gehört."

„Der Keller", sagte Skulduggery.

„Hinter dem Tresen", brummte Scapegrace.

Walküre beugte sich über die Theke. Sie sah die Falltür und nickte Skulduggery zu.

Skulduggery fesselte Scapegrace mit Handschellen an ein Heizungsrohr, das an der Wand entlanglief.

Walküre öffnete die Falltür und Skulduggery stieg als Erster hinunter. Walküre folgte und schloss die Tür hinter sich.

Der Keller war nur schwach beleuchtet und kalt. Die Holztreppe führte hinunter zu einem schlecht tapezierten Flur. Der Teppich war ausgetreten wie ein Waldweg. Rechts war eine Tür und ein Stück weiter vorne auf der linken Seite noch eine. An der Wand hing ziemlich schräg ein kleines Bild. Es zeigte ein Boot in einem Hafen und war nicht sonderlich gut gemalt. Am Ende des Flurs war ein Wohnzimmer. Man hörte Musik, *The End of the World* von den Carpenters.

Skulduggery hielt den Revolver in beiden Händen und ging voraus.

Im ersten Zimmer standen ein Bett und eine Kommode. Skulduggery ging zu dem Bett und schaute darunter. Nachdem er sich vergewissert hatte, dass das Zimmer leer war, trat er wieder zu Walküre auf den Flur. Hinter der zweiten Tür befanden sich eine Toilette, ein Waschbecken und eine Badewanne. Alle drei strotzten nicht gerade vor Sauberkeit und es gab keine Möglichkeit, sich irgendwo zu verstecken. Sie gingen weiter zum Wohnzimmer.

Eine Lampe brannte, aber die Birne war sehr schwach. Je näher sie kamen, desto mehr konnte Walküre erkennen. Sie sah, dass der Teppich nicht zur Tapete passte. Die Vorhänge, die allein aus ästhetischen Gründen aufgehängt worden sein mussten, denn es gab keine Fenster hier unten, passten weder zum einen noch zur anderen.

Skulduggery hatte sich mit dem Rücken zur Flurwand gedreht und bewegte sich lautlos vorwärts. Walküre folgte seinem Beispiel auf der anderen Flurseite. Dabei warf sie einen Blick auf den Teil des Raumes, den Skulduggery nicht sehen konnte.

Sie sah zwei altmodische Heizlüfter, beide waren ausgeschaltet. Sie sah ein weiteres Bild mit einem Schiff, dieses Mal auf stürmischer See. Unter dem Bild stand ein Sessel und daneben ein kleines Tischchen. Von der Qual jedoch keine Spur.

Sie blieben stehen und sie schüttelte den Kopf. Skulduggery nickte, betrat das Wohnzimmer und schwenkte die Pistole von einer Ecke in die andere. Er schaute hinter dem Sessel nach. Nichts.

Walküre folgte ihm. Auf der Seite des Zimmers, die sie nicht hatte einsehen können, standen ein Radio, ein tragbarer Fernseher mit gesprungenem Bildschirm und der Plattenspieler, der die Carpenters spielte.

Sie zog die Vorhänge zur Seite, hinter denen lediglich

die Wand war, und wollte Skulduggery gerade sagen, dass Scapegrace die Qual wohl irgendwie gewarnt haben musste, als sie den alten Mann sah, der sie von der Decke aus finster anschaute.

Er hatte langes, schmutziges Haar und einen langen, schmutzigen Bart und er ließ sich von der Decke auf Skulduggery herunterfallen, um ihn zu Boden zu reißen. Skulduggery fiel die Pistole aus der Hand und der alte Mann schnappte sie sich. Walküre warf sich zur Seite, als er abdrückte. Die Kugel durchschlug den Plattenspieler und das Lied hörte abrupt auf.

Skulduggery drehte sich um und drückte gegen die Luft, doch der alte Mann lief bereits den Flur entlang. Skulduggery rappelte sich auf und trat rasch zur Seite, als der Mann noch zweimal abdrückte. Er vergewisserte sich, dass die Luft rein war, dann lief er ihm nach.

Walküre war sich nicht hundertprozentig sicher, ob ihre gepanzerte Kleidung eine Kugel abhalten konnte. Und wie stand es überhaupt um ihren Kopf? Zum ersten Mal wünschte sie, ihr Mantel hätte eine Kapuze.

Sie lief Skulduggery nach und sah gerade noch, wie er im Schlafzimmer verschwand.

Als sie das Schlafzimmer erreichte, stellte sie verblüfft fest, dass die Wand gegenüber der Tür sich einen Spalt-breit geöffnet hatte und den Blick auf einen in Stein ge-hauenen Gang freigab. Sie sprintete durch den Spalt und sah Skulduggery durch die Dunkelheit davonlaufen. Dann loderte eine Flamme auf und sie sah, wie er einen Feuerball warf.

Sie lief weiter. Es ging jetzt aufwärts und sie merkte

bald, wie sie müde wurde. Ihre Schritte auf dem Steinboden klangen unangenehm laut in ihren Ohren. Sie sah jetzt nichts mehr. Es war stockfinster. Sie konzentrierte sich auf die Energie in ihrem Körper, schnippte mit den Fingern und fing den Funken ein. Die Flamme wurde größer und flackerte in ihrer Handfläche und sie hielt sie auf Armeslänge von sich, damit sie den Weg sehen konnte. Der Gedanke, dass sie mit der Flamme in der Hand ein leichtes Ziel war, gefiel ihr gar nicht, aber genauso wenig gefiel ihr die Vorstellung, in eine Grube voller Metallstifte oder etwas ähnlich Unangenehmes zu fallen.

Und dann kam sie zu einer Kreuzung.

„Das nicht auch noch", murmelte sie keuchend.

Sie konnte geradeaus weitergehen oder rechts oder links abbiegen. Es gab keinen Hinweis darauf, welche Richtung Skulduggery eingeschlagen hatte. Sie versuchte, die Bilder von tödlichen Fallen aus ihrem Kopf zu verscheuchen und auch den Gedanken, sich in einem Gewirr aus Gängen zu verirren und hier unten in Kälte und Dunkelheit elendiglich zu sterben.

Sie fluchte. Sie musste zurückgehen. Sie beschloss also, umzukehren und sich in der Stadt umzuschauen. Einen Versuch war es wert und immer noch besser, als nutzlos herumzustehen.

Genau in diesem Augenblick hörte sie ein Grollen.

Der Gang, der zum Keller zurückführte, schloss sich. Die Wände schoben sich aufeinander zu.

Rechts, links oder geradeaus. Sie entschied sich für geradeaus und rannte los.

ROARHAVEN

Die Wände schoben sich immer schneller aufeinander zu. Walküre schaute zurück und sah gerade noch, wie die Kreuzung sich schloss. Falls sie stolperte, falls sie fiel, würden sich die Wände mit diesem entsetzlichen Grollen von beiden Seiten auf sie zuschieben und sie binnen Sekunden zu etwas noch Dünnerem als einer Teigplatte zerquetschen.

Ihre Lunge brannte wie früher, als sie von Haggard aus aufs Meer hinausgeschwommen war. Sie schwamm gern. Es machte entschieden mehr Spaß, als zerquetscht zu werden.

Und dann vor ihr ein Licht, eine flackernde Flamme in Skulduggery Pleasants Hand.

„Es erübrigt sich wahrscheinlich", rief er ihr über das Grollen hinweg zu, „dich zum Schnellerlaufen anzuspornen, oder?"

Sie ließ die Flamme in ihrer eigenen Hand erlöschen und konzentrierte sich aufs Laufen.

„Egal, was du tust", rief er, „fall nicht hin. Hinfallen wäre im Augenblick wirklich sehr, sehr schlecht."

Sie war ganz nah, nah an Skulduggery, nah an diesem weiten, offenen Raum, in dem er stand.

Die Wände vor ihr bebten und grollten und begannen, sich aufeinander zuzuschieben, und sie hechtete vorwärts, rollte sich ab und kam wieder auf die Beine, als sich der Gang hinter ihr schloss und das Grollen aufhörte. Sie fiel auf die Knie und rang nach Luft.

„Das", sagte Skulduggery vergnügt, „war knapp."

„Ich …", keuchte sie.

„Ja?"

„… hasse dich."

„Tief durchatmen, der Sauerstoffmangel kann zu Wahnvorstellungen führen."

Sie kam wieder auf die Beine, blieb aber gebückt stehen, während sie versuchte, zu Atem zu kommen.

„Wir müssen vorsichtig sein", sagte er. „Die Qual mag zwar alt sein, aber er ist schnell und wendig und er hat immer noch meine Pistole. Ich habe ihn da drin irgendwann aus den Augen verloren, deshalb bin ich zu dir zurückgekommen."

„Wo … sind wir?"

„Ein fragwürdiger Aspekt aus Roarhavens bewegter Vergangenheit war vor einigen Jahren der Versuch, den Ältestenrat zu stürzen und hier ein neues Sanktuarium aufzubauen. Wir befinden uns in dem, was einmal das Hauptgebäude werden sollte."

Walküre entdeckte einen Schalter in der Wand und drückte darauf. Über ihnen gingen ein paar Lichter an. Die meisten blieben jedoch aus.

Skulduggery ließ die Flamme in seiner Hand verlöschen. Sie gingen den Gang hinunter, wandten sich nach rechts und gingen weiter. Sie durchschritten kurze, erleuchtete

Passagen und lange, dunkle Passagen. Auf dem Boden lag eine dicke Staubschicht.

Er drehte leicht den Kopf. Sie kannte ihn gut genug, um zu wissen, wenn etwas nicht stimmte.

„Was ist?", fragte sie.

„Geh weiter", erwiderte er leise. „Wir sind nicht allein."

Walküre bekam einen trockenen Mund. Sie versuchte, in der Luft zu lesen, wie Skulduggery es tat, doch selbst wenn sie einen sehr guten Tag hatte, gelang es ihr nicht, mehr als vielleicht einen Meter in jede Richtung zu spüren. Sie gab es auf und widerstand der Versuchung, sich umzudrehen. „Wo ist er?"

„Ich rede nicht von ihm. Ich weiß nicht, wer oder was sie sind, aber sie sind ziemlich klein, sie kommen zu Dutzenden und bewegen sich im Rudel."

„Vielleicht kleine Kätzchen?", fragte sie hoffnungsvoll.

„Sie verfolgen uns."

„Vielleicht sind sie scheu?"

„Ich glaube nicht, dass es junge Kätzchen sind."

„Junge Hunde?"

Etwas huschte in der Dunkelheit an ihnen vorbei.

„Nicht stehen bleiben", sagte Skulduggery.

Jetzt raschelte es hinter ihnen.

„Augen geradeaus."

Und dann drängten sie aus den Schatten vor ihnen ins Licht: Spinnen, schwarz und haarig und dickbauchig, so groß wie Ratten und mit Krallen an den Füßen.

„Okay", sagte Skulduggery, „ich glaube, wir können jetzt stehen bleiben."

Die Spinnen kamen aus Rissen in der Wand und krochen über die Decke; es klackte, als sie sich näherten. Walküre und Skulduggery standen Rücken an Rücken und beobachteten die Tiere. Sie hatten jeweils drei große Augen, die hungrig blickten und nicht blinzelten.

„Ich zähle bis drei", sagte Skulduggery leise, „dann laufen wir. Verstanden?"

„Verstanden."

Die Spinnen klackten näher und näher, das Klacken wurde zu einem Höllenspektakel.

„Weißt du was?", sagte Skulduggery. „Vergiss das mit dem Zählen. Lauf einfach."

Walküre sprintete los und die Spinnen griffen an.

Sie sprang über die Spinnen vor ihr, landete und kickte eine weg, die ihr zu nahe kam. Sie fühlte sich schwer an, doch Walküre schaute nicht nach, ob sie sie verletzt hatte. Sie lief weiter, während Skulduggery mit Feuerbällen um sich warf.

Sie wichen von ihrem Kurs ab, als es in dem Gang vor ihnen vor haarigen, aufgeblähten Körpern zu wimmeln begann, und liefen in einen Raum mit einem großen Konferenztisch in der Mitte. Die klackende Menge hinter ihnen wuchs rasch.

Eine Spinne kroch auf den Tisch und sprang Walküre an, als sie vorbeilief. Sie krallte sich an ihrem Rücken fest und versuchte, die Klauen durch ihren Mantel zu bohren. Walküre schrie auf und wirbelte herum, kam ins Stolpern, fiel hin und rollte sich ab und spürte die Spinne unter sich. Sie kam wieder hoch, doch die Spinne hing immer noch an ihr. Sie kroch ihr auf die Schulter und aus den Augenwinkeln heraus sah Walküre Reißzähne. Sie packte das Tier, riss es von ihrem Mantel und schleuderte es weg.

Skulduggery zog sie fort und sie lief wieder.

Sie rannten auf die zweiflügelige Tür zu, Skulduggery spreizte die Finger und die Luft vibrierte und die Türflügel wurden aus den Angeln gerissen. Sie rannten durch und weiter in einen Raum, der einmal das Foyer gewesen sein musste. Skulduggery schleuderte noch ein paar Feuerbälle, während Walküre die Eingangstür erreichte, sich mit der Schulter dagegenwarf und hinaus in den warmen Sonnenschein stolperte.

Das Licht blendete sie einen Moment lang. Sie spürte Skulduggery neben sich, er zupfte sie am Ärmel und sie folgte ihm. Sie konnte auch wieder sehen, erkannte den dunklen See vor und den blauen Himmel über sich.

Sie blieben stehen. Sie hörten die Spinnen noch, hörten das Klacken ihrer Krallen, das hektische Hin-und-her-Trippeln hinter der Schwelle, doch die Tiere scheuten sich, aus der Dunkelheit ins Licht zu gehen, und irgendwann hörte das Trippeln auf.

Es vergingen noch einige Augenblicke, bis Walküre wieder normal atmete. Da erst bemerkte sie, dass Skulduggery regungslos auf etwas hinter ihrer linken Schulter schaute.

„Was ist?", fragte sie, doch er antwortete nicht.

Sie drehte sich um. Da stand die Qual, das lange graue Haar und der lange graue Bart verfilzt, und zielte mit Skulduggerys Pistole direkt auf sie.

„Wer seid ihr", fragte die Qual mit einer Stimme, die

jahrelang nicht mehr gebraucht worden war, „dass ihr *mir* nachstellt, *mich* stört, nach all den Jahren?"

„Wir sind in Sanktuariumsangelegenheiten hier", erwiderte Skulduggery. „Wir sind Detektive."

„Sie ist noch ein Kind", meinte die Qual, „und du bist ein toter Mann."

„Rein technisch gesehen magst du recht haben, aber wir sind mehr, als wir scheinen. Wir glauben, dass du Informationen hast, die uns weiterhelfen könnten."

„Du sagst das, als ob ich verpflichtet wäre, euch zu helfen", erwiderte der alte Mann. Die Hand mit der Pistole zitterte kein bisschen. „Was kümmern mich Detektivarbeit und Sanktuariumsangelegenheiten? Ich hasse das Sanktuarium und den Ältestenrat und ich verabscheue alles, wofür sie stehen. Wir sind Zauberer. Wir sollten uns nicht vor den Sterblichen *verstecken*, wir sollten sie *beherrschen*."

„Wir müssen herausbekommen, wie das Groteskerium aufzuhalten ist", sagte Walküre. „Wenn es das Portal öffnet und die Gesichtslosen wieder hereinlässt, leiden alle, nicht nur die –"

„Das Kind spricht mit mir", sagte die Qual. „Sorge dafür, dass es damit aufhört."

Walküre kniff die Augen zusammen, sagte aber nichts mehr.

Skulduggery legte den Kopf zur Seite. „Was sie sagt, stimmt. Du hattest nichts übrig für Mevolent, als er noch lebte, und du willst sicher nicht, dass die Gesichtslosen zurückkommen. Wenn du uns hilfst, können wir vielleicht auch etwas für dich tun."

Die Qual lachte. „Es geht um einen Gefallen? Du willst, dass wir uns gegenseitig einen Gefallen tun?"

„Wenn du uns dafür hilfst."

Die Qual schaute Walküre missbilligend an. „Du. Kind. In deinen Adern fließt verdorbenes Blut. Ich schmecke es von hier aus."

Sie sagte nichts.

„Du stammst von ihnen ab, oder? Von den Urvätern? Ich verabscheue die Urväter genauso wie die Gesichtslosen, musst du wissen. Wenn eine der beiden Rassen zurückkäme, würde sie die Macht übernehmen."

„Die Urväter waren die Guten", sagte Walküre.

„Macht ist Macht", erwiderte die Qual. „Zauberer haben die Macht, die Welt zu regieren. Es gibt nur einen Grund, weshalb wir es nicht tun – mangelnde Führungsqualitäten. Dass man den Urvätern, wenn sie zurückkämen, dieselbe Schwäche nachsagen könnte, glaubst du wohl selbst nicht. So mächtige Wesen haben keinen Platz auf dieser Erde. Ich hatte gehofft, dass deine Rasse ausgestorben wäre."

„Da muss ich dich leider enttäuschen."

Die Qual wandte sich wieder an Skulduggery. „Diese Information muss dir eine Menge wert sein, toter Mann. Und den Gefallen, den du versprichst – wäre der ebenso viel wert?"

„Ich denke schon."

Die Qual lächelte. Kein schöner Anblick. „Was musst du wissen?"

„Wir müssen wissen, wo Baron Vengeous das Groteskerium während seiner Gefangenschaft versteckt hielt, und wir müssen wissen, wie er es zum Leben zu erwecken gedenkt."

„Ich habe die Informationen, die du suchst."

„Was willst du als Gegenleistung?"

„Ich habe keine großen Bedürfnisse", antwortete die Qual. „Ich hätte gern, dass du das Kind umbringst."

SPRINGER-JACK

Jack konnte nicht springen.

Selbst wenn er gekonnt hätte, wenn diese Zelle mit dem schmalen Bett und der Toilette und dem Waschbecken groß genug gewesen wäre, wäre er nicht in der Lage gewesen zu springen. Die Zelle war mit einem Bindezauber belegt, der seine Kräfte beschnitt.

Springer-Jack saß auf seinem Bett und dachte über ein Leben ohne Sprünge nach.

Er dachte auch über ein Leben ohne Morde nach, ein Gedanke, der ihm Bauchkrämpfe bereitete. Was war das denn für ein Leben, ohne gutes Essen, ohne Tanz auf den Dächern und ohne alles, was er liebte!

Sie würden den Schlüssel wegschmeißen, dessen war er sich ganz sicher. Die englische Gerichtsbarkeit ließ bestimmt keine Milde walten, jetzt, wo sie endlich die Möglichkeit hatte, ihn wegzusperren. Seine Verhandlung war bestimmt in null Komma nichts zu Ende und er würde für Hunderte von Jahren ins Gefängnis wandern.

Jack ließ sich aufs Bett fallen und legte die Arme über die Augen, um dieses schreckliche Kunstlicht nicht länger ertragen zu müssen. Kein Himmel mehr. Keine Sterne. Kein Mond.

„Ich wusste gar nicht mehr, dass du so hässlich bist."

Mit einem Satz sprang Jack vom Bett auf. Ein Mann stand in seiner Zelle. Er lehnte an der Wand und lächelte.

„Sanguin", sagte Jack und verzog den Mund. „Dich treibt die Schadenfreude her, wie? Ich würd gern sagen, ich wär überrascht, aber nö, so 'n Verhalten bin ich inzwischen von dir gewohnt."

„Jack, mein alter Freund, deine Worte treffen mich hart."

„Du bist nicht mein Freund", sagte Jack.

Sanguin zuckte die Schultern. „Wir mögen im Lauf der Jahre einige Meinungsverschiedenheiten gehabt haben, aber für mich liegt das alles weit hinter uns. Ich bin hergekommen, um dir zu helfen. Ich bin hergekommen, um dich hier rauszuholen."

Er klopfte an die marode Wand und Putz bröckelte ab.

Jack runzelte die Stirn. „Was willst du dafür?"

„Ich möchte lediglich, dass du mir einen kleinen Gefallen tust."

„Die Vorstellung, dir 'n Gefallen zu tun, behagt mir gar nicht."

„Verbringst du lieber den Rest deines Lebens in einer Zelle?"

Jack antwortete nicht.

„Nur einen kleinen Gefallen. Du wirst sogar deine Freude daran haben. Ich will, dass du ein bisschen Ärger machst."

„Warum?"

„Das spielt keine Rolle. Meinst du, du kannst mir helfen?"

„Kommt drauf an. Was für 'ne Art von Ärger?"

„Oh, nichts Großartiges. Ich will nur, dass du ein paar Leute umbringst."

Jack konnte nichts dafür. Er lächelte. „Ja?"

„Kinderleicht für einen mit deinen Fähigkeiten. Wenn du Ja sagst, nehm ich dich gleich mit und wir verschwinden von hier."

„Umbringen, hast du gesagt?"

„Richtig. Und gleich eine ganze Menge."

„Und das ist alles? Sobald ich es getan hab, sind wir quitt? Ich weiß nämlich, für wen du früher gearbeitet hast, Texaner, und ich fang jetzt nicht an, für die Gesichtslosen zu arbeiten, für nix auf der Welt."

„Hab ich was von den Gesichtslosen gesagt? Hab ich nicht."

„Es hat nix mit ihnen zu tun?"

„Ich schwör's bei meiner Großmutter. Also, bist du dabei?"

Jack zog seine Jacke an und setzte seinen zerbeulten Zylinder auf. „Gehen wir."

AUS NÄCHSTER NÄHE

Scapegrace stützte sich mit der linken Hand an der Wand ab, packte die Kette mit der rechten und zog.

Das Rohr gab langsam nach. Er spürte es. Er hörte es. Jedes andere Heizungsrohr im Haus wäre längst gebrochen. Er musste es wissen, schließlich hatte er sie selbst verlegt. Sein Pech, dass das Skelett ihn an das einzig stabile Rohr im ganzen Haus gefesselt hatte.

Er biss die Zähne zusammen. Sein Gesicht war von der Anstrengung ganz rot und irgendwann in nächster Zeit musste er wieder Luft holen.

Und dann brach das Rohr aus der Wand und Scapegrace flog nach hinten. Sein Triumphgeschrei verstummte jäh, als er mit dem Kopf auf den Boden knallte. Einen Moment lang lag er da – endlich wieder frei – und versuchte, nicht zu weinen. Dann stand er auf, die Handschellen baumelten am Handgelenk. Die Fußfesseln konnte er allein nicht lösen, deshalb schlurfte er rasch zur Tür.

Nachdem er sich vergewissert hatte, dass weder das Skelett noch das Mädchen in der Nähe waren, trat er aus dem Haus. Seine Schritte waren lächerlich klein und wahrscheinlich sah er aus wie ein geistesgestörter Pinguin, als er davonwatschelte. Er würde jemanden finden, der ihm half, jemanden, der die Fesseln lösen konnte. Schließlich konnte nicht die gesamte Einwohnerschaft von Roarhaven ihm den Tod an den Hals wünschen, das war ausgeschlosssen.

Er watschelte in der Nähe des Sanktuariums von Roarhaven um eine Ecke und erstarrte. Einen Augenblick lang war er so verblüfft, dass er nicht einmal grinsen konnte. Doch dann breitete sich das Lächeln auf seinem Gesicht aus und der Tag war gerettet. Die Qual zielte mit einer Pistole auf Pleasant und Unruh.

Kichernd schlurfte Scapegrace hinüber. Der Schädel des Skeletts war so ausdruckslos wie immer, doch das Mädchen sah aus, als könnte sie nicht glauben, was die Qual gerade gesagt hatte. Auf Scapegrace achtete keiner.

„Das ist nicht dein Ernst", sagte Walküre.

Scapegrace fand es genial, wie die Qual sie ignorierte und nur mit dem Skelett sprach. „Bring das Kind um", sagte er, „erschieße es meinetwegen. Steck es in Brand. Erwürge es. Mir ist es egal."

Wenn es Scapegrace möglich gewesen wäre, hätte er auf der Stelle einen Freudentanz aufgeführt.

„Ich werde Walküre nicht töten", sagte Pleasant.

„Was ist ein Leben im Vergleich zu Millionen, toter Mann? Und wenn die Gesichtslosen wiederkommen, werden Millionen sterben, das weißt du."

„Mag sein, aber ich töte sie nicht."

„Das sind meine Bedingungen."

„Es muss doch noch etwas anderes geben", versuchte Skulduggery es, „etwas Akzeptables, das ich tun kann."

„Ich mache es dir einfach."

Die Qual warf Skulduggery seine Pistole zu. Der fing sie auf und richtete sie auf die Stirn der Qual. Scapegrace' Grinsen erlosch. Das Blatt hatte sich ganz plötzlich gewendet.

„Hier stirbt niemand", sagte Pleasant, „mit Ausnahme von dir vielleicht. Wo ist das Groteskerium?"

„Ich bin die Qual, toter Mann. Glaubst du wirklich, ich hätte Angst vor dem Tod?"

Die Pistole blieb noch ein paar Augenblicke länger auf ihr Ziel gerichtet, dann ließ Skulduggery den Arm sinken. Scapegrace konnte wieder atmen und die Qual nickte zufrieden.

„Du brauchst meine Hilfe", sagte er, „du kennst meine Bedingungen. Bring das Kind um."

„Du kannst doch nicht –"

„Die Zeit läuft."

„Aber das ist doch *verrückt*. Sie hat nichts getan –"

„Tick", sagte die Qual, „tack."

Das Skelett schaute das Mädchen an und Scapegrace sah den Zweifel in ihren Augen.

Sie zeigte auf die Qual. „Schlag ihn zusammen. Schlag ihn zusammen oder … oder sonst was. Schieß ihm in den Fuß."

Das Skelett schüttelte den Kopf. „Mit Drohungen kommen wir nicht weiter."

„Mit leeren Drohungen nicht, aber wenn du Ernst machst und ihm in den Fuß schießt …"

„Nein, Walküre. Ich kenne die Sorte Mensch. Jeder kommt mal an seine Grenzen, aber wir haben keine Zeit." Pleasant wandte sich wieder der Qual zu. „Woher weiß ich, dass du die Informationen, die ich brauche, wirklich hast?"

„Weil ich es dir sage", erwiderte die Qual, „und du dir den Luxus, mir zu misstrauen, nicht leisten kannst. Inzwischen wird Baron Vengeous Lord Viles Rüstung gefunden haben. Dir läuft die Zeit davon wie Sand in der Faust. Sie rinnt dir durch die Finger, toter Mann. Bringst du das Kind um?"

„Das wird er nicht tun!", meldete Walküre sich trotzig. „Sag ihm das, Skulduggery!"

Scapegrace konnte kaum an sich halten vor Freude, als Pleasant schwieg.

Walküre Unruh starrte das Skelett an und wich einen Schritt zurück. „Du denkst doch nicht im Ernst darüber nach? Das kannst du nicht machen!"

„Hast du dein Handy dabei?"

„Was?"

„Du musst deine Eltern anrufen und dich verabschieden."

Ein Augenblick verstrich, dann drehte Walküre sich um und wollte davonlaufen, doch Pleasant war schneller. Er packte sie am Handgelenk und drehte ihr den Arm auf den Rücken und sie fiel auf die Knie.

„Du musst jetzt stark sein", sagte das Skelett.

„Lass mich los!", rief Walküre.

Pleasant drehte sich zu der Qual um. „Gib uns eine Minute Zeit."

„Eine Minute", erwiderte die Qual, „keine Sekunde mehr."

Scapegrace schaute zu, wie das Skelett Walküre auf die

Beine zog und sie am Arm ein Stück wegführte. Er redete leise auf sie ein und das Mädchen schüttelte den Kopf und versuchte freizukommen. Sie kamen zur Ecke des Sanktuariums von Roarhaven und endlich nickte das Mädchen. Sie holte ihr Handy heraus.

„Das ist echt super!", sagte Scapegrace zu der Qual.

Die Qual drehte den Kopf und runzelte die Stirn. „Wer bist du denn?"

„Ich bin ... wie bitte? Ich bin es doch, Vaurien. Vaurien Scapegrace. Ich ... ich habe den Keller für dich ausgebaut."

„Oh", sagte die Qual. „Du. Wieso bist du wieder da? Ich dachte, du seist tot. Es wäre nett gewesen, wenn du tot wärst."

Obwohl Scapegrace noch nie gehört hatte, dass die Qual einen Witz gemacht hätte, beschloss er, dass er gerade einen gehört hatte, und lachte.

„Das ist echt super", sagte er noch einmal, „ihn dazu zu zwingen, dass er Walküre umbringt. Also, das ist einfach super. Es ist *genial*. Auf so was wäre ich nie gekommen."

„Ich weiß."

„Darf ich fragen, woher du deine Einfälle nimmst? Kommen sie dir im Traum oder ist es ... du weißt schon, Instinkt? Ich führe eine Art Tagebuch, in das ich alle meine Einfälle und Gedanken schreibe und –"

Die Qual schaute ihn an und Scapegrace hielt den Mund.

„Du nervst", sagte die Qual.

„Tut mir leid."

Die Qual beachtete ihn nicht weiter. „Toter Mann", rief er, „die Minute ist um."

Pleasant legte Walküre die Hände auf die Schultern. Er sagte etwas zu ihr und umarmte sie. Sie wand sich, machte sich los und stieß ihn zurück. Einen Augenblick lang war sie von ihm verdeckt, doch als Pleasant einen Schritt zur Seite machte, sah Scapegrace die Tränen in ihren Augen.

Pleasant nahm sie am Arm und sie kamen zurück.

„Bringst du sie jetzt um?", fragte die Qual.

Pleasant ließ die Schultern hängen. „Ja."

Scapegrace schaute Walküre an. Sie stand stumm und aufrecht da und versuchte, trotz der Tränen furchtlos auszusehen.

„Dann mach voran", sagte die Qual.

Pleasant zögerte kurz, dann zog er die Pistole aus der Jacke.

„Es tut mir leid, Walküre", sagte er leise.

„Sag nichts", erwiderte Walküre. „Tu einfach, was du tun musst."

„Das sieht mir nach Schutzkleidung aus", bemerkte die Qual. „Ich will, dass die Kugel in ihr Fleisch geht. Es wäre nicht gut, wenn ich annehmen müsste, du hättest gemogelt."

Walküre zog ihren Mantel aus und Scapegrace lächelte. Er wünschte, die ganze Szene würde aufgezeichnet, damit er sie später immer wieder abspielen könnte. Den Augenblick, in dem Skulduggery Pleasant Walküre Unruh umbrachte.

„Bitte verzeih mir", sagte Skulduggery und drückte ab.

Der Schuss tat Scapegrace in den Ohren weh. Durch Walküres Körper ging ein Ruck, sie riss die Augen auf und trat einen Schritt zurück, dann presste sie die Hände auf die Wunde und fiel auf die Knie. Blut tropfte durch ihre Finger. Dann fiel Walküre Unruh nach vorn und knallte mit dem Gesicht auf den Boden.

Pleasant schaute auf sie hinunter. „Sie war ein unschuldiges Mädchen", flüsterte er.

„Sie hatte Urväterblut in ihren Adern", erwiderte die Qual, „und war somit der passende Preis für die Information, hinter der du her bist. Das Groteskerium befindet sich in einer Burgruine auf dem Hügel in Bancrook. Detektiv? Hörst du mir überhaupt zu?"

Pleasant hob langsam den Kopf.

„Ich frage mich, ob du es schaffst, noch vor Vengeous dort zu sein", fuhr die Qual fort. „Was meinst du?"

„Wenn du gelogen hast …", begann Pleasant.

„Warum sollte ich lügen? Ich habe gesagt, du sollst das Kind umbringen, und du hast es getan. Ich halte mich an meine Abmachungen."

Pleasant blieb noch einen Augenblick vor Walküres Leiche stehen. Dann bückte er sich und hob sie auf.

„Scapegrace", sagte er, „zurück zum Wagen."

Scapegrace lachte. „Hältst du mich für verrückt? Ich bleibe hier."

„Nein. Ich nehme dich mit zurück."

Scapegrace grinste und schaute die Qual an.

„Warum siehst du mich an?", fragte die Qual.

Das Grinsen verschwand von Scapegrace' Gesicht. „Was?"

„Dich hat unsere Abmachung nicht betroffen."

„Aber ich kann nicht mit ihm zurückgehen!", rief Scapegrace. „Er steckt mich ins Gefängnis."

„Du scheinst zu denken, dass mir das etwas ausmacht."

„Scapegrace", sagte Pleasant in einem Ton, der ohne jedes menschliche Mitgefühl war, „geh zum Wagen. Beweg dich."

Scapegrace schaute sich verzweifelt um, aber es war keiner da, der ihm hätte helfen können. Er verkniff sich das Weinen und schlurfte los.

„Ich möchte mich bei dir bedanken, Detektiv", sagte die Qual. „Ich schaue mir diese Welt an, was aus ihr geworden ist, ich schaue mir die anderen Zauberer an, die sich alle irgendwo versteckt halten, und erst jetzt merke ich, dass ich gewartet habe. Verstehst du? Ich habe auf einen Grund gewartet, wieder zu leben, aus meinem feuchten, dreckigen Keller heraufzusteigen. Jetzt habe ich einen Grund gefunden. Ich habe ein Ziel. Jahrelang habe ich vor mich hin gedämmert, doch nun bin ich wach. Du hast mich aufgeweckt, Detektiv. Wir werden uns wiedersehen."

„Worauf du dich verlassen kannst", erwiderte Pleasant.

Die Qual lächelte, drehte sich um und ging davon.

Scapegrace war betrogen worden. Verraten und verkauft. Pleasant ging neben ihm und trug das tote Mädchen auf den Armen. Scapegrace bezweifelte, dass er die Fahrt zurück zum Sanktuarium überleben würde. Er hatte gehört, was man sich über die Wut des Skelettdetektivs erzählte, und es war niemand sonst da, an dem er sie auslassen konnte. Er konnte nicht an seine Vernunft appellieren, er konnte nicht mit ihm handeln. Seine Lage war hoffnungslos. Ganz und gar hoffnungslos.

Sie erreichten den Wagen und Pleasant legte die Leiche des Mädchens vorsichtig in den Kofferraum. Dann drehte er sich noch einmal zur Stadt um. Die Qual war verschwunden und Roarhaven wirkte jetzt, wo die Sonne unterging, menschenleer.

„Das hätten wir geschafft", meinte Pleasant erleichtert.

Scapegrace runzelte die Stirn, sagte aber nichts.

„Alles in allem war das ein guter Tag", fuhr Pleasant fort. „Ich weiß, wo das Groteskerium ist, *und* ich habe es endlich geschafft, Walküre umzubringen. Das habe ich mir, offen gestanden, gewünscht, seit wir uns das erste Mal trafen. Sie kann einem unendlich auf die Nerven gehen. Ist dir das auch aufgefallen?"

„Hm ..."

„Ganz selten, dass sie mal den Mund hält. Ich habe so getan, als seien wir Freunde, aber in Wirklichkeit hat mir das arme Mädchen nur leidgetan. Sie war nicht gerade die Hellste, wenn du weißt, was ich meine."

„Du bist der letzte Heuler", kam eine Stimme von hinten und Scapegrace wirbelte herum und schrie auf, als Walküre Unruh auf ihn zukam, die Hände in den Taschen und ein Lächeln auf dem Gesicht.

DER AUSTAUSCH

Walküre wusste, dass es ein Bluff war, es konnte gar nicht anders sein und Skulduggery bestätigte es, als er die Codeworte murmelte.

„Du musst jetzt stark sein."

Er hielt ihren Arm fest umklammert. Sie hatte sich beim Fallen die Knie aufgeschürft und es tat weh. Sie musste zugeben, dass ihre Vorstellung ziemlich beeindruckend war. Hoffentlich war sie auch ziemlich glaubwürdig.

„Lass mich los!", rief sie.

Skulduggery schaute zu der Qual hinüber. Scapegrace stand daneben und genoss das Schauspiel in vollen Zügen.

„Gib uns eine Minute Zeit", bat Skulduggery.

„Eine Minute", erwiderte die Qual, „keine Sekunde mehr."

Walküre ließ sich von Skulduggery auf die Beine ziehen und ein Stück wegführen.

„Schüttle den Kopf", sagte er leise.

„Was machen wir?", fragte sie. „Er sagt uns nur, was wir wissen wollen, wenn du mich umbringst."

„Ich werde dich nicht umbringen."

„Oh, gut."

„Ich bringe dein Spiegelbild um."

„Was? Wie denn?"

„Wo ist es gerade?"

„Die Schule ist aus. Es sollte zu Hause sein."

„Ruf es an und sag ihm, dass es in den Spiegel zurückgehen soll."

Da sie das Theater ja weiterspielen mussten, versuchte Walküre, sich loszureißen, was ihr aber nicht gelang. Als Skulduggery sie wieder zu sich hergezogen hatte, fuhr sie fort: „Aber was passiert, wenn du es umbringst? *Stirbt* es dann oder was?"

„Es lebt ja nicht wirklich", erinnerte Skulduggery sie, „also kann es auch nicht sterben. Es wird aber so aussehen, als sei es tot. Ich denke, wenn wir es später wieder zum Spiegel zurückbringen, ist es wieder das Alte."

„Du *denkst*?"

„Es ist das erste Mal, dass so etwas gemacht wird. Bis jetzt hat es noch niemand versucht, weil Zauberer ein Spiegelbild mit Leichtigkeit von einer echten Person unterscheiden können. Es funktioniert nur, wenn die Qual so aus der Übung ist, wie wir es hoffen."

Sie hatten die Ecke des Sanktuariums von Roarhaven erreicht und Walküre zog das Handy aus der Tasche. Skulduggery verschwand hinter der Ecke und kauerte sich hin. Dann begann er mit den Händen ein Loch zu graben.

Walküre wählte ihre Nummer zu Hause und nach zweimaligem Läuten wurde abgenommen.

„Hallo?", fragte ihre eigene Stimme.

„Bist du allein?", erkundigte sich Walküre.

„Ja. Deine Eltern sind noch bei der Arbeit. Ich sitze in deinem Zimmer und mache deine Hausaufgaben."

„Ich möchte, dass du in den Spiegel gehst, ja? Wir versuchen jetzt etwas."

„In Ordnung."

„Und schreib Mum eine Nachricht. Sag ihr, dass ich heute bei einer Freundin übernachte."

„Welche Freundin?"

„Was weiß ich", antwortete Walküre ungeduldig. „Such dir eine aus!"

„Aber du hast keine Freunde."

Walküres Blick verfinsterte sich. „Sag ihr, dass ich bei Hannah Foley schlafe."

„Hannah Foley kann dich nicht ausstehen."

„Tu es einfach!", zischte Walküre und legte auf.

Skulduggery schaufelte Erde aus der flachen Grube, bis sie einen Durchmesser von einem knappen Meter hatte.

Sie druckste herum. „Es passiert ihm doch nichts, oder? Wenn wir es in den Spiegel zurückbringen, wird es wieder lebendig, ja? Ich weiß, dass es nicht wirklich *lebendig* lebendig ist, aber …"

„Walküre, wenn ich dein Spiegelbild erschieße, ist das genau so, als würde ich ein Foto von dir zerreißen. Da gibt es absolut keinen Unterschied."

Sie nickte. „Okay. Ja, ich weiß. Okay."

Er glättete den Boden der Grube und malte mit dem Finger einen großen Kreis in den Dreck und in den Kreis ein Auge mit einer geschwungenen Linie darin.

„Schauen sie herüber?", fragte er.

Walküre hielt sich die Hände vors Gesicht, als weinte

sie, und linste durch die Finger. „Nein, sie reden. Die Qual sieht aus, als sei sie wütend."

Skulduggery richtete sich auf und streckte eine Hand aus. Die Luft um ihn herum wurde feucht und es bildeten sich Wassertropfen. In der Dunst-und-Nebelwolke war plötzlich ein Regenbogen zu sehen, der genauso plötzlich wieder verschwand, als Skulduggery die Feuchtigkeit verdichtete und als Regen in die Grube fallen ließ.

Er sprach: „Spiegel fühle, Spiegel sprich, Spiegel denke, spiegle dich." Dann bog er die Finger zur Handfläche hin. Aus der Pfütze wurde ein kleiner Whirlpool, der das Auge mit der Wellenlinie auslöschte. Skulduggery beruhigte das Wasser und nickte Walküre zu.

Sie stand direkt über der Pfütze und schaute hinein, dann tippte sie mit der Stiefelspitze ins Wasser. Es kräuselte sich.

Und dann stieß eine Hand durch die Wasseroberfläche. Sie schauten zu, wie das Spiegelbild in denselben schwarzen Kleidern, wie auch Walküre sie trug, langsam aus der Pfütze stieg. Nein, korrigierte Walküre sich, es stieg nicht aus der Pfütze, denn sie konnte immer noch auf den Grund sehen. Es stieg eher aus der spiegelnden Wasseroberfläche und verwandelte sich vor ihren Augen. Aus einem zweidimensionalen Bild wurde eine dreidimensionale Person.

Skulduggery nahm seine Hand und half ihm vollends heraus. Dann stand es da und sagte keinen Ton. Es wollte nicht einmal wissen, weshalb es gerufen worden war.

„Wir werden dich jetzt umbringen", erklärte Walküre ihm.

154

Es nickte. „Okay."

„Kannst du weinen?"

Das Spiegelbild begann zu weinen. Die plötzliche Veränderung war verblüffend.

„Toter Mann", rief die Qual, „die Minute ist um."

Skulduggery legte Walküre die Hände auf die Schultern. „Stoß mich weg", sagte er.

Er trat noch näher, um sie in den Arm zu nehmen, und Walküre drehte sich so, dass die Qual sie nicht sehen konnte. Dann stieß sie ihn von sich und tauschte den Platz mit ihrem Spiegelbild. Sie drückte sich an die Mauer des Sanktuariums und rührte sich nicht. Jeden Augenblick erwartete sie einen Warnschrei, aber es kam keiner. Sie hatten den Austausch nicht bemerkt.

Skulduggery ging mit dem Spiegelbild um die Ecke und Walküre schlich sich in den Schutz der Bäume. Sie drehte sich nicht ein einziges Mal um. Zuerst redete sie sich noch ein, dass sie es nicht riskieren konnte, entdeckt zu werden, aber sie wusste, dass das nicht der Grund war.

In Wirklichkeit wollte sie nicht sehen, wie sie umgebracht wurde.

Als sie den Schuss hörte, zuckte sie zusammen. Sie hatte eine Gänsehaut unter dem Mantel und rieb sich die Arme.

Ein paar Minuten später hörte sie Skulduggery und Scapegrace näher kommen und dann sah sie, wie sie zu dem Bentley gingen. Skulduggery legte die Leiche des Spiegelbilds in den Kofferraum. Sie sah so *schlaff* aus. Walküre holte tief Luft. Ein Foto zerreißen. Mehr war es nicht. Wirklich nicht.

Die Qual war in die Stadt zurückgegangen und hatte offenbar jegliches Interesse an ihnen verloren. Scapegrace erwartete wahrscheinlich, dass Skulduggery ihm den Kopf abriss, aber der war zu sehr damit beschäftigt, über Walküre herzuziehen. Sie trat aus ihrem Versteck und ging zu ihnen hinüber; das ungute Gefühl ließ langsam nach. Wenn er Witze machte, hieß das, dass ihr Plan funktioniert hatte.

„Ganz selten, dass sie mal den Mund hält. Ich hab so getan, als seien wir Freunde, aber in Wirklichkeit hat mir das arme Mädchen nur leidgetan. Sie war nicht gerade die Hellste, wenn du weißt, was ich meine."

„Du bist der letzte Heuler", sagte Walküre und ein Lächeln breitete sich auf ihrem Gesicht aus. Scapegrace wirbelte herum und schrie auf. Sie ignorierte ihn. „Haben wir, was wir brauchen?"

„Bancrook", antwortete Skulduggery. „Vengeous hat inzwischen wahrscheinlich Viles Rüstung gefunden, aber das Groteskerium sollte immer noch in Bancrook sein. Ja, wir haben, was wir brauchen."

„Du bist tot", sagte Scapegrace mit ganz hoher Stimme. „Du ... du liegst im Kofferraum."

„Tut mir leid, wenn ich dich enttäuschen muss, aber das ist mein Spiegelbild, das im Kofferraum liegt."

„Nein", widersprach Scapegrace, „ich habe Spiegelbilder gesehen. Man sieht sofort, ob etwas ein Spiegelbild ist ..."

„Nicht bei diesem hier", erklärte Skulduggery ihm. „Sie benutzt es praktisch tagtäglich. In den letzten zwölf Monaten ist es ... man kann sagen: gewachsen. Ich an deiner

Stelle würde mir nichts daraus machen, dass wir dich an der Nase herumgeführt haben. Ich an deiner Stelle würde mir stattdessen aus einer ganzen Menge ganz anderer Dinge etwas machen."

„Zum Beispiel, dass du abhauen hättest können", sagte Walküre, „wenn du einfach weitergegangen wärst, anstatt herzukommen und zu gaffen."

„Ich hätte abhauen können?"

„Ohne Weiteres."

„Und … und jetzt?"

„Wir fahren jetzt nach Bancrook", mischte Skulduggery sich ein, „und dich liefern wir im nächsten Kittchen ab."

„Ich muss wieder ins Gefängnis?"

„Ganz genau."

Scapegrace ließ kläglich die Schultern hängen. „Aber mir gefällt es im Gefängnis nicht."

Skulduggery holte ein Paar Handschellen aus dem Wagen und ließ sie um Scapegrace' Handgelenke zuschnappen. „Heute ist kein guter Tag für Schurken wie dich."

GRABRÄUBEREI

Die Ruine von Burg Bancrook stand oben auf einem kleinen Hügel. Walküre folgte Skulduggery durch das klaffende Loch in der Wand, das als Eingang diente. In der Burg war es düster und still; ein Großteil des Daches war eingestürzt und in den Himmel über ihnen war ein spektakulärer orangeroter Ton geflossen.

Sie hatten keine Zeit gehabt, auch noch in Haggard anzuhalten, nachdem sie Scapegrace im Sanktuarium abgeliefert hatten, deshalb lag die Leiche des Spiegelbildes immer noch im Kofferraum des Bentley. Es war ein gruseliges Gefühl, es da drin liegen zu sehen, kalt und reglos. Walküre hatte, als sie hineinschaute, erwartet, dass es atmete oder dass ein Augenlid zuckte, weil es nur schlief. Aber das Spiegelbild lag starr und steif im Kofferraum, ein Ding, ein Leichnam mit ihrem Gesicht.

Skulduggery hielt die Hand hoch und las in der Luft, dann nickte er zufrieden. „Hier war schon lange niemand mehr. Das Groteskerium muss also noch irgendwo sein."

Sie gingen weiter in die Ruinen hinein, dabei schnippten sie mit den Fingern und ließen Flammen in ihren Handflächen lodern. Das Licht flackerte über die moosbedeckten steinernen Wände. Sie stiegen Stufen hinun-

158

ter, die in die Erde hineinführten. Es war kalt hier unten und feucht. Walküre zog ihren Mantel enger um sich.

Skulduggery kauerte sich hin und untersuchte den Boden nach irgendwelchen Anhaltspunkten, die darauf schließen ließen, dass das Groteskerium darunter versteckt lag. Walküre kratzte derweil die Moosschicht von einem Stück Wand.

„Irgendetwas Verdächtiges?", fragte Skulduggery.

„Kommt darauf an. Stufen wir gewöhnliche Wände als verdächtig ein?"

„Eher nicht."

„Dann habe ich nichts."

Sie hörte mit dem Mooskratzen auf und sah auf ihre Uhr. Zu Hause war Abendessenszeit. Gut. Sie hatte Hunger. Sie musste an ihr Spiegelbild denken, an die vielen Male, die es am Tisch gesessen und so getan hatte, als gehörte es zur Familie, als es Walküres Essen gegessen und mit ihrer Stimme gesprochen hatte. Sie überlegte, ob ihre Eltern ihr Spiegelbild wohl bald mehr liebten als sie. Sie überlegte, ob sie wohl je an den Punkt gelangen würde, an dem sie in ihrem eigenen Haus eine Fremde war.

Sie schüttelte den Kopf. Sie mochte es nicht, wenn ihr solche Gedanken kamen. Aber sie kamen regelmäßig, unwillkommene Gäste in ihrem Kopf, und sie verbreiteten entschieden zu viel Unruhe.

Sie konzentrierte sich auf das Positive. Sie lebte ein Leben voller Abenteuer. Sie lebte das Leben, von dem sie immer geträumt hatte. Da war es doch nur verständlich, wenn sie hin und wieder den Luxus der einfachen kleinen Dinge vermisste, für die sie jetzt keine Zeit mehr hatte.

Stirnrunzelnd wandte sie sich an Skulduggery. „Es ist wahrscheinlich ein schlechtes Zeichen, wenn man anfängt, seine Eltern als leicht störenden Luxus zu sehen, oder?"

„Man sollte es meinen." Er sah zu ihr hoch. „Würdest du gern zu dem Familientreffen gehen?"

„Was? Nein, auf keinen Fall!"

„Hast du darüber nachgedacht?"

„Dazu hatte ich gar keine Zeit, wo doch die Welt in Gefahr ist und das alles."

„Verständlich. Aber solche Dinge sind trotzdem wichtig. Du solltest die Gelegenheit ergreifen und versuchen, wieder Anschluss an die Leute zu finden, die dir am meisten bedeuten."

Fast hätte sie gelacht. „Reden wir hier über dieselbe Familie?"

„Familie ist wichtig", beharrte Skulduggery.

„Sag mir und sei bitte ehrlich: Hast du je eine Tante von Beryls Kaliber gehabt?"

„Das nicht gerade. Aber ich hatte einen Cousin, der war Kannibale."

„Wirklich?"

„Aber ja. Und als sie ihn schnappten, aß er sich auf, um die Beweise zu vernichten."

„Sich selbst aufessen, das geht doch gar nicht."

„Er hat sich natürlich auch nicht *ganz* aufgegessen. Den Mund hat er übrig gelassen."

„Meine Güte! Verschone mich! Du bist wirklich – Auto."

„Ich bin *Auto*?"

„Nein", flüsterte sie und ließ die Flamme in ihrer Hand verlöschen, „ich höre ein Auto kommen."

Er löschte seine Flamme, fasste nach ihrer Hand und sie sprinteten zur Treppe, duckten sich, als Scheinwerfer vorbeistrichen, und liefen danach weiter. Es gab auch eine Treppe, die hinaufführte, durch das eingefallene Dach bis ganz hinauf zum obersten Teil der Ruine. Die Steinstufen waren mit Moos überwachsen und glitschig, doch das schien Skulduggery nichts auszumachen.

Sie kamen oben an, als die Sonne vollends mit dem Horizont verschmolz. In zunehmender Dunkelheit drückten sie sich an das, was von den Stützpfeilern der Burg noch übrig war, und schauten hinunter.

Der schwarze Jeep parkte direkt unter ihnen. Ein weißer Lieferwagen näherte sich und hielt. Sieben Leute mit blutbefleckten Kleidern stiegen aus. Infizierte.

Baron Vengeous und Dusk stiegen aus dem Jeep. Vengeous hatte immer noch den Dolch im Gürtel stecken und selbst wenn er Lord Viles Rüstung inzwischen gefunden hatte, er trug sie nicht.

Dusk sagte etwas zu Vengeous, dann erteilte er den Infizierten Befehle. Die holten daraufhin eine lange Holzkiste aus dem weißen Lieferwagen und gingen hinter Vengeous in die Burgruine hinein. Dusk blieb als Einziger draußen.

Walküre verließ ihren Beobachtungsposten und schaute die einsturzgefährdete Treppe hinunter in die Burg. Vengeous näherte sich der einzigen Wand, die noch intakt war. Sie hörte ihn reden, verstand aber nicht, was er sagte. Von der Wand löste sich Staub und sie begann zu wackeln. Der oberste Stein löste sich und fiel hinunter. Innerhalb weniger Augenblicke brach die Mauer zusammen, die Steine polterten übereinander und rollten in die Dunkelheit und dahinter kam ein kleiner Raum zum Vorschein.

Walküre war zu weit oben, um in den Raum hineinsehen zu können, doch sie wusste, was er enthielt. Vengeous schickte die Infizierten hinein.

Sie schaute über die Pfeilerreste hinunter zu Dusk, der am Jeep lehnte und Wache hielt, dann wandte sie sich an Skulduggery.

„Sanguin ist nicht dabei", wisperte sie.

„Nein, noch nicht."

„Bitte, bitte sag mir, dass es Zeit ist, Verstärkung anzufordern."

„Es ist Zeit, Verstärkung anzufordern."

„Oh, gut."

Sie kramte ihr Handy aus der Tasche, wählte und wartete. Als der Sanktuariumsverwalter sich meldete, gab sie die Information leise weiter. Sie legte auf, nickte Skulduggery zu und hielt beide Hände mit gespreizten Fingern hoch: In zehn Minuten kommen die Sensenträger.

Die Infizierten kamen wieder heraus. Gemeinsam trugen sie etwas, das aussah wie eine Mumie. Es war von oben bis unten mit schmutzigen Binden umwickelt, aber es war riesig und den Infizierten nach zu urteilen, die sich sichtlich anstrengen mussten, war es auch schwer.

Sie trugen die Mumie zu der offenen Kiste. Einer der Infizierten stolperte und das Groteskerium wäre fast auf der Erde gelandet.

Vengeous bekam einen Wutanfall, warf den ungeschickten Infizierten zu Boden und starrte auf ihn hinunter, wobei seine Augen einen Moment lang gelb leuchteten. Der Infizierte versuchte aufzustehen, doch irgendetwas stimmte ganz und gar nicht mit ihm. Er begann, unkontrolliert zu zittern, und es schüttelte ihn. Selbst von so weit oben sah Walküre die Panik in seinem Gesicht.

Dann explodierte er und es regnete Blut und fleischige Brocken.

„Oh mein Gott", wisperte Walküre.

„Du bleibst hier", sagte Skulduggery und setzte sich in Bewegung.

Sie runzelte die Stirn. „Wohin gehst du?"

„Ich muss sie hinhalten, bis die Sensenträger kommen. Wir können es uns nicht leisten, sie aus den Augen zu verlieren – nicht jetzt."

„Ich komme mit."

„Du bleibst hier. Du bist sehr wichtig für Vengeous, aber wir wissen nicht, weshalb – und bis wir es wissen, kommst du ihm nicht unter die Augen."

„Dann bleibe ich hier oben und – ich weiß auch nicht – werfe Steine hinunter und wenn du da unten fertig bist, komme ich nach."

Er sah sie an. „Um da unten fertig zu sein, muss ich sieben Infizierte erledigt haben, dazu Dusk und Vengeous."

„Ja, und?"

„Mit den Infizierten werde ich fertig."

Sie runzelte die Stirn. „Und Vengeous? Du *kannst* ihn doch erledigen, oder?"

„Nun ja", erwiderte er, „ich kann es jedenfalls versuchen. Und der Versuch allein ist schon die halbe Schlacht."

„Was ist die andere Hälfte?"

Er zuckte die Schultern. „Ihm öfter eine überzubraten als er mir." Er trat an den Stützpfeiler. „Falls es schiefgeht, locke ich sie weg. Sobald die Luft rein ist, gehst du zum Wagen zurück. Wenn du mich in fünf Minuten nicht siehst, bin ich wahrscheinlich den Heldentod gestorben. Oh, und lass die Finger vom Autoradio. Ich habe es eben erst auf meinen Lieblingssender eingestellt und will nicht, dass du mir daran herumfummelst."

Damit legte Skulduggery die Hand auf den Pfeiler, schwang sich darüber und verschwand.

ALTE FEINDE

Walküre schob sich zur Brüstung und schaute hinunter, als Skulduggery gerade sanft landete. Dusk drehte den Kopf, als ob er etwas gehört hätte, schaute dann aber wieder in die andere Richtung. Skulduggery schlich sich von hinten an ihn heran, legte ihm einen Arm um den Hals und riss ihn zurück.

Dusk wehrte sich, versuchte, den Griff zu lockern, doch Skulduggery unterbrach die Sauerstoffzufuhr zu seinem Gehirn und Walküre wusste, dass es in wenigen Augenblicken vorbei sein würde. Als Dusk sich nicht mehr rührte, legte Skulduggery ihn auf den Boden.

Die Sache war vollkommen lautlos vonstattengegangen.

Skulduggery schlich sich zum Eingang der Burg und Walküre kroch ganz bis zum Rand des eingefallenen Daches, legte sich flach hin und schaute hinunter.

Die Infizierten hatten es geschafft, die mumifizierte Gestalt ohne weitere Fast-Stürze in die Kiste zu legen. Walküre sah, wie sie stockten, als Skulduggery hereinmarschierte. Vengeous stand mit dem Rücken zu ihm.

„Hallo, Baron", grüßte Skulduggery. Sie sah, wie Vengeous kurz zusammenzuckte und sich dann umdrehte.

„Natürlich", sagte er. „Wen schicken sie mir auf den Hals? Nicht einmal einen Menschen. Nicht einmal ein Monster. Sie schicken *dich*."

Skulduggery zuckte leicht mit den Schultern. „Wie ist es dir ergangen, Baron?"

„Du widerst mich an", sagte Vengeous voller Verachtung. „Deine bloße Anwesenheit widert mich an. Du verunreinigst die Luft. Selbst die Infizierten, diese halb Untoten, haben es eher verdient, dass ich ihnen meine Zeit widme, als du."

Skulduggery nickte. „Sag, bist du verheiratet oder so? Höre ich das Tipp-Tapp kleiner böser Füße?"

„Ich werde dich vernichten."

„Du bist immer noch sauer, weil ich dich damals zum Explodieren gebracht habe, stimmt's? Ich sehe es dir an."

„Du kannst wohl nie den Mund halten, wie?"

„Ich *muss* nicht reden", sagte Skulduggery. „Ich kann auch still sein." Ein Augenblick verstrich. „Also, wen hast du da in der Kiste? Es ist der verschrumpelte, leblose Patchwork-Körper des Groteskeriums, habe ich recht? Aber wenn ich recht habe, kann ich leider nicht zulassen, dass du ihn mitnimmst. Ich könnte dir … na ja, ich könnte dir seinen großen Zeh geben oder so, als Andenken, aber das war's dann auch."

„Was du da sagst, Skelett, ist gotteslästerlich."

„Du bist doch derjenige, der seinen eigenen Gott ausgegraben hat."

Vengeous ging auf ihn zu und zog den Dolch aus seiner Scheide. „Ich wünschte, ich müsste dich jetzt nicht töten.

Ich wünschte, ich könnte Zeuge sein, wenn es seine Wut an dir auslässt für diese Gotteslästerung."

„Du weißt schon, dass ich kein Fleisch habe, in das du schneiden kannst?"

Vengeous lächelte und kam dabei immer näher. „Dieses Messer besteht aus gepressten Rasierklingen und wurde nach derselben Methode gefertigt, nach der auch die Sensen der Sensenträger hergestellt werden. Es schneidet deine Knochen glatt durch."

„Ah", machte Skulduggery und trat einen Schritt zurück.

Vengeous war fast bei ihm. „Was ist das denn? Keine Witze? Keine Sticheleien? Dann wollen wir doch mal sehen, wo dein Selbstvertrauen geblieben ist, du Ausbund der Abscheulichkeit."

Skulduggery griff in seine Jacke und brachte die Pistole zum Vorschein. Er richtete sie direkt auf Vengeous' Gesicht. Dieser erstarrte.

„Wie du siehst", meinte Skulduggery nach einem Augenblick der Besinnung, „ist mein Selbstvertrauen noch da."

„Willst du mich erschießen?", höhnte Vengeous. „Das würde mich nicht überraschen. Was weiß einer wie du schon von Ehre. Nur ein unzivilisierter Barbar bringt zu einem Schwertkampf eine Pistole mit."

„Und nur ein Schwachkopf kommt mit einem Schwert zu einem Pistolenduell."

Vengeous blickte ihn finster an. „Wie du siehst, sind wir bei Weitem in der Überzahl."

„Das bin ich gewohnt."

„Deine Lage ist ziemlich ausweglos."

„Auch das bin ich gewohnt."

„In wenigen Augenblicken werden dich diese schmuddeligen, untoten Kreaturen überwältigen und in einem Strudel aus Schmerz und Wut in Stücke reißen."

Skulduggery überlegte. „Hm, das wäre mal was Neues."

„Tötet ihn!", bellte Vengeous.

Die Infizierten rückten vor und Walküre sah, wie Skulduggery den Arm hin und her bewegte und ein Windstoß eine Staubwolke aufwirbeln ließ, die ihr die Sicht nahm.

Verschwommen sah sie, wie Vengeous zurückwich und schützend eine Hand über die Augen legte. Sie hörte Schüsse und kehlige Wutschreie, sah Lichtblitze und dann die Infizierten, die rückwärts durch die Luft flogen.

Als die Staubwolke sich senkte, standen nur noch Skulduggery und Vengeous.

„Sechs Schüsse", sagte Vengeous, „ich habe mitgezählt. Dein Magazin ist leer."

„Du gehst davon aus, dass ich in der Hektik nicht nachgeladen habe."

„Und – hast du?"

Skulduggery zögerte. „Nein", gab er dann zu und steckte die Pistole ein.

Vengeous schaute sich kurz um. „Das Mädchen", sagte er, „Unruh. Wo ist sie?"

„Sie musste leider zu Hause bleiben. Morgen ist wieder Schule, deshalb …"

„Schade. Ich hätte gerne gehabt, dass sie Zeuge ist,

wenn ich dich umbringe." Vengeous legte seinen Dolch auf den Boden. „Und ich brauche nicht einmal eine Waffe dazu."

Er schlenderte auf Skulduggery zu. Der hob die Hand.

„Wenn du den Dolch nicht benutzt – kann ich dann?" Vengeous musste fast lachen.

Er holte aus und Skulduggery wich nach unten und zur Seite hin aus, doch Vengeous hatte mit diesem Manöver gerechnet und landete einen Faustschlag an Skulduggerys Schulter. Skulduggery versuchte, die Distanz zu verringern, um einen Hüftwurf anbringen zu können, doch Vengeous verlagerte leicht sein Gewicht und schob den Fuß vor, sodass Skulduggery ins Straucheln kam. Er stieß mit dem Bein an die Kiste und fiel auf das Groteskerium.

Vengeous brüllte, griff hinein, packte Skulduggery und zog ihn wieder heraus. Sein rechter Haken krachte in Skulduggerys Kinnlade. Er ließ einen Konterschlag mit der Linken folgen, den Skulduggery jedoch mit dem Arm abblocken konnte. Aus dem Abblocken wurde ein Schlag gegen den Hals, so plötzlich und gezielt wie der Biss einer Schlange. Vengeous hustete und taumelte zurück und Skulduggery trat ihn gegen die Innenseite des Beins.

Von da an achtete Vengeous auf seine Deckung und schützte seinen Kopf, verlegte die Deckung jedoch nach unten, als Skulduggery den Fuß hob und auf seine Rippen zielte. Es war eine Finte und er machte nur einen Schritt auf ihn zu und holte zum Schlag aus, aber Vengeous fing seine Hand ab und umschloss mit der Linken Skulduggerys rechtes Handgelenk. Er drängte in dessen

Deckung und sein rechter Ellbogen traf Skulduggerys rechte Schulter wie ein Geschoss. Er drehte seinen Körper, riss Skulduggery von den Füßen, warf ihn auf den Boden und landete schwer auf ihm.

Skulduggerys linke Hand erschien vor Vengeous' Gesicht und er spreizte die Finger, doch Vengeous schlug die Hand weg, bevor Skulduggery gegen die Luft drücken konnte. Vengeous schlug zu, wieder und wieder, dann packte er Skulduggery an den Jackenaufschlägen und grinste auf ihn herunter.

„Ich wollte nicht mit dir tauschen", sagte er. „Ein Skelett, das Schmerz empfindet. Keinen der Vorteile eines Körpers aus Fleisch und Blut, dafür alle seine Schwächen. Wer immer dich zurückgebracht hat – es wäre besser gewesen, er hätte dich gelassen, wo du warst."

Skulduggery stöhnte.

Ein paar der Infizierten waren wieder auf den Beinen und beäugten Skulduggery, wie er da auf dem Boden lag. Vengeous stand auf und bürstete sich den Schmutz von den Kleidern. Er hob seinen Dolch auf.

„Ich zerstückle dich jetzt", sagte er, „in winzig kleine Teile. Aus einem Teil deines Schädels mache ich ein paar Würfel. Den Rest von dir nehme ich vielleicht für Klaviertasten. Aber ich frage mich, ob du dann immer noch lebendig wärst, Skelett. Wäre es dir bewusst, dass du ein Würfel oder Klaviertasten bist?"

„Ich wollte schon immer ein Leben für die Musik leben", murmelte Skulduggery.

Walküre konnte es nicht mehr mit ansehen. Sie stand auf. „He!"

170

Vengeous schaute hinauf zu dem eingestürzten Dach und sah sie.

„Wie ich gehört habe, suchst du nach mir", rief sie.

Vengeous lächelte. „Miss Unruh, dann bist du also doch hier."

„Dieses Mädchen", brummte Skulduggery, „nie tut sie, was man ihr sagt …"

„Du willst mich haben, Baron?", rief Walküre. „Dann komm und hol mich."

Damit verschwand sie aus seinem Blickfeld und Vengeous sprintete los, die Steinstufen hinauf. Sie trat an die Brüstung und schwang sich darüber.

AUF DER FLUCHT

„Das ist wirklich zu bescheuert", dachte Walküre, während sie rannte.

Sie stieß mit dem Fuß gegen einen Stein und wäre fast hingefallen. Sie hatte keine Ahnung, wohin sie lief oder was sie tun wollte. Sie hatte keinerlei Plan.

Sie verließ den Weg und lief tiefer in die Dunkelheit hinein. Schon konnte sie die Verfolger hören, die Befehle, die den Infizierten zugerufen wurden.

Sie hörte den Lieferwagen und als sie über die Schulter zurückschaute, sah sie die Scheinwerfer, die auf dem unebenen Boden wie verrückt auf und ab schwenkten.

Dann stolperte sie und fiel.

Sie rollte den Abhang hinunter, bis eine Hecke sie aufhielt, als der Boden wieder flacher wurde. Die Dornen versuchten, durch ihre Kleider zu dringen. Die Scheinwerfer kamen um die Biegung und sie drückte sich flach auf den Boden. Die Dornen stachen ihr in die Hände und rissen an ihren Haaren. Als die Scheinwerfer auf sie zuholperten, schob sie sich durch das Gestrüpp.

Nur eine Handbreit von ihr entfernt röhrte der Lieferwagen vorbei.

Walküre blieb noch einen Moment liegen, um wieder

zu Atem zu kommen, dann zerrte sie die Dornen von ihren Kleidern und stand auf.

Aus allen Richtungen kamen Rufe. Die Infizierten hatten sie fast umzingelt und sie war nur deshalb noch frei, weil sie es noch nicht gemerkt hatten.

Sie humpelte leicht, als sie sich wieder aufmachte. Weiter vorn war eine Straße. Falls sie es bis auf die andere Seite schaffte, konnte sie vielleicht entkommen.

Doch jetzt war da noch ein weiteres Paar Scheinwerfer. Der schwarze Jeep. Sie musste über die Straße gelangen, bevor ihr der Weg abgeschnitten war.

Und dann stand jemand vor ihr.

Dusk packte sie und sie versuchte, sich zu wehren, doch er warf sie zu Boden. „Endlich", sagte er, als hätte ein Spiel ihn gelangweilt. Er wollte noch etwas sagen, doch sie sah, wie er das Gesicht verzog und eine Hand auf seinen Bauch legte. Mit der anderen griff er in seine Jackentasche und zog die Spritze heraus.

Das war ihre Chance und sie konnte es sich nicht leisten, sie zu vermasseln.

Sie zwang Angst und Panik aus ihrem Kopf und spreizte die Finger. Die Luft schimmerte und die Spritze flog ihm aus der Hand und verschwand in der Dunkelheit.

Fluchend lief er hinterher, stolperte aber und verlor das Gleichgewicht.

Walküre rappelte sich auf und sprintete in die entgegengesetzte Richtung.

„Das war ein Fehler", hörte sie ihn noch murmeln. „Dieses Serum war das Einzige, das mich unter Kontrolle hielt …"

Sie schaute zurück und sah, wie Dusk sich aus seiner menschlichen Gestalt schälte wie eine Schlange, wenn sie ihre Haut ablegt. Der Vampir unter den Kleidern und der Haut, die Kreatur in dem Mann, war kahlköpfig und alabasterweiß, die Augen waren schwarz, die Reißzähne spitz und sie wusste, dass Dusk nicht gelogen hatte. Es war tatsächlich ein Fehler gewesen.

Walküre spurtete weiter und der Vampir setzte ihr nach.

Die Infizierten waren überall und die Scheinwerfer des schwarzen Jeeps hatten sie erfasst. Baron Vengeous konnte sie deutlich sehen, doch das kümmerte sie jetzt nicht. Vengeous würde sie erst umbringen, wenn er fand, dass es Zeit dafür war. Der Vampir jedoch würde sie hier und jetzt sofort in Stücke reißen.

Er kam hinter ihr hergaloppiert und holte rasch auf. Noch ein Satz und er würde an ihr hängen. Sie konnte es sich nicht leisten, etwas auszuprobieren, es mit ihren magischen Kräften zu versuchen. Adrenalin wurde durch ihre Adern gepumpt. Wahrscheinlich wäre sie gar nicht in der Lage, ihre magischen Kräfte anzuwenden.

Sie holte Sanguins Rasiermesser aus der Tasche und klappte es im Weiterlaufen auf. Über dem Geräusch des heranbrausenden Jeeps hörte sie, wie Vengeous den Vampir zurückzurufen versuchte, doch sie wusste, die Bestie würde nicht gehorchen. Wenn ein Vampir seine Haut abgeworfen hat, untersteht er keinem Herrn und Meister mehr. Skulduggery hatte Vampire die effizientesten Killer auf der ganzen Welt genannt. Ein Vampir hatte nur noch eines im Sinn: Blut.

174

Sie hörte keine Schritte mehr hinter sich, dafür spürte sie ihn in der Luft, spürte, wie er angeflogen kam. Sie drehte sich um und stieß zu. Das Rasiermesser schlitzte das Gesicht des Vampirs auf und sie fiel auf den Rücken. Der Vampir, der einmal Dusk gewesen war, brüllte vor Schmerz, landete auf dem Boden und stürzte sich erneut auf sie, bevor sie auch nur Zeit gehabt hatte, auf die Füße zu kommen.

Der Jeep kam immer näher, und das in vollem Tempo.

Dann wurde er herumgerissen, Steinchen und Erde flogen durch die Luft; das Heck des Wagens erwischte den Vampir und warf ihn um. Die Beifahrertür ging auf.

„Rein mit dir!", brüllte Skulduggery.

Walküre sprang in den Wagen und er schoss davon.

„Anschnallen."

Walküre griff nach dem Sicherheitsgurt. Der Wagen legte sich in eine Kurve und sie stieß mit dem Kopf gegen die Seitenscheibe.

„Autsch!"

„Tut mir leid. Schnall dich an."

Der Lieferwagen war direkt hinter ihnen und leuchtete das Innere des Jeeps gelb aus. Skulduggery stieg auf die Bremse, bog ab und gab wieder Gas und das gelbe Licht verschwand abrupt, da der Lieferwagen geradeaus weitergeschossen war. Sie folgten dem Pfad über die Hügel.

Walküre griff wieder nach dem Sicherheitsgurt und musste ein paarmal daran ziehen, bevor er sich abrollen ließ. Sie hatte sich gerade bequem hingesetzt und ließ ihn einrasten, als Skulduggery erneut bremste.

„Okay", sagte er, „aussteigen."

Er öffnete seine Tür, stieg aus und lief zu seinem Bentley.

Walküre folgte ihm fluchend.

Die nächtliche Stille war gespenstisch. Dann bekam der Boden vor ihnen Risse und brach auf und Skulduggery zog seine Pistole, als Billy-Ray Sanguin auftauchte.

„Hab ich es mir doch gedacht", sagte er lächelnd, „das berühmte Detektivskelett in Fleisch und Blut – bildlich gesprochen, natürlich."

Skulduggery betrachtete ihn misstrauisch. „Mister Sanguin, ich habe schon so viel von dir gehört."

„Tatsächlich?"

„Du bist ein kleiner Psychopath, stimmt's?"

„Ich versuche mein Bestes."

„Eines würde ich gern wissen: Warum hast du achtzig Jahre gewartet, bevor du deinem alten Boss zur Flucht verholfen hast? Warum hast du ihn nicht gleich am Tag nach seiner Festnahme herausgehauen?"

Sanguin zuckte die Schultern. „Ich nehme an, ich hatte das, was ihr eine Glaubenskrise nennt, und mein Glaube hat verloren. Diese achtzig Jahre allein – das war nicht schlecht, aber es hat etwas gefehlt, verstehst du?"

„Du bist verhaftet."

„Wenn wir gerade davon reden – ich will ja nicht unhöflich sein, aber ich bin eigentlich nur hergekommen, um mir das kleine Schätzchen hier zu holen. Einen Augenblick noch, dann mach ich mich wieder auf die Socken – auch rein bildlich gesprochen."

Und damit verschwand er im Boden, ein Lächeln auf seinem Gesicht.

„Teufel auch", sagte Walküre und Skulduggery streckte die Hand nach ihr aus, aber es war zu spät. Der Boden explodierte und Sanguin packte sie. Walküre hatte nicht einmal mehr Zeit zu schreien, bevor er sie mit sich hinunterzog.

UNTER DER ERDE

Walküre rang nach Luft, als sie in die Dunkelheit abtauchte.

Die Erde um sie herum war in Bewegung. Sie schabte an ihrem Rücken vorbei und zerbröselte zu ihren Füßen. Staubkörnchen flogen ihr in die Augen und in ihren Ohren war das dröhnende Poltern von Steinschlag. Sie klammerte sich an Sanguin, während es abwärtsging.

„Angst?", fragte er dicht an ihrem Ohr. „Was wäre, wenn ich dich einfach … loslassen würde?"

Er war direkt vor ihr, sie spürte seinen Atem an ihrer Wange, doch sehen konnte sie ihn nicht. Es war schwärzeste Nacht. Der Tunnel, den sie gruben – was immer es für einer war –, füllte sich hinter ihnen sofort wieder auf. Ihr Magen krampfte sich zusammen, als schiere Panik sich in ihr ausbreitete.

„Ich steck dich in Brand", sagte sie, doch das Dröhnen der fallenden Steine übertönte ihre zaghaften Worte. „Ich steck dich in Brand!", rief sie. Und hörte ihn lachen.

„Wenn du mich lang genug brennen lässt, könntest du mich töten und was würdest du dann machen? Du würdest hier unten hocken, lebendig begraben, und nur meine Leiche würde dir Gesellschaft leisten."

Es ging jetzt langsamer bergab, der Steinschlag wurde weniger und schließlich hielten sie an. Walküre zitterte. Sie war nass geschwitzt und die Angst nahm ihr fast die Luft zum Atmen.

„Du musst nicht denken, dass ich dich nicht sehen kann", sagte er. „Ich hab zwar keine Augen mehr, aber sehen kann ich trotzdem. Und hier im Dunkeln sehe ich am allerbesten. Ich sehe die Angst in deinem Gesicht. Die kannst du nicht vor mir verbergen. Pass auf, ich sag dir jetzt, was passieren wird: Ich leg dir ein paar hübsche kleine Handschellen an und dann statten wir Baron Vengeous einen Besuch ab. Wie klingt das als Zeitvertreib für die letzten Stunden deines Lebens?"

Sie schmeckte Erde in ihrem Mund und antwortete nicht. Es war zu dunkel. Und ringsherum nichts als Steine. Obwohl sie ihn verabscheute, merkte sie, dass sie sich fest an Sanguin klammerte, vor lauter Panik, dass er sie loslassen könnte und sie allein hier unten wäre. Sie spürte, wie er sich bewegte, dann schloss sich etwas Kaltes, Metallisches um ihre Handgelenke.

„Oh, noch etwas", sagte er. „Mein Messer. Wo ist es?"

„Manteltasche", flüsterte sie.

Seine Hand fuhr in ihre Tasche und holte das Rasiermesser heraus.

„Ein gutes Gefühl, es wiederzuhaben. Es ist fast schon ein Teil von mir, verstehst du? Fast schon ein kleines Stück meiner Seele ..."

Er konnte in der Dunkelheit sehen, also versuchte sie, möglichst viel Verachtung in ihren Gesichtsausdruck zu legen. „Müssen wir irgendwohin oder willst du einfach mit mir hier unten bleiben und mich zu Tode langweilen?"

Er lachte, der Fels verschob sich und sie setzten sich wieder in Bewegung. Schnell. Sie überlegte, wie Sanguin es machte, aber es war, als teile sich die Erde einfach für ihn und würde sich wieder schließen, sobald er durch war. Es war unmöglich zu sagen, in welche Richtung sie sich bewegten, nicht einmal, ob es auf- oder abwärtsging. Und dann ließ die Erde sie plötzlich los und der Schwung, den sie noch hatten, beförderte sie an die frische Luft.

Der Mond, voll und rund am dunklen Himmel. Bäume und Hecken und Gras. Walküre fiel auf die Knie, spuckte Dreck und schnappte nach Luft. Da sie völlig durchgeschwitzt war, fror sie jetzt, aber wenigstens gab der Boden unter ihr nicht mehr nach und das Dröhnen in den Ohren war weg. Sie hob den Kopf und schaute zurück.

„Ihr Wagen wartet, Ma'am", sagte Sanguin und öffnete die Tür des Autos, das hier geparkt war. Sie prüfte die Handschellen, aber sie saßen fest. Sie schnippte mit den Fingern, doch kein Funke entstand. Ihre Kräfte waren gebunden.

Sanguin führte sie mit der Hand im Nacken zu dem Wagen und zwang sie zum Einsteigen. Selbst wenn es ihr gelungen wäre, sich loszureißen, hätte sie nicht gewusst, wohin sie laufen sollte – in allen vier Himmelsrichtungen war nichts als Wiese.

Er schloss die Beifahrertür, ging um den Wagen herum und setzte sich ans Steuer.

„Macht es Spaß, als Detektiv zu arbeiten?", fragte er unvermittelt. „Ich wollte immer Detektiv werden. Und ich *war* auch einer, etwa 'n Jahr lang. Ich fand es so herrlich romantisch. Die dunklen Anzüge, die Hüte, die finsteren Gassen, die extravaganten Frauen, die lockeren Reden … Aber ich konnte einfach nicht mit dem *Töten* aufhören. Es war immer dasselbe: Sie haben mich engagiert, ich hab versucht, ihren Fall zu lösen, aber irgendwann wurd's mir langweilig und ich hab sie umgebracht. Dann war der Fall abgeschlossen und das war's. Einen einzigen Mordfall hab ich aufgeklärt in diesem Jahr, aber ich fürchte, das zählt nicht, weil ich der Mörder war. Ich fürchte, das ist in gewisser Weise fast schon wieder gemogelt."

„Warum machst du das?", unterbrach ihn Walküre. „Warum will er mich immer noch haben? Skulduggery gibt schließlich nicht klein bei, nur weil ihr mich geschnappt habt."

Sanguin starrte sie an. „Ist das dein Ernst?" Er lachte. „Hey, Darling, du bist keine Geisel und du warst auch nie eine!"

„Was?"

„Die ganze Geschichte, alles, was hier passiert, passiert *deinetwegen*."

„Was redest du da?"

„Du hast doch von der fehlenden Zutat gehört, oder? Das, was Vengeous vor achtzig Jahren einfach nicht kriegen konnte? Du hast davon gehört?"

„Klar, aber was hat das mit mir zu tun?"

„Süße, du bist es. *Du* bist die fehlende Zutat."

Sie starrte ihn an und sein Lächeln wurde immer breiter.

„Du stammst in direkter Linie von den Urvätern ab, stimmt's? – Was, hast du wirklich gedacht, das würd sich nicht rumsprechen? Als ich davon gehört hab, wusste ich, dass die Zeit zur Befreiung des Barons gekommen ist."

„Du lügst …"

„Großes Indianerehrenwort. Was ihm noch gefehlt hat, war das Blut von einem, der es geschafft hat, einen Gesichtslosen zu töten. Das war die letzte Zutat zum Ende-der-Welt-Cocktail, den er zusammengemixt hat. Darauf kannst du dir allerhand einbilden."

Ihr fiel nichts mehr ein. Sie fühlte, wie alle Farbe aus ihrem Gesicht wich.

„Das ist gut", sagte Sanguin hocherfreut, als er den Motor startete. „Das ist sehr gut."

IN DUNKELHEIT GEWANDET

Die Zeit war reif.

Vengeous spürte ihre Kraft, spürte, wie sie in sein Fleisch drang und sich um seine Eingeweide legte. Selbst wenn er gewollt hätte, selbst wenn er seine Pläne über den Haufen hätte werfen wollen, wäre es jetzt zu spät gewesen. Sie zog ihn magisch an. Wie war es möglich, dass man Vile schlagen konnte, wenn er eine solche Kraft besessen hatte?

Die Infizierten hatten die Rüstung auf einem Tisch in einem kleinen Raum am hinteren Ende der Kirche ausgebreitet. „Welch bescheidene Anfänge", dachte Vengeous und lächelte in sich hinein.

Er ging zu dem Tisch, wollte nach den Handschuhen greifen und hielt plötzlich inne, die Hand in der Luft. Er ließ sie weiterflattern über die Brustplatte, die Stiefel. Das erste Rüstungsteil, das er berührte, war der Helm. Vorsichtig nahm er ihn auf, hielt ihn in der Hand und spürte, wie er sich durch die Berührung veränderte.

Die Kleider, die er trug – schwarz und dem Augenschein nach nichts Besonderes –, waren auf eine spezielle Art gewebt, die sicherstellte, dass er auch wirklich geschützt war. Er würde Lord Viles Rüstung tragen – sein Körper brauchte eine Isolierschicht gegen die ungezügelte Kraft, die in ihr steckte, eine Kraft, die seine Muskeln austrocknen und sein Blut zum Kochen bringen konnte.

Inzwischen hatte Billy-Ray Sanguin das Mädchen sicher gefunden und war mit ihm auf dem Weg zur Kirche. Der Baron höchstpersönlich hatte Dusk mithilfe der Infizierten gebändigt und ihm das Serum gespritzt. Dusk hatte ihn schwer enttäuscht, weil er sich gehäutet und damit fast alles verdorben hatte, doch dafür würde Vengeous ihn später bestrafen. Im Moment stand er kurz vor der Erfüllung aller seiner Wünsche.

Als Baron Vengeous die Rüstung anlegte, stiegen Schatten daraus empor wie Dampfwolken.

BLUT UND SCHATTEN

Sie fuhren hinaus aufs Land, wo die Straßen schmaler und kurviger wurden. Vor einer dunklen alten Kirche hielten sie und Sanguin stieg aus. Er ging um den Wagen herum, öffnete die Beifahrertür und zog Walküre heraus.

Er fasste sie am Arm und führte sie den überwachsenen, mit gesprungenen Steinplatten ausgelegten Weg hinunter. An die bröckelnden Kirchenmauern hatte sich wilder Wein geheftet und die kleinen Buntglasfenster waren mit einer dicken Schmutz- und Staubschicht bedeckt.

Er stieß die alte Flügeltür auf und schob Walküre in die kalte, feuchte Kirche. Es gab noch ein paar Bänke, die nicht vermodert waren, und Hunderte brennender Kerzen, die die Schatten an den Wänden tanzen und Pirouetten drehen ließen. Der Altar war herausgerissen worden und durch eine dicke Steinplatte ersetzt und auf dieser Platte lag, mit einem Leintuch zugedeckt, der mächtige bandagierte Körper des Groteskeriums.

Baron Vengeous erwartete sie in der schwarzen Rüstung von Lord Vile. Es war nicht so, wie Walküre es sich vorgestellt hatte. Die Rüstung klapperte und rasselte nicht und es ging auch kein Glanz von ihr aus. Dafür

185

schien sie lebendig zu sein, sie bewegte und veränderte sich kaum merklich, selbst während Walküre hinschaute.

Es waren noch andere in der Kirche, infizierte Männer und Frauen. Das Vampirvirus fraß sich durch ihre Körper und veränderte sie von einem Augenblick zum nächsten. Sie hielten sich, so gut es ging, im Hintergrund.

Jetzt sah Walküre auch Dusk. Er hatte wieder seine menschliche Gestalt angenommen, doch die Schnittwunde hatte sich als Narbe auf sein Gesicht übertragen. Sie war tief und abstoßend und in seinem Blick lag der ganze Hass, den seine schwarze Seele aufbringen konnte.

„Walküre Unruh", sagte Vengeous und der Helm dämpfte seine Stimme zu einem rauen Flüstern, „wie freundlich von dir, uns in dieser verheißungsvollen Nacht der Nächte Gesellschaft zu leisten. Das Wesen auf diesem Tisch wird das Tor für seine Brüder öffnen und diese Welt wird gesäubert werden. Die Unwürdigen werden vernichtet und eine neue, paradiesische Zeit wird anbrechen – und das alles dank dir."

Sanguin nahm Walküre am Ellbogen und führte sie zur vordersten Bank, wo sie sich neben ihn setzen musste. Dann sahen sie, wie Vengeous die Hände ausstreckte, sie über den Körper auf dem Stein hielt und den Kopf senkte.

Um Vengeous herum waren plötzlich Schatten in Bewegung. Die Kerzen flackerten wie bei starkem Wind, doch in der Kirche war es totenstill.

„Das Groteskerium wird von dir trinken", flüsterte Sanguin ohne jedes Mitleid. „Der Arme ist ausgezählt worden, er braucht dein Blut in seinen Adern. Es wird ein opulentes Mahl werden. Hast du etwas dagegen, wenn ich fotografiere? Ich hab meine Kamera mitgebracht."

„Schlag dich selber k. o."

„Danke."

„Nein, im Ernst. Lauf mit dem Kopf gegen die Wand, damit du k. o. gehst. Denn eines kann ich dir sagen: Wenn Skulduggery hier aufkreuzt, ist es besser für dich, du bist nicht bei Bewusstsein."

Sanguin grinste und lehnte sich zurück. „Mit dem Knochenmann werd ich schon fertig, keine Bange. Und jetzt aufgepasst, Süße, denn jetzt wird's interessant."

Walküre drehte sich genau in dem Moment wieder zum Altar um, als die Schatten hinter Vengeous sich verdichteten und sich wie ein Leichentuch auf ihn legten. Einen Augenblick lang stand er stockstteif da, dann begann sein Körper zu zucken, als würde elektrischer Strom durch ihn hindurchgejagt. Die Schatten flossen an seinen Fingerspitzen aus ihm heraus nach unten und durchdrangen das Tuch, mit dem das Groteskerium bedeckt war.

„Mr Sanguin", flüsterte Vengeous.

Sanguin zerrte Walküre von der Bank und schleifte sie zu dem Stein. Grinsend zeigte er ihr sein Rasiermesser, dann packte er ihr Handgelenk. Sie versuchte, sich zu wehren, doch er war viel zu stark und sie schrie auf, als er die kalte Klinge über ihre rechte Handfläche zog.

Doch das Blut aus ihrer Hand tropfte nicht auf das Tuch, sondern wurde zu dem Strom der Schatten hingezogen, vermischte sich mit ihm, wirbelte in ihm herum und drang dann in den Körper des Groteskeriums ein.

Genau in diesem Moment schwangen die beiden Flügel der Eingangstür auf und Skulduggery Pleasant schlenderte in die Kirche.

Die Infizierten zischten und Walküre konnte ihre Hand aus Sanguins Griff befreien. Vengeous schaute von seiner unheilvollen Arbeit auf und seiner Rüstung wuchsen wütende Stacheln, als Skulduggery den Mittelgang herunterkam und sich in die erste Bank setzte. Er schlug die Beine übereinander, nahm eine bequeme Haltung ein und wedelte mit der Hand.

„Lasst euch nicht stören", sagte er.

Walküre runzelte die Stirn.

Nicht unbedingt die Rettungsaktion, mit der sie gerechnet hatte.

Die Infizierten traten ins Licht und umringten Skulduggery, der so tat, als sei er gerade mal eben auf ein Schwätzchen vorbeigekommen. Vengeous schickte die letzten Schatten in das Groteskerium und trat dann zurück. Walküre sah, wie er kaum merklich in sich zusammensackte.

Vengeous hob die Hände, löste die Verriegelung am Helm und zog ihn ab. Sein Gesicht war bleich und glänzte vor Schweiß. Die Augen waren schmale Schlitze, sein Blick kalt.

„Ausbund der Abscheulichkeit", sagte er, „bist du allein gekommen? Ohne Sensenträger? Ohne Mr Bliss an deiner Seite?"

„Du kennst mich, Baron, ich erledige die Dinge gern persönlich. Außerdem ist bei unserer Schlägerei mein Handy kaputtgegangen, deshalb …"

Ein Lächeln erschien auf Vengeous' Gesicht. „Bist du hergekommen, um Zeuge vom Anfang deines Endes zu sein?"

„Nicht wirklich. Eigentlich bin ich deshalb hergekommen."

Skulduggery griff in seine Tasche, zog einen kleinen schwarzen Beutel heraus und warf ihn auf den Stein. Er landete auf dem Tuch, über der bandagierten Brust des Groteskeriums. Vengeous warf einen Blick darauf, streckte die Hand aus …

„Würd ich nicht machen, wenn ich du wäre", sagte Skulduggery und hielt ein kleines Gerät in die Höhe. „Ein Knopfdruck, und die hübsche kleine Kirche hier schmücken Fetzen von deinem Gott."

„Eine Bombe?", fragte Vengeous wütend. Seine Rüstung schwoll an und bildete eine zusätzliche Schutzschicht um ihn herum. „Glaubst du wirklich, dass Sprengstoff einem Gesichtslosen etwas anhaben kann?"

„Aber das hier ist doch kein Gesichtsloser. Zumindest kein *vollständiger*. Ich gehe davon aus, dass er eine Spur zerbrechlich ist, nachdem er so lange Zeit hinter einer Wand zugebracht hat. Und ich halte jede Wette, dass die ganze Geschichte auch *dir* ziemlich zugesetzt hat. Diese eine kleine Bombe könnte euch beide außer Gefecht setzen. Ich will nicht zu viel verraten, aber sie ist ungefähr fünfzehn Mal so effektiv wie die letzte, die ich nach dir geworfen habe, und du erinnerst dich sicher noch, wie weh die getan hat."

Sanguin stieß Walküre näher an den Stein. „Wenn wir sterben, stirbt sie mit uns."

„Es muss nicht so kommen", erklärte Skulduggery geduldig. „Entweder ich drücke diesen Knopf und vereitle euren heimtückischen Plan und bringe meine Freundin um, weil es eben nicht anders geht, oder ich tue es nicht und wir marschieren hier raus und ihr wartet einfach noch einmal drei Jahre auf die nächste Mondfinsternis. Es liegt ganz an dir, Baron."

Vengeous sah ihn an. „Nimm sie mit."

Dusk trat einen Schritt vor. „Das Mädchen muss sterben!"

„Ruhe!", brüllte Vengeous. Er fixierte Dusk, bis der Vampir klein beigab. Die flackernden Kerzen spielten mit seiner Narbe.

Vengeous' Blick ging zurück zu Skulduggery. „Nimm das Mädchen", meinte er spöttisch, „ihr kommt nicht weit."

„Weit genug. Walküre?"

Walküre streckte Sanguin die Hände hin.

Er schaute sie finster an, legte das Rasiermesser auf den Stein und knurrte etwas Unverständliches. Dann löste er die Handschellen und trat zurück. Walküre folgte Skulduggery, der sich erhoben hatte und in den Gang getreten war, doch vorher schnappte sie sich noch das Rasiermesser.

„Hey!", rief Sanguin.

„Sei still!", schnauzte Vengeous ihn an.

„Sie hat mein Messer!"

„Sei still, habe ich gesagt!"

Sanguin hielt den Mund. Walküre ließ die Klinge im Griff verschwinden und steckte das Messer in die Tasche.

Sie ging an Skulduggerys Seite rückwärts und die Infizierten folgten ihnen.

„Du zögerst das Unvermeidliche lediglich hinaus", sagte Vengeous. „Mit dieser Rüstung bin ich das stärkste Lebewesen auf dieser Welt."

„Aber bist du auch *glücklich*?", fragte Skulduggery, schnippte mit den Fingern der freien Hand und erzeugte eine Flamme. Er warf den Feuerball bei der Tür auf den Boden. Die Infizierten zischten die Flammen an, die höher auflderten, als sie näher kamen.

Vengeous hatte sich noch nicht an den Beutel mit dem Sprengstoff herangewagt.

„Ich nehm dich auseinander, Ausbund der Abscheulichkeit."

„Dann habe ich wenigstens noch etwas, auf das ich mich freuen kann", erwiderte Skulduggery. „Aber ich rate euch, keine sprunghaften Bewegungen zu machen, bevor wir auf der Straße sind – ich spüre es, wenn die Verrückten hier die Luft um das hübsche Sprengstofftäschchen durcheinanderwirbeln."

„Lass es hochgehen", murmelte Walküre.

„Geht nicht", antwortete Skulduggery im Flüsterton. Auf eine Handbewegung von ihm teilten sich die Flammen bei der Tür und sie gingen rückwärts hinaus ins Freie.

„Warum nicht?"

„Es ist gar keine Bombe", erwiderte Skulduggery leise. „Nur ein zusammenklappbarer Wagenheber, zum Reifenwechseln."

„Und die Fernbedienung?"

„Damit öffne ich meine Garagentür. Verrat's nicht, aber es sind nicht einmal Batterien drin."

Er wedelte mit der Hand und die Flammen bildeten wieder eine kompakte Wand vor dem Eingang. Immer noch rückwärts gingen sie zum Bentley und hielten durch die Flammen hindurch Blickkontakt mit den Infizierten, damit keiner schummelte und zu früh herausstürmte.

„Haben wir einen Plan?", fragte Walküre.

„Wir müssen Vengeous und seinen Leuten das Groteskerium abluchsen", sagte er, „und dazu müssen wir uns trennen. Ich fahre weg und du versteckst dich unter dem Lieferwagen, wartest, bis sie das Groteskerium eingeladen haben, und dann fährst du ihnen vor der Nase davon."

„*Was?*"

„Das macht richtig Spaß, glaub mir."

„Skulduggery, ich bin dreizehn. Ich kann nicht Auto fahren."

Er sah sie an. „Was soll das heißen, du kannst nicht Auto fahren?"

„Rede ich so undeutlich? *Ich kann nicht Auto fahren,* Skulduggery."

„Aber du hast doch schon bei anderen gesehen, wie es geht, oder? Du hast gesehen, wie *ich* fahre. Ich wage auch zu behaupten, dass du gesehen hast, wie deine Eltern fahren. Die grundlegenden Dinge kennst du also."

Sie starrte ihn an. „Ich weiß, dass man mit dem großen runden Teil, das aus dem Armaturenbrett ragt, die Räder bewegen kann. Reicht dir das an grundlegenden Dingen?"

„Der Lieferwagen da drüben hat ein Automatikgetriebe. Du schaltest in die Fahrstufe D, wie *Drive*, und fährst los. Drückst du auf das eine Pedal, wirst du schneller, drückst du aufs andere, hält der Wagen. Kinderleicht."

Sie schaute ihn nur an.

„Oh, Scheiße", murmelte sie dann, sprintete zu dem Lieferwagen und glitt darunter, als Skulduggery in den Bentley sprang.

Der Motor des Bentley röhrte, die Reifen drehten kurz durch, dann schoss er davon. Im selben Augenblick schwappte eine dunkle Welle aus der Kirchentür und löschte die Flammen. Dusk stürmte den Infizierten voran ins Freie. Ihnen folgte Vengeous. Schattenstränge ringelten sich wie wütende Schlangen um ihn herum. Er schleuderte den Beutel auf den Boden und der Wagenheber kullerte ins hohe Gras. Er peitschte die Dunkelheit gegen eine infizierte Frau, die durch die Luft segelte, nachdem die Druckwelle ihr den Boden unter den Füßen weggerissen hatte.

Walküre blieb unter dem Lieferwagen und verhielt sich sehr, sehr still.

Sie sah Billy-Ray Sanguin auf den Wagen zukommen.

„Sie hat mir mein Messer weggenommen", jammerte er. „Schon zum zweiten Mal."

„Dein Messer schert mich einen Dreck", schnaubte Vengeous. Er wandte sich an einen Infizierten. „Du da. Bring das Groteskerium in den Lieferwagen. Hier wird es von Sensenträgern bald nur so wimmeln und ich kann nicht riskieren, dass sie es demolieren."

Ein paar Infizierte liefen zurück in die Kirche und kamen kurz darauf mit der Kiste wieder heraus. Mit besonderer Sorgfalt luden sie sie in den Lieferwagen. Dann wichen sie wieder ein Stück Richtung Kirche zurück und warteten auf neue Befehle. Walküre verließ ihre Deckung und richtete sich auf. Sie hörte, wie Vengeous auf der anderen Seite des Wagens Befehle erteilte, holte tief Luft und streckte die Hand nach dem Türgriff aus.

Die Tür öffnete sich mit einem leisen Klick und sie stieg langsam und gebückt ein. Der Schlüssel steckte. Sie ließ den Blick durchs Führerhaus gleiten, um sich zu orientieren, riskierte dann einen Blick aus dem Seitenfenster und drehte schließlich den Zündschlüssel um. Der Motor begann zu schnurren.

Vengeous drehte den Kopf, runzelte die Stirn und kam nachsehen, wer hinter dem Lenkrad saß.

Walküre schob den Hebel in die *Drive*-Position und drückte das Gaspedal durch. Ein Schrei entfuhr ihr, als der Lieferwagen einen Satz nach vorn machte, und sie kämpfte mit dem Lenkrad, um ihn einigermaßen in der Spur zu halten. Spaß machte das keinen.

Sie riss das Lenkrad herum, um einem Baum auszuweichen, und versuchte nach Kräften, den Wagen auf der schmalen Straße zu halten. Im Rückspiegel sah sie, dass die Infizierten hinter ihr herliefen, konnte sich aber nicht weiter darum kümmern. Es war inzwischen stockfinster und sie wusste nicht, wo sie das Licht einschalten sollte.

Sie nahm eine Hand vom Lenkrad, gerade lange genug, um einen Hebel zu bedienen. Die Scheibenwischer ratschten über die trockene Windschutzscheibe. Ein großer Stein unter einem der Räder ließ sie fast bis an die

Decke hopsen. Sie versuchte es mit einem anderen Hebel und setzte den Blinker in Gang. Sie verfluchte Skulduggery, während sie den Schalter nach oben und unten und zur Seite bewegte. Als sie versuchte, ihn zu drehen, leuchteten die Scheinwerfer plötzlich auf. Walküre hatte gerade noch Zeit zu schreien, da schoss der Wagen auch schon von der Straße und über eine Hügelkuppe.

Walküre wurde in ihrem Sitz hin und her geworfen. Mit einer Hand umklammerte sie fest das Lenkrad, während sie mit der anderen nach dem Sicherheitsgurt griff und ihn sich über die Brust zerrte. Sie schaute nach unten und suchte das Teil, in das er einrastete. Am Fuß des Abhangs verlief wieder die Straße und sie versuchte, die Kurve zu kriegen, doch der Lieferwagen schoss einfach geradeaus weiter über die nächste Kuppe.

Walküre griff erneut nach dem Sicherheitsgurt, fand das Teil zum Einklicken und konnte sich wieder ganz aufs Fahren konzentrieren. Da rammte der Wagen einen Steinhaufen, brach aus und überschlug sich.

Walküre knallte mit dem Kopf gegen die Scheibe, als sich die Welt zu drehen begann. Sie hörte Glas splittern und Metall knirschen. Sie wurde nach vorn geschleudert, riss schützend die Arme vors Gesicht, krachte aufs Lenkrad und erwischte dabei die Hupe. Der Lieferwagen rollte noch einmal herum und kam auf einer Straße auf allen vier Rädern wieder zum Stehen.

„Autsch", stöhnte Walküre. Sie schaute durch die gesprungene Windschutzscheibe. Scheinwerfer. Ein Auto und ein Motorrad kamen auf sie zugerast.

Walküre zog am Türgriff, musste sich aber noch mit der

Schulter gegen die Tür werfen, damit sie sich öffnen ließ. Sie wollte aussteigen, doch der Sicherheitsgurt hinderte sie daran. Noch einmal griff sie zwischen die Sitze und fummelte an dem orangefarbenen Knopf herum, bis der Gurt sich aufrollte. Sie stolperte heraus, als Taniths Motorrad mit quietschenden Reifen neben ihr hielt.

Der Bentley wurde scharf abgebremst, Skulduggery sprang heraus, lief zu ihr und fing Walküre auf, als ihre Beine einknickten.

Es wurde geredet, doch das meiste verstand Walküre nicht. In ihrem Kopf war Watte, als Skulduggery sie zum Bentley trug. Ihr Arm tat weh. Sie öffnete die Augen und sah, wie Tanith ihr Motorrad neben die Kiste in den Lieferwagen wuchtete und sich dann hinters Steuer setzte.

Skulduggery sagte etwas, doch seine Stimme kam von weit her. Walküre versuchte zu antworten, aber ihre Zunge war zu schwer und die Kräfte verließen sie.

HÄSCHEN UND ELEFANTEN

Kenspeckel tippte ihr auf den Arm. „Tut das weh?"

„Nein", antwortete Walküre.

Er nickte und kritzelte etwas in sein Notizbuch. „Hast du etwas gegessen?"

„Einer deiner Assistenten hat mir zum Frühstück einen Burger gebracht."

Er seufzte. „Ich wollte wissen, ob du *anständig* gegessen hast."

„Ich esse immer sehr anständig, rülpse nicht und sabbere nicht."

Er stupste sie wieder an. „Und wie ist es hier? Tut das weh?"

„Autsch."

„Ich will das einmal als Ja werten. Hoffentlich lehren dich die Schmerzen, dir in Zukunft nichts zu brechen, wenn dein Lieferwagen wieder einmal einen Unfall baut."

Kenspeckel kritzelte noch etwas in sein Notizbuch und Walküre schaute sich um. Der Raum hatte keine Fenster, aber sie konnte sich vorstellen, was für eine Art Morgen es war. Hell, blauhimmelig, sonnig und warm.

Kenspeckel klappte das Notizbuch zu und nickte. „Deine Genesung macht hervorragende Fortschritte", sagte er. „Noch eine Stunde, dann ist der Knochenbruch verheilt."

„Danke, Kenspeckel."

„Keine Ursache."

„Und – also, das von gestern tut mir leid, du weißt schon, was ich wegen des Salzwassers und der Vampire gesagt habe …"

Kenspeckel gluckste. „Mach dir mal um mich keine Gedanken, Walküre. Ich bin stärker, als ich aussehe. Die Albträume gestern Abend waren gar nicht so schlimm. Ich weiß nur noch, dass sie *schrecklich* waren. Du legst dich jetzt hin und lässt das Zeug wirken."

Mit einem noch schlechteren Gewissen als vorher legte Walküre sich wieder hin. Die Pampe, die ihren gesamten rechten Arm bedeckte, war kalt und schleimig und musste alle zwanzig Minuten erneuert werden, da ihre magischen Eigenschaften dann durch die Haut in den Knochen eingedrungen waren.

Sie hörte, wie Skulduggery die medizinische Abteilung betrat. Sein Kampf mit Vengeous in der Burgruine hatte ein gebrochenes Schlüsselbein zur Folge gehabt und ein paar angebrochene Rippen. Sie schaute zur Tür und musste lachen.

Ein finsterer Blick traf sie. Er trug ein leuchtend rosa Krankenhausnachthemd mit Elefanten und Häschen darauf. Es hing an ihm wie ein Bettlaken auf einem Hutständer.

„Wie kommt's, dass sie ein blaues Nachthemd anhat?", fragte er Kenspeckel.

„Hm?"

Skulduggery ließ unglücklich den Kopf hängen. „Du hast gesagt, es gäbe nur noch rosarote mit Häschen, aber Walküre trägt ein vollkommen respektables blaues."

„Was willst du damit sagen?"

„Warum trage ich dieses lächerliche Nachthemd?"

„Weil ich mich darüber amüsiere."

Kenspeckel ging hinaus und Skulduggery schaute Walküre an. „Das wirklich Wichtige an der Sache ist", meinte er, „dass ich dieses Nachthemd tragen und dennoch meine Würde bewahren kann."

„Ja", erwiderte sie automatisch, „ja, das kannst du."

„Und du kannst jederzeit aufhören zu grinsen."

„Ich versuche es ja, ich schwör's dir."

Er kam herüber und bei seiner nächsten Frage hatte sein Tonfall sich verändert. Sorge schwang mit. „Wie geht es dir?"

„Okay."

„Sicher?"

„Ja. Nein. Ich weiß es nicht. Was immer jetzt mit dem Groteskerium passiert, ist meine Schuld."

„Unsinn."

„Aber ich bin die fehlende Zutat."

„Deshalb ist es noch lange nicht deine Schuld, Walküre. Wenn du allerdings darauf bestehst, Verantwortung für etwas zu übernehmen, über das du nie irgendeine Art von Kontrolle hattest, kannst du damit beginnen, dass du dich stärker machst. Du wirst alle Kraft brauchen, die du aufbringen kannst, vor allem wenn Dusk dich ausfindig macht."

Sie runzelte die Stirn. „Warum Dusk?"

„Ach ja, das hätte ich vielleicht noch erwähnen sollen. Dusk wird dich umbringen wollen. Er ist bekannt für seine Rachlust. Er ist nachtragend und lässt nicht locker, bevor nicht Blut geflossen ist."

„Und weil ich ihn im Gesicht verletzt habe …"

„Weil du ihn mit Sanguins Messer verletzt hast und die Wunden, die damit zugefügt werden, nicht heilen."

„Ah. Das heißt … das heißt, dass er jetzt ziemlich sauer ist, stimmt's?"

„Ich dachte nur, du solltest es vielleicht wissen."

„Und was machen wir mit Guild? Er arbeitet doch mit Vengeous und seinen Leuten zusammen, oder?"

„Ah, das wissen wir nicht mit Bestimmtheit. Noch nicht." Skulduggery schwieg einen Augenblick. „Trotzdem wäre es dumm, keine Sicherheitsvorkehrungen zu treffen. Wir werden Guild Bericht erstatten, wenn wir müssen, aber zu keiner Zeit werden wir ihm sagen, was wir vorhaben, wohin wir gehen und wem wir als Nächstem eins auf die Nase hauen. Einverstanden?"

„Einverstanden. Dann weiß er also noch nicht, dass wir das Groteskerium haben?"

„Möglich, dass ich glatt vergessen habe, ihm das zu erzählen. Zum Glück habe ich daran gedacht, es Mr Bliss zu sagen, und er hat drei Sensenträger organisiert für unsere Sicherheit. Mehr wären dem Großmagier leider aufgefallen."

„Ich hoffe nur, dir ist klar, dass ich nach Sagacious Tome und jetzt Guild nie mehr Vertrauen zu einer hochrangigen Persönlichkeit haben kann."

Er neigte den Kopf. „Mich siehst du nicht als hochrangige Persönlichkeit an?"

Sie lachte. Und hörte gleich wieder auf. „Oh. Tut mir leid. Hast du das ernst gemeint?"

„Du bist wirklich ein Schatz", sagte er.

Kenspeckel kam hereinspaziert. „Detektiv, du wirst dich zweifellos freuen zu hören, dass meine Assistenten das Groteskerium gerade in meine brandneue, private anatomische Abteilung tragen, wo es mir wahrscheinlich wieder alles durcheinanderbringt, nachdem es mir eben erst gelungen ist, dort Ordnung zu schaffen."

Walküre runzelte die Stirn. „Wozu brauchst du eine private anatomische Abteilung?"

„Experimente", erwiderte Kenspeckel. „Experimente, die so absonderlich und unnatürlich sind, dass du dich garantiert übergeben müsstest."

„Professor Grouse", sagte Skulduggery, „wir haben dir das Groteskerium nicht nur deshalb gebracht, weil deine Einrichtung fortschrittlicher ist als die im Sanktuarium, sondern auch, weil du der führende Experte für wissenschaftliche Magie bist."

„Hm", brummte Kenspeckel. „Das ist sie und das bin ich."

„Wir brauchen deine Hilfe. Wir haben die Chance, das Groteskerium auseinanderzunehmen und die Einzelteile über die ganze Welt zu verstreuen, damit es nie mehr zusammengesetzt werden kann, und du musst das für uns machen."

„Geht klar", brummte Kenspeckel, „aber du, Walküre, musst dich ausruhen. Und du, Detektiv, darfst sie für die nächsten – na ja, sagen wir für die nächste Stunde keinerlei Gefahr aussetzen. Verstanden?"

„Ich kann mich ausruhen", sagte Walküre.

„Und ich kann eine Stunde hinbekommen", sagte Skulduggery.

„Gut", sagte Kenspeckel. „Wenn ihr mich dann entschuldigen wollt, ich muss ein Monster auseinandernehmen."

ARGUS

Das alte Krankenhaus war durchdrungen von alter Angst und abgestandenen Tränen. Wie viele Menschen hatten in diesen kleinen Betten ihr Leben ausgehaucht? Wie viele hatten ihre letzten Nächte in unruhigem Schlaf in diesen winzigen Räumen verbracht, während Albträume durch ihre Köpfe tobten? Als Baron Vengeous durch die Flure ging, wünschte er, er könnte sie alle einzeln zählen.

Die psychiatrische Abteilung war die beste. Hier spürte er auch ohne die durch seine neue Rüstung ausgelöste erhöhte Empfindsamkeit das Echo von Angst, Wahnsinn und Verzweiflung. Doch mit der Rüstung durchdrang ihn dieses Echo und machte ihn stärker. Er spürte, wie sie wieder aufblühte, nachdem sie all die Jahre unbenutzt in der Höhle gelegen hatte.

Das war der perfekte Ort, um das Groteskerium die Grenzen zwischen den Wirklichkeiten niederreißen zu lassen. Hier konnte es das Portal öffnen und die Gesichtslosen zur Rückkehr auffordern. Was ihm dazu noch fehlte, war das Groteskerium selbst, doch das herzuschaffen, war kein Problem. Bei all seinen Wutausbrüchen und seinem furchterregenden Temperament war Vengeous in erster Linie ein Mann des Militärs. Er hatte einen Rückschlag erlitten, das musste er zugeben, doch er hatte bereits mit der Umsetzung eines Plans zur Neuordnung der Situation begonnen.

Weiter unten auf dem Flur stand ein Infizierter und öffnete die Tür, als Vengeous näher kam. Er sah an seinen Augen, dass der Mann kurz davor stand, ein echter Vampir zu werden. Dusk hatte bereits Anweisung, alle umzubringen, bevor es so weit war. Aufgrund des Serums, das er sich spritzte, konnte Dusk seine Vampiranteile unter Kontrolle halten, doch die Infizierten wären viel zu unberechenbar, als dass man sie dabeihaben könnte.

Vengeous konzentrierte sich auf die Rüstung und zog sie enger um sich. Er hatte ihr erlaubt, sich auszudehnen und sich in dem gesammelten Leid des alten Gebäudes zu aalen, doch jetzt ging es wieder zur Sache.

Billy-Ray Sanguin wartete auf ihn. Ein Mann war auf einem Operationstisch festgebunden und als Vengeous den Raum betrat, bekam der Mann große Augen.

„Ausgeschlossen", keuchte er. „Du bist tot. Du bist ... du kannst es nicht sein, du bist tot!"

Vengeous merkte, dass er den Helm noch trug. Der Mann hielt ihn offenbar für Lord Vile, der aus seinem Grab gestiegen war, um fürchterliche Rache zu nehmen. Vengeous sagte nichts.

„Das ist ein Trick", sagte der Mann und zerrte an seinen Fesseln. „Ich weiß nicht, was ihr vorhabt, aber ihr habt einen großen Fehler gemacht. Wisst ihr überhaupt, wer ich bin?"

„Und ob wir das wissen." Sanguin sprach mit starkem

Südstaatenakzent. „Du bist 'n feiger Zauberer, der noch am Leben ist, weil er sich vor jedem möglichen Kampf gedrückt hat. Was glaubst du wohl, warum wir ausgerechnet dich ausgewählt haben?"

„Mich ausgewählt?", wiederholte der Mann. „Wofür?"

„Für eine schnelle Antwort", erwiderte Vengeous. Ihm war klar, dass er sich mit dem Helm auf dem Kopf auch anhörte wie Vile.

Der Mann wurde blass. Er schwitzte bereits. „Was ... was wollt ihr wissen?"

„Wie du dir wahrscheinlich vorstellen kannst", sagte Sanguin, „bin ich nicht aus dieser Gegend. Und der Gentleman, der dafür verantwortlich ist, dass du dir gerade in die Hosen machst ... nun ja, er war auch eine Zeit lang weg. Deshalb brauchen wir dich, du Lachnummer, damit du uns sagst, wohin jemand den unbeseelten Körper eines Halbgottes bringen würde, wenn er ihn ... hm, sagen wir: vernichten wollte."

Der Mann leckte sich über die Lippen. „Und ... und dann lasst ihr mich laufen?"

„Klar, warum nicht?"

Vengeous spürte, wie seine Rüstung sich wand. Die Angst des Mannes war zu groß, um sie zu ignorieren. Er kniff die Augen zu und brachte die Rüstung durch schiere Willenskraft wieder unter seine Kontrolle.

„Man würde ihn ins Sanktuarium bringen", sagte der Mann.

„Wir suchen nach was anderem", erwiderte Sanguin. „Wir haben unsere Leute, die das Sanktuarium beobachten, und die Typen sind dort nicht aufgetaucht. Wir suchen nach was Fachspezifischerem, wenn du verstehst, was ich meine."

Der Mann runzelte die Stirn. „Dann ... dann sind sie vielleicht zu Grouse gegangen."

„Kenspeckel Grouse?", hakte Vengeous nach.

„Hm, ja. Er arbeitet für das Sanktuarium. Außergewöhnliche Fälle kommen alle zu ihm."

„Wo ist er?"

„In einem alten Kino, dem Hibernia. Es ist inzwischen geschlossen. Lasst ihr mich jetzt laufen?"

Sanguin schaute Vengeous an und Vengeous schaute den Gefangenen an.

„Was hast du während des Krieges gemacht?"

„Hm ... äh ... nicht viel."

„Ich kenne dich, Argus."

„Nein. Äh ... ich wollte sagen, nein, Sir, wir sind uns nie begegnet. Ich habe mal für Baron Vengeous gearbeitet, aber ..."

„Du hast Baron Vengeous einen Unterschlupf besorgt, als er sich ein paar Tage lang aus dem Verkehr ziehen musste."

„Ich ... ja ... aber woher weißt du ...?"

„Skulduggery ist ihm in diesen Unterschlupf gefolgt, Argus. Die Informationen, die du weitergegeben hast, führten direkt zu seiner Verhaftung."

„Das ist nicht meine Schuld. Das ist ... es war nicht meine Schuld."

„Unsere Feinde kannten den Unterschlupf, doch dir war das in deiner Blödheit nicht bewusst."

„Okay", sagte Argus rasch, „okay, ich habe einen Fehler gemacht und Vengeous wurde festgenommen. Aber was hat das mit dir zu tun, Lord Vile?"

„Ich bin nicht Lord Vile", erwiderte Vengeous. Er hob die Hände und nahm den Helm ab, der mit seinen Handschuhen verschmolz und in den Rest der Rüstung einfloss.

„Oh nein", wisperte Argus, als er Vengeous' Gesicht sah. „Oh bitte nicht."

Vengeous schaute ihn finster an und Argus begann, unkontrolliert zu zittern, und dann war es, als hätte sein Körper alles vergessen, was er einmal zum Thema „Wie man heil und ganz bleibt" gelernt hatte. Sein Torso explodierte und seine Gliedmaßen flogen in alle vier Ecken des Raumes. Seine Innereien tropften von den Wänden.

Vengeous wandte sich an Sanguin. „Das Hibernia-Kino. Wir machen uns sofort auf den Weg dorthin."

Der Texaner schnippte ein Fitzelchen Argus-Gehirn von seiner Jacke. „Und wenn wir unterwegs zufällig ein dunkelhaariges Mädchen treffen?"

„Du hast meine Erlaubnis, jeden umzubringen, den du für tauglich erachtest."

Billy-Ray Sanguin lächelte. „Jawohl, Sir. Danke, Sir."

EIN KLEINERES GEMETZEL

New York, 7:37 Uhr

Ein Mann, der nicht da war, trat aus dem Schutz der Dunkelheit und schlenderte hinter den drei Geschäftsleuten her. Er überquerte die Bleecker Street, folgte ihnen den Hudson hinauf, immer drei Schritte hinter ihnen, auf dem ganzen Weg, und sie merkten nichts. Sie redeten über Sanktuariums-Angelegenheiten und benutzten Codewörter, wann immer ein Passant in Hörweite kam. Sie waren Zauberer, diese Geschäftsleute, und bedeutende dazu.

Der Mann, der nicht da war, folgte ihnen bis zu dem Parkhaus an der West 13th Street, wo ihr Wagen stand, und als er den Augenblick für günstig hielt, schlug er zu. Die Geschäftsleute, die Zauberer waren, sahen, wie sich die Luft teilte und eine verschwommene Gestalt erschien, doch es war zu spät, um Alarm auszulösen, und erst recht zu spät, um sich zu verteidigen.

Bologna, 10:51 Uhr

Es waren fünf, jung, machtbewusst und darauf aus, sich zu beweisen. Sie trugen schwarze Ledermäntel und Sonnenbrillen. Die Haare waren zu Stacheln aufgestellt und

208

die Haut war gepiercf. Sie sahen sich gern als Grufti-Punks. Keiner widersprach ihnen. Jedenfalls widersprach keiner und überlebte.

Italien im April. Es war warm, die Sonne schien. Die Grufti-Punks standen um den Neptun-Brunnen herum und vertrieben sich die Langeweile, indem sie Vorbeikommende erschreckten.

Eine der fünf, ein Mädchen mit kahl rasiertem Kopf und irrem Blick, entdeckte ihr Opfer, als der Mann den Platz überquerte. Geschlossen gingen sie auf ihn zu und grinsten erwartungsvoll.

Er sah sie, runzelte die Stirn und hielt inne. Er wollte den Rückzug antreten. Er arbeitete mit dem Sanktuarium von Venedig zusammen – sie wussten, dass er seine Kräfte nicht in aller Öffentlichkeit einsetzen würde.

Er begann zu laufen. Sie nahmen die Verfolgung auf und der Kick, den die Jagd ihnen verschaffte, ließ sie laut auflachen.

Tokio, 19:18 Uhr

Die Frau im Nadelstreifenkostüm saß in der Hotellobby und las Zeitung. Das Kostüm war in einem dunklen Marineblau gehalten und der Rock reichte bis knapp über die Knie. Unter der Jacke trug sie eine cremeweiße Bluse. Die Schuhe hatten dieselbe Farbe wie das Kostüm. Der Nagellack hatte dieselbe Farbe wie der Lippenstift. Sie war eine sehr elegante, sehr sorgfältig zurechtgemachte Dame.

Ihr Handy, unwahrscheinlich schmal und unwahrscheinlich dünn, klingelte ein Mal und erinnerte sie an die Zeit. Sie faltete die Zeitung zusammen und legte sie auf den Sessel, als sie aufstand.

Zwei Männer, ein alter und ein junger, betraten die Hotellobby. Die Frau wusste Pünktlichkeit zu schätzen.

Vor dem Fahrstuhl trat sie zu ihnen. Die Männer redeten nicht miteinander. Während sie auf den Fahrstuhl warteten, stellte sich ein ausländisches Pärchen zu ihnen, das vielleicht Urlaub in Japan machte. Der Frau war es egal. Sie wich deshalb keinen Millimeter von ihrem Plan ab.

Der Fahrstuhl kam, die Türen glitten auf und sie stiegen alle ein. Das Pärchen drückte den Knopf für den achten Stock. Der alte Herr drückte den Knopf für das Penthouse. Die Frau drückte auf keinen Knopf.

Die Türen schlossen sich, der Aufzug setzte sich in Bewegung und die Fingernägel der Frau wurden lang und ihre Zähne scharf. Sie tötete alle und bestrich die Fahrstuhlwände mit ihrem Blut.

London, 9:56 Uhr
Springer-Jack schaute hinunter auf den Mann, den er töten wollte, und zum ersten Mal in seinem Leben fragte er sich: warum?

Nicht, dass ihn seine eigenen Sünden plötzlich eingeholt hätten, sein schlechtes Gewissen sich meldete oder er sonst irgendwelche Nullachtfünfzehn-Gefühle gehabt hätte. Es war auch keine *Erscheinung*. Es war lediglich eine Stimme, weiter nichts, lediglich eine Stimme in seinem Hinterkopf, die ihn aufforderte, etwas zu fragen. Nur: Was sollte er fragen? Noch nie zuvor hatte er das

Bedürfnis verspürt, eines seiner Opfer irgendetwas zu fragen. Er wusste nicht, wo er anfangen sollte. Sollte er sich einfach irgendein Gesprächsthema aus den Fingern saugen?

„Hallo", sagte er so freundlich, wie es ihm möglich war.

Der Mann war ein Zauberer, aber kein besonders guter Kämpfer. Er lag zusammengekrümmt in der Gasse und in seinen Augen stand Angst.

Jack war nicht wohl. Das war eine ganz neue Situation für ihn und er mochte neue Situationen nicht. Er brachte gern Leute um. Verhöhnte sie auch gern, klar. Machte vielleicht mal eine witzige Bemerkung. Aber ... er *redete* normalerweise nicht mit ihnen. *Fragte* sie nichts.

Billy-Ray war schuld. Sanguin hatte Jack aus seiner Zelle geholt, war mit ihm durch die Wand gegangen, unter der Erde durch und hinaus an die frische Luft. Er hatte ein bisschen erzählt, ein Krankenhaus in Irland erwähnt, das Clearwater hieß oder so ähnlich, und dann hatte er ein Gesicht gemacht, als hätte er womöglich zu viel verraten, und hatte den Mund danach nicht mehr aufgebracht.

Jack war das damals egal gewesen. Er war endlich befreit worden und alles, was er dafür tun musste, war, jemanden umbringen. Doch der Gedanke ließ ihn nicht los: *warum?* Warum wollte Sanguin, dass der Typ starb?

Jack bemühte sich um einen authentischen Plauderton. „Nur mal angenommen, jemand wollte deinen Tod, was wären seine Gründe? Was glaubst du?"

„Bitte bring mich nicht um", flüsterte der Mann.

„Ich bring dich nicht um", log Jack und lachte beruhigend. „Warum sollte ich dich denn umbringen?"

„Du hast mich überfallen", erwiderte der Mann, „und mich in diese Gasse geschleift. Und du hast *gesagt*, dass du mich umbringst."

Jack fluchte leise. Der Typ hatte ein gutes Gedächtnis.

„Vergiss es. Jemand will, dass du stirbst, und ich frage mich, warum. Wer bist du?"

„Ich heiße –"

„Ich weiß, wie du heißt, Blödmann. Was machst du? Warum bist du so wichtig?"

„Ich bin gar nicht wichtig, überhaupt nicht. Ich arbeite für den Ältestenrat hier in London. Ich bin lediglich – ich helfe beim Koordinieren."

„Und was? Was koordinierst du zum Beispiel im Moment?"

„Wir … wir schicken Hilfskräfte nach Irland. Baron Vengeous ist entkommen und –"

„Verdammt!"

Der Mann schrie auf und wich zurück, doch Jack war zu sehr mit seiner Wut beschäftigt, um ihn erneut anzugreifen. Dann arbeitete Sanguin also wieder mit diesem Vollidioten Vengeous zusammen und führte wie früher auch seine Befehle aus. Nur dass er dieses Mal versucht hatte, Jack einen Teil der schmutzigen Arbeit aufzuhalsen.

„Man hat mich hereingelegt", sagte er. Er schaute auf den Mann hinunter. „Wenn Vengeous etwas damit zu tun hat, bedeutet dies, dass es bei der ganzen Geschichte hier um die Gesichtslosen geht. Richtig?"

„J-ja."

„Man hat mich reingelegt. Das ist … unprofessionell ist das!"

„Lässt du mich jetzt laufen? Du willst den Gesichtslosen nicht helfen, stimmt's? Dann kannst du mich doch laufen lassen, oder?"

Jack kauerte sich neben ihn. „Ich würd's gern machen, Kumpel. Wirklich. Aber man hat mich aus dem Gefängnis befreit und ich zahle meine Schulden immer zurück."

„Aber … aber wenn du mich umbringst, hilfst du ihnen!"

„Ich muss einfach einen anderen Weg finden, wie ich es ihnen heimzahlen kann. Nimm's mir nicht übel."

Die Unterhaltung endete naturgemäß mit Bitten und Flehen, dann brachte Jack den Typ um und auch das Bitten und Flehen hörte auf.

Jack rückte seinen Zylinder zurecht und ging. Er hatte immer noch ein paar Freunde, Freunde, die ihn dahin brachten, wo er hinwollte.

Und er war schon so lange nicht mehr in Irland gewesen.

MORD IN DER NEUEN
ANATOMISCHEN ABTEILUNG

Stentor und Civet mühten sich mit dem Groteskerium ab, das sie von der Rollbahre auf den Operationstisch heben sollten. Das Groteskerium war groß und schwer, sie hatten es gerade geschafft, die obere Hälfte herüberzuzerren, als die Bahre sich quietschend in Bewegung setzte und das Groteskerium auf den Boden zu fallen drohte. Civet wollte es verhindern, rutschte aber aus und das Groteskerium fiel sehr langsam auf ihn drauf.

„Hilfe!", rief er.

Professor Grouse stürmte herein. „Was zum Teufel wird hier gespielt?"

„Es … es ist runtergefallen", antwortete Stentor und nahm Haltung an.

„Das sehe ich selbst", bellte Grouse. „Mit diesem Modell habe ich die einmalige Gelegenheit, eine Hybridform zu untersuchen, du Schwachkopf. Ich will nicht, dass es beschädigt wird."

„Jawohl, Herr Professor. Entschuldigung."

„Warum versuchst du überhaupt, es allein zu transportieren? Wo ist Civet?"

Civet gelang es, eine Hand zu heben. „Hier, Herr Professor."

„Was zum Teufel machst du da unten, Civet?"

„Ich versuche zu atmen."

„Steh sofort auf!"

„Gern, Sir, aber es ist sehr schwer. Wenn Sie vielleicht an einem Arm anpacken würden ..."

„Ich bin ein alter Mann, du Dummkopf. Erwartest du etwa, dass ich das Monster von dir herunterhebe?"

„Nicht alleine, nein ... Aber wenn Stentor mithilft, könnte ich mich vielleicht befreien. Es wird langsam wirklich schwierig, hier drunter zu atmen. Ich glaube, meine Lunge fällt zusammen."

Grouse wedelte mit der Hand. „Stentor, pack mit an."

„Jawohl, Herr Professor."

Stentor packte das Groteskerium unter den Achseln und gemeinsam zogen sie es so weit zurück, dass Civet nach Luft schnappen und sich darunter hervorwinden konnte.

„Ich habe nie ein Untersuchungsobjekt fallen lassen", sagte Grouse, während sie keuchten und zogen. „Und ich habe mich nie von einer Leiche auf dem Boden festnageln lassen, Civet, merk dir das."

„Jawohl, Sir." Civet hatte es endlich geschafft, sich zu befreien.

Grouse hockte sich neben das Groteskerium, nahm eine Schere und begann vorsichtig, die Bandagen aufzuschneiden. Darunter kam das vernarbte Fleisch zum Vorschein. „Erstaunlich", murmelte er, „so viele Teile von unterschiedlichen Kreaturen sind hier in diesem einen Wesen zusammengekommen. Ein Wesen, geboren aus unbeschreiblichem Schrecken ..."

Stentor nickte. „Es wäre allerdings noch viel beeindruckender, wenn es *funktionieren* würde."

„Weniger reden", schnauzte Grouse ihn an, „dafür mehr heben. Hebt es auf den Tisch. Und dass mir nichts mehr passiert, hört ihr? Ihr könnt von Glück sagen, dass ich ein so gelassener Mensch bin. Stentor, geh in die Knie, wenn du etwas Schweres hebst, du Trottel."

„'tschuldigung, Sir."

Sie zerrten und hoben und plötzlich ließ Civet los und sprang zurück. Stentor hatte die obere Hälfte des Groteskeriums fest im Griff, sodass nur die untere Hälfte vom Tisch herunterhing.

„Was ist jetzt schon wieder los?", wollte Grouse wissen.

„Professor", begann Civet nervös, „sind Sie sicher, dass das Ding tot ist?"

„Das ist kein Ding, sondern ein Archetyp."

„Entschuldigung, Sir. Sind Sie sicher, dass der Archetyp tot ist? Ich … ich glaube, er hat sich bewegt."

„Natürlich hat er sich bewegt. *Du* hast ihn bewegt."

„Nein, Sir, ich meine, ich glaube, er hat sich von selbst bewegt."

„Meiner Ansicht nach ist das ausgeschlossen. Das Ritual, mit dem er zum Leben erweckt werden sollte, wurde unterbrochen – nur ein kleiner Teil von Walküre Unruhs Blut wurde übertragen."

Nach kurzem Zögern schnappte sich Civet einen der schweren Arme und half Stentor, ihn weiter auf den Tisch zu schieben.

Zwei Sekunden später machte er erneut einen Satz

rückwärts. „Okay!", verkündete er laut. „Okay, dieses Mal habe ich zweifelsfrei gespürt, wie er sich bewegt hat."

Grouse runzelte die Stirn. „Es wurde eine Menge Energie hineingepumpt. Möglich, dass es noch zu vereinzelten Spasmen kommt. Möglicherweise reagieren die Muskeln einfach auf gewisse Reize."

„Das war kein Muskelzucken", sagte Civet, „das kann ich beschwören."

Grouse betrachtete den mit Binden umwickelten Körper. Er war groß und kalt und steif. „Nun gut", sagte er. „Wie viele Sensenträger sind hier stationiert?"

„Drei."

„Gut. Jungs, dann möchte ich, dass ihr jetzt beide nach oben geht und die Sensenträger herunterbringt. Sagt ihnen, dass wir möglicherweise einen –"

Da setzte das Groteskerium sich auf und Civet schrie und machte noch einen Satz rückwärts, doch Stentor war zu langsam und das Groteskerium packte seinen Kopf und zerquetschte ihn wie ein frisch gelegtes Ei.

DIE AUFERSTEHUNG DES GROTESKERIUMS

Walküre öffnete die Augen. War das ein Schrei?

Sie setzte sich auf und schaute hinaus auf den Flur. Die Lampen flackerten. Sie hörte schnelle Schritte. Dann nichts mehr. Irgendetwas stimmte nicht. Irgendetwas stimmte ganz und gar nicht.

Sie stand vom Bett auf, ihre Glieder protestierten, der gebrochene Arm schmerzte. Ihre bloßen Füße berührten den kalten Boden. Sie tappte hinüber zu dem kleinen Einbauschrank, wo sie ihre Socken und Stiefel fand. So schnell es in dem dunklen Zimmer ging, zog sie sich an. Sie schlüpfte gerade in ihren Mantel, als sie jemanden um Hilfe rufen hörte.

Dann rumste es und das Rufen verstummte.

Walküre streckte den Kopf durch die Tür, schaute den schlecht beleuchteten Flur hinauf zur Anatomie und sah die Gestalt, die in ihre Richtung kam. Sie ging wie eine Art Marionette, der man die Hälfte der Fäden durchgeschnitten hatte. Ihre Bewegungen waren ruckhaft und unkoordiniert, doch noch während Walküre sie beobachtete, schienen sie ein wenig weicher zu werden, so als gewöhne die Marionette sich an ihren eigenen Körper.

Sie trat in den Lichtschein einer Lampe.

Das Groteskerium. Es lebte.

Walküre sah die Binden – so alt, dass sie unter ihrem Blick zu Staub hätten zerfallen können –, mit denen man damals verhindert hatte, dass es wieder auseinanderfiel. Dazwischen sah sie Fleisch und Narben und Wundnähte.

Oben auf dem linken Handgelenk hatte es etwas, das aussah wie ein gewaltiger Furunkel, und auf der Unterseite war ein dicker Fleischwulst. Der rechte Arm war ausgesprochen lang und dick und die Muskeln umschlangen sich auf unnatürliche Art und Weise bis hinunter zu der riesigen Hand. Am Ende der gleichfalls dicken Finger saßen Krallen.

Der Kopf war noch vollkommen unter den Binden verborgen, nicht einmal ein Spalt für die Augen war frei. An manchen Stellen war schwarzes Blut durchgesickert.

Warum löste niemand Alarm aus? Das Groteskerium lebte, aber niemand löste Alarm aus. Walküre ging ins Zimmer zurück, schnappte sich den Stuhl und stellte sich darauf. Sie schnippte mit den Fingern, doch nichts passierte. Sie kniff die Augen zu. Sie konzentrierte sich, schnippte noch einmal mit den Fingern, bis ein Funke entstand, den sie zu einer Flamme heranpäppelte und unter den Rauchmelder hielt. Einen Augenblick später schaltete sich die Sprinkleranlage ein und der Alarm zerriss die Stille.

Mit drei Schritten war sie wieder bei der Tür. Drei Sensenträger liefen vorbei und erst als sie vor dem Groteskerium standen, sah sie, wie groß es tatsächlich war. Es überragte auch noch den Größten. Die Sensenträger waren es gewohnt, mit ernst zu nehmenden Bedrohungen fertig zu werden, doch so etwas hatten sie noch nie gesehen.

Das Groteskerium blockte ein durch die Luft sirrendes Sensenblatt ab und packte den ersten Sensenträger an der Gurgel. Es hob ihn hoch über den Kopf, während es den zweiten an der Wand zerschmetterte. Der dritte schwang seine Sense und das Groteskerium schwang seinen Kollegen. Walküre hörte Knochen knacken.

Drei Sekunden waren verstrichen. Das Groteskerium hatte in drei Sekunden drei Sensenträger erledigt.

Walküre ging wieder zurück in ihr Zimmer. Aus der Sprinkleranlage regnete es auf sie herunter. Sie konnte fliehen. Das Zimmer verlassen, sich nach rechts wenden, den Flur hinunterlaufen zur Forschungsabteilung und dann zur Treppe. Sie konnte durch die Kinoleinwand treten und wäre aus dem Haus, ohne dass das Groteskerium sie überhaupt gesehen hätte. Es war immer noch langsam und selbst wenn es sie sehen würde, könnte es sie nie einholen. Sie konnte es schaffen. Warum, um alles in der Welt, lief sie dann nicht los?

Walküre wich zurück. Der Schatten an der Flurwand kam näher. Sie hatte weiche Knie und der Arm schmerzte immer noch. Vor lauter Angst wurde ihr schlecht und sie bekam Magenkrämpfe. Sie spürte die Wand im Rücken und drückte sich dagegen. Die Dunkelheit im Zimmer schien nicht dunkel genug. Es würde sie sehen. Nein, es brauchte sie nicht zu sehen, es hatte keine Augen.

Und dann war es zu spät, um davonzulaufen, weil das Groteskerium an der Tür vorbeiging. Wasser lief an ihm herunter. Sie konnte es jetzt riechen, es roch nach Formaldehyd und Schimmel. Sie hielt den Atem an und rührte sich nicht.

Das Groteskerium blieb stehen. Walküre machte sich bereit. Sollte es sich zu ihr umdrehen, würde sie angreifen, mit allem, was sie hatte, auf es einschlagen und es mit Feuerbällen bewerfen, bis die Binden in Flammen aufgingen.

Als ob das ausreichen würde, um es aufzuhalten. Als ob das ausreichen würde, um sie zu retten.

Es drehte ein wenig den Kopf, aber nicht in ihre Richtung, so als lausche es auf ein Geräusch hinter dem Alarm. Plötzlich musste sie an Radar denken, mit dem es sie ausmachen konnte – aber eine Radaranlage, die so lange nicht benutzt worden war, arbeitete sicher nicht mehr so genau wie früher.

Eine große Schwäche überkam sie und in ihrem Kopf breitete sich Kälte aus. Panik raubte ihr die Kraft. Der Gedanke, dass sie sich nicht mehr rühren konnte, schlich sich in ihren Kopf, wucherte und wuchs. Alles, was sie einmal gelernt hatte, war bedeutungslos geworden. All ihre Fähigkeiten, ihre Kräfte, die Magie – für das Groteskerium war sie ein noch unbedeutenderer Gegner als die Sensenträger, die es gerade umgebracht hatte. Noch nicht einmal eine Bedrohung. Weniger als ein lästiges Insekt.

Aber es bewegte sich wieder. Es machte einen Schritt und noch einen und war bald nicht mehr im Türrahmen zu sehen.

Walküre merkte, wie sich Tränen mit dem Wasser

mischten, das ihr übers Gesicht lief. Sie blinzelte sie zurück. Sie würde nicht sterben – heute Abend nicht.

Sie stieß sich von der Wand ab und versuchte, auf zittrigen Beinen das Gleichgewicht zu halten. Einen Augenblick wartete sie noch, dann ging sie zur Tür. Ihre Schritte machten ein leises, platschendes Geräusch. Sie lugte hinaus, als sich plötzlich Finger um ihren Hals schlossen. Sie wurde hochgehoben und auf den Flur gerissen und sie würgte und spuckte und rang nach Luft.

Das Groteskerium schaute ohne Augen zu ihr auf und studierte sie. Ihre Hände waren an seinem breiten Handgelenk, an den dicken Fingern und versuchten, sie aufzubiegen.

Weniger als ein lästiges Insekt.

Sie trat dem Ding mit ihren Stiefeln in die Brust, sie boxte es auf den Unterarm. Es zeigte keinerlei Reaktion.

Sie hörte ihr Herz in den Ohren hämmern. Ihr wurde schwarz vor Augen. Sie bekam keine Luft mehr.

Sie schnippte mit den Fingern und es gelang ihr, eine Flamme zu erzeugen. Sie presste die Hand auf die Binden, die sofort Feuer fingen – das sofort wieder erlosch.

Keine Tricks mehr. Sie war erledigt.

Dann bewegte sich etwas hinter dem Groteskerium – Skulduggery und Tanith kamen angerannt. Das Groteskerium brauchte sich nicht einmal umzudrehen. Als sie direkt hinter ihm waren, fuhr es mit dem linken Arm nach hinten. Skulduggery duckte sich darunter weg und Tanith machte einen Sprung an die Decke. Ihr Schwert blitzte auf und dann fiel Walküre. Skulduggery kam, fing sie auf und lief weiter. Tanith war neben ihm.

Das Groteskerium betrachtete seine verletzte Hand mit etwas, das Neugier hätte sein können.

Sie blieben kurz stehen und schauten zurück und sahen, wie die Wunde sich schloss und heilte.

In dem Zimmer neben ihnen tat sich etwas und Kenspeckel kam auf den Flur gehumpelt.

„Bleib hinter uns", wies Skulduggery ihn an.

Kenspeckel grunzte. „Ich hab's zumindest vor."

Walküre spürte, wie der Luftdruck sich mit einem Mal veränderte.

„Was ist los?", rief sie über das Blöken des Alarms.

„Seine Kräfte kehren zurück", erwiderte Kenspeckel grimmig.

Skulduggery zog die Pistole aus seinem Mantel. „Das ist unsere einzige Chance, es aufzuhalten, bevor es zu stark wird."

Er ging auf das Groteskerium zu und feuerte dabei sechs Schüsse ab. Sechs Löcher brachen in seiner Brust auf und schwarzes Blut spritzte heraus, doch das Groteskerium kam deshalb nicht einmal groß ins Wanken.

Skulduggery steckte die Pistole wieder ein, schnippte mit den Fingern und erzeugte zwei Feuerströme, die den Raum zwischen ihm und dem Groteskerium mit Dampf füllten. Die Flammen erreichten das Groteskerium, doch es fing kein Feuer.

Skulduggery drückte mit beiden Händen gegen die Luft, sodass sie sich kräuselte. Das Groteskerium musste zurückweichen. Skulduggery drückte ein zweites Mal und das Groteskerium kämpfte dagegen an. Als Skulduggery es ein drittes Mal tun wollte, streckte das Groteskerium seinen riesigen rechten Arm aus, der sich nach und nach abwickelte. Lange Fleischstreifen, jeder mit einer Kralle am Ende, durchschnitten den Raum um Skulduggery. Der schrie auf und stürzte und die Streifen wichen zurück, wickelten sich umeinander und bildeten wieder den Arm. Das Groteskerium versetzte Skulduggery einen Schlag, nach dem er in hohem Bogen durch die Luft flog.

Tanith lief mit gezücktem Schwert los, das Haar klebte ihr am Kopf. Das Groteskerium versuchte, sie zu packen, doch sie war zu schnell. Sie rollte sich ab und verletzte es am Bein, dann sprang sie hoch und das Schwert schnitt in seinen Arm. Beide Wunden schlossen sich sofort wieder.

Der rechte Arm wickelte sich ein zweites Mal ab, doch Tanith duckte sich und wich aus, sprang hoch und schlug einen Salto und dann hing sie kopfunter an der Decke. Sie näherte sich dem Groteskerium, doch dieses hielt Abstand. Es hob den linken Arm.

Kenspeckel rief eine Warnung, doch der Feueralarm übertönte ihn. Das Gewächs auf dem linken Handgelenk des Groteskeriums, das Walküre für einen enormen Furunkel gehalten hatte, zog sich plötzlich zusammen und eine grüne Flüssigkeit spritzte heraus. Tanith musste sich zur Seite werfen, damit sie nicht getroffen wurde, und dabei krachte sie auf den Boden. Die Flüssigkeit schoss an die Decke und fraß in Sekundenschnelle ein großes Loch hinein.

Skulduggery eilte Tanith zu Hilfe und sie kam wieder auf die Beine. Der Furunkel war jetzt zwar leer, doch das

Groteskerium hielt den linken Arm immer noch ausgestreckt. Skulduggery wollte Tanith wegziehen, doch er kam eine Sekunde zu spät.

Ein dünner Stachel schoss aus dem Wulst an der Unterseite des Handgelenks und bohrte sich in Taniths Seite. Sie schrie auf, der Stachel flog zurück und verschwand wieder in dem Wulst. Skulduggery hielt Tanith fest, als sie zusammenbrach.

Er wich zurück. Das Groteskerium schaute auf seine Hände und spreizte die Finger, als entdeckte es jeden Augenblick neue Fähigkeiten an sich.

Walküre und Kenspeckel liefen zu Skulduggery. Tanith war bewusstlos. Ihre Venen schimmerten in einem ekligen Grünton durch ihre Haut.

„Sie wurde vergiftet", sagte Kenspeckel. „Helaquin-Gift. Sie hat vielleicht noch zwanzig Minuten zu leben."

„Wie retten wir sie?", fragte Skulduggery.

Der Alarm heulte noch einmal auf und verstummte dann und die Sprinkleranlage schaltete sich aus.

„Das Gift ist mir seit fünfzig Jahren nicht mehr untergekommen", sagte Kenspeckel. „Ich habe das Gegengift nicht hier. Im Sanktuarium haben sie welches. Wenn wir es rechtzeitig dorthin schaffen …"

„Ich lenke das Groteskerium ab", sagte Walküre. „Wir treffen uns am Wagen."

Skulduggery hob mit einem Ruck den Kopf. „Was? Kommt nicht infrage. Du übernimmst Tanith –"

„Das darfst du ihr jetzt nicht sagen", meinte Walküre, „aber sie ist zu schwer. Ich kann sie nicht tragen." Und sie rannte los, bevor Skulduggery sie aufhalten konnte.

„Walküre!", brüllte er hinter ihr her.

Es spritzte beim Laufen. Das Groteskerium hatte wie zum Willkommen die Arme ausgebreitet. An ihm vorbei führte weder auf der einen noch auf der anderen Seite ein Weg und an der Decke laufen wie Tanith konnte sie nicht, also …

Das Groteskerium griff nach ihr. Walküre ließ sich fallen und schlitterte zwischen seinen Beinen hindurch über den nassen Boden. Hinter ihm rappelte sie sich auf und rannte weiter.

Sie warf einen Blick zurück. Das Groteskerium drehte sich um und folgte ihr.

„Das hat funktioniert", dachte Walküre. „Aber was zum Teufel mache ich jetzt?"

Gerade als sie um die Ecke bog, rief ihr Skulduggery etwas nach, das wie *toter Schacht* klang. Sie lief weiter, vorbei am Fahrstuhl, der wegen des Feueralarms ausgeschaltet war, und zur Hintertreppe. Das Groteskerium war noch nicht einmal um die Ecke gekommen.

Sie blieb stehen, um Atem zu schöpfen, ließ aber die Ecke nicht aus den Augen. Toter Schacht. Was hatte Skulduggery damit nur gemeint?

Das Groteskerium tauchte auf. Die Hintertreppe, die hinter der Kinoleinwand auf die Haupttreppe stieß, lag direkt in ihrem Rücken und sie machte sich bereit, sofort loszusprinten, falls das Patchwork-Monster sich weitere Überraschungen einfallen ließ.

Und dann verschwand es, als hätte die Luft es eingesaugt. Walküre blinzelte.

Noch eine weitere Fähigkeit, die das Groteskerium beherrschte, außer dem Stacheltrick und der Sache mit dem Giftfurunkel und dem sich aufdröselnden Arm. Teleportation.

Plötzlich wusste sie, was Skulduggery meinte. Er hatte nicht *toter Schacht* gerufen, sondern *Todesnacht*. Und *Die Todesnacht* war einer von Gordons ersten Bestsellern gewesen. Darin ging es um ein Wesen, einen Shibbach, der urplötzlich überall auftauchen konnte, einen ausgesprochen unappetitlichen und mit übertriebener Sorgfalt ausgeführten Mord begehen, dann verschwinden und hundert Meilen weiter wieder erscheinen konnte. Sie erinnerte sich jetzt wieder, wie Gordon, der Gordon im Echostein, ihr erzählt hatte, dass Vengeous, als er das Groteskerium zusammenstückelte, auch Teile eines Shibbach mitverwendet hatte.

Walküre brauchte sich nicht einmal umzudrehen, um zu wissen, dass das Groteskerium hinter ihr stand. Sie wollte weglaufen, rutschte jedoch in dem Moment auf dem nassen Boden aus, als seine rechte Hand nach ihr griff. Sie stürzte, sah noch kurz den bandagierten Kopf über sich und polterte dann die Treppe hinunter. Mit einem schmerzhaften Rums kam sie auf dem Treppenabsatz an, packte das Geländer und zog sich auf die Beine. Sie war jetzt auf der Haupttreppe und rannte gefährlich schnell weiter, immer zwei oder drei Stufen auf einmal nehmend.

Unten angekommen, lief sie zur Kinoleinwand, durch sie hindurch und war mit einem Sprung von der Bühne. Sie stürzte zum Ausgang, stürmte durch die Tür – und die Mittagssonne traf sie wie eine Faust mitten ins Gesicht.

„Walküre!", rief Skulduggery.

Da vorn stand mit laufendem Motor der Bentley und dahinter kam Baron Vengeous durch die Gasse, gefolgt von Sanguin und Dusk und dem Pack Infizierter.

Das Groteskerium erschien mit einem leisen *Plopp* aus dem Nichts. Walküre schwenkte an ihm vorbei auf den Bentley zu, als dieser anfuhr. Sie setzte zum Sprung in das offene Fenster an und Kenspeckel bekam sie zu fassen. Skulduggery trat das Gaspedal durch. Tanith lag immer noch bewusstlos auf dem Rücksitz und nachdem Walküre sich sortiert und aufgesetzt hatte, schaute sie zurück und sah, dass Baron Vengeous auf das Groteskerium zuging.

Das Groteskerium drehte den Kopf und schaute dem Bentley augenlos nach.

„Anschnallen", sagte Skulduggery.

DIE VERSAMMLUNG
DER GUTEN

Bliss und zwei Sensenträger erwarteten sie auf der Rückseite des Sanktuariums. Der Bentley kam mit quietschenden Bremsen zum Stehen, Bliss riss die Tür auf und hob Tanith heraus.

Ihre Venen waren eklig grüngelbe Spinnweben, die sich unter ihrer Haut ausbreiteten, und sie atmete kaum noch.

„Aus dem Weg, aus dem Weg", murmelte Kenspeckel und schob alle zur Seite. Bliss legte Tanith auf den Boden und reichte Kenspeckel drei Blätter in unterschiedlichen Farben. Kenspeckel rollte sie eins über das andere eng zusammen, hielt sie dann zwischen den gefalteten Händen und schloss die Augen. Ein Licht leuchtete auf, so hell, dass es seine Hände fast durchsichtig erscheinen ließ. Walküre sah die einzelnen Fingerknochen.

Das Licht erlosch. Bliss brachte ein Glasröhrchen zum Vorschein und hielt es Kenspeckel hin und dieser öffnete die Hände einen Spaltbreit und ließ winzige, mehrfarbige Staubkörnchen – die pulverisierten Blätter – in das Röhrchen rieseln. Bliss schüttete noch einige Tropfen einer dunkelroten Flüssigkeit dazu, die entfernt nach Schwefel roch, dann nahm Kenspeckel das Röhrchen und schüttelte es, um die Zutaten zu vermischen.

Bliss gab ihm eine Spritzenpumpe und Kenspeckel steckte das Röhrchen hinein.

„Haltet sie fest", sagte er.

Bliss legte die Hände auf Taniths Schultern, Skulduggery hielt einen Arm fest, Walküre den anderen. Die Sensenträger übernahmen die Beine. Kenspeckel drückte Tanith die Spritzenpumpe an den Hals, es zischte, als die Luft darin komprimiert wurde, und dann floss die Mischung in ihre Blutgefäße.

Tanith bäumte sich auf und Walküre konnte ihren Arm nicht mehr halten. Sie erwischte ihn wieder, versuchte, ihn auf den Boden zu drücken, und musste sich schließlich daraufknien, um ihn unten halten zu können. Tanith wand und krümmte sich, als das Gegengift sich durch ihre Venen arbeitete. Diese schimmerten nun rot und die Muskeln verkrampften sich.

„Passt auf, dass sie ihre Zunge nicht verschluckt", sagte Kenspeckel.

Und dann wurde Taniths Körper schlaff und die Venen waren nicht mehr zu sehen. In ihr Gesicht kam wieder etwas Farbe.

„Wird sie wieder gesund?", fragte Walküre.

Kenspeckel hob eine Augenbraue. „Bin ich ein Genie der wissenschaftlichen Magie oder nicht?"

„Natürlich bist du eines."

„Dann wird sie selbstverständlich auch wieder gesund. Etwas, das ich von meinen Assistenten leider nicht behaupten kann. Wisst ihr überhaupt, wie schwer es ist, heutzutage gute Assistenten zu finden? Zugegeben, keiner der beiden hat wirklich etwas getaugt, aber ..." Er wischte sich die Hände ab und schüttelte den Kopf. „Es waren feine Kerle. Einen solchen Tod haben sie nicht verdient." Er schaute Skulduggery an. „Ihr bereitet dem Spuk ein Ende, ja?"

„Wir bereiten ihm ein Ende."

„Gut." Kenspeckel erhob sich. „Bringen wir sie rein."

Walküre tat alles weh. Ihr Arm wurde steif und sie hatte überall blaue Flecken. Sie hatte sich, ohne es zu merken, die Lippe blutig gebissen und aus irgendeinem Grund hatte sie ein blaues Auge – vermutlich war es bei dem Unfall mit dem Lieferwagen passiert oder als sie die Treppe hinuntergekullert war.

Tanith saß neben ihr. Sie war eingeschnappt. Tanith war immer eingeschnappt, wenn sie einen Kampf verloren hatte. Nach dem Kampf mit dem Weißen Sensenträger im letzten Jahr hatte sie während ihrer Genesung fast die ganze Zeit nur aus dem Fenster gestarrt und geschmollt.

Das Gegengift hatte die Wirkung des Helaquin-Giftes aufgehoben und die Wunde von dem Stachel war genäht worden und heilte gut. Kaum dass sie sich wieder rühren konnte, war Tanith aufgestanden und hatte ihr Schwert geschärft. Jetzt lag es in seiner schwarzen Scheide vor ihnen auf dem Tisch.

Sie befanden sich im Versammlungsraum des Sanktuariums. Mister Bliss saß am unteren Ende des Tisches und Skulduggery lehnte an der Wand, die Arme vor der Brust verschränkt, reglos. Die Türen schwangen auf. Guild stolzierte herein.

„Wer ist der Schuldige?", donnerte er. „Sagt es mir – wer? Wir hatten das Groteskerium in *Gewahrsam* und ich wurde nicht *informiert*?"

„Ich übernehme die volle Verantwortung", sagte Skulduggery.

„So, tust du das? Das wäre sehr nobel, wenn ich dir nicht ohnehin die Schuld geben würde. Du hast hinter meinem Rücken gehandelt! Du hast drei Sensenträger als Wache verlangt und dich nicht an die übliche Vorgehensweise gehalten. Wo sind diese Sensenträger jetzt?"

Skulduggery zögerte. „Sie wurden getötet."

„Das wird ja immer besser!", tobte Guild. „Gibt es eigentlich irgendetwas an dieser Operation, das du nicht vermasselt hast?"

„Die Operation ist noch nicht abgeschlossen."

Guild sah ihn wütend an. „Du hast Glück, dass ich dich überhaupt hier reingelassen habe, Detektiv. Ich weiß nicht, wie Eachan Meritorius mit so etwas umgegangen ist, aber der neue Rat wird dein rücksichtsloses Verhalten nicht tolerieren."

„Der Ein-Mann-Rat", murmelte Tanith.

Guild wirbelte herum. „Bitte? Ich habe dich nicht richtig verstanden. Würdest du noch einmal wiederholen, was du gesagt hast, damit wir alle es hören können?"

Tanith schaute ihn an. „Sicher. Ich sagte ,Ein-Mann-Rat' und habe mich damit auf die Tatsache bezogen, dass der Rat nicht wirklich der Rat ist, solange er nicht aus drei Mitgliedern besteht."

232

Der Großmagier konnte sich nur mühsam beherrschen. „Deine Meinung hat in diesem Land wenig Gewicht, Miss Low. Du arbeitest für das Sanktuarium in London und hast hier eigentlich nichts verloren."

„Ich bin zufällig freischaffend", erwiderte Tanith.

„Und ich habe ihre Hilfe angefordert", sagte Skulduggery. „Mir scheint, wir können sie gut gebrauchen. Hast du nicht gesagt, dass wir Verstärkung bekommen?"

Guild lief rot an, aber bevor er wieder anfangen konnte zu toben, meldete sich Bliss zu Wort.

„Sämtliche internationalen Hilfsangebote wurden zurückgezogen. In den letzten Stunden gab es Angriffe auf Mitarbeiter von praktisch jedem Sanktuarium rund um den Globus."

„Ablenkungsmanöver", sagte Skulduggery, „damit alle etwas zu tun haben. Wir sind auf uns allein gestellt."

„Das sind wir in der Tat."

„Aber wer hätte so viel Macht, das alles zu organisieren?", fragte Walküre. „Vengeous?"

„Das wurde sorgfältig geplant und koordiniert", antwortete Skulduggery. „Vengeous hätte dazu gar nicht die Zeit gehabt."

„Darum geht es jetzt doch gar nicht", schnaubte Guild. „Wir müssen das Groteskerium finden und es unschädlich machen. Das ist unsere einzige Sorge."

„Die Mondfinsternis findet heute Nacht um zehn Minuten nach Mitternacht statt", sagte Bliss. „Das heißt, wir haben noch neun Stunden, bevor das Groteskerium stark genug ist, um das Portal zu öffnen."

Guild legte beide Hände flach auf den Tisch. „Und wie

sieht unsere Vorgehensweise aus? Bitte sagt mir nicht, dass wir alle nur hier rumsitzen und warten, bis etwas passiert!"

„Wir haben sämtliche Vertrauensleute alarmiert", erwiderte Skulduggery. „Jeder Seher und alles, was übernatürliche Fähigkeiten besitzt, streckt seine Fühler aus."

„Und wenn sie nichts finden, Skelett?"

Skulduggery, der immer noch an der Wand lehnte, immer noch mit verschränkten Armen, legte den Kopf schief und sah Guild an. „Dann schlage ich vor, dass wir den Fall übernehmen."

„Was soll das heißen?", brüllte Guild. „Wir stehen vor einer globalen Katastrophe, die das Ende von allem bedeuten könnte, und du redest hier von einem *Fall*, den du *übernehmen* willst!"

„Ich bin Detektiv", sagte Skulduggery. „Fälle zu übernehmen ist mein Job."

„Nun, besonders gut hast du deinen Job bisher nicht gemacht, oder?"

Skulduggery straffte die Schultern und ließ die Arme hängen. „Gehen wir noch einmal an den Anfang zurück", meinte er ruhig. „Eine unbekannte Person oder Personen haben dafür gesorgt, dass sämtliche internationalen Hilfsangebote zurückgezogen wurden, und das genau in dem Moment, in dem wir Verstärkung gebraucht hätten, um das Groteskerium aufzuhalten. Das Groteskerium ist quicklebendig, weil Vengeous endlich die letzte Zutat bekommen hat, die er brauchte. Vengeous konnte sein geheimes Gefängnis verlassen, weil Billy-Ray Sanguin dort eingebrochen ist und ihn befreit hat. Billy-Ray Sanguin wusste, wo dieses geheime Gefängnis ist, weil eine Person in einer einflussreichen Position das Geheimnis preisgab."

„Du schweifst schon wieder ab", knurrte Guild.

„Eine Person in einer einflussreichen Position", wiederholte Skulduggery, „gab dieses Geheimnis preis, wahrscheinlich gegen eine hohe Belohnung. Und hier setzen meine Spekulationen ein. Es wäre doch möglich, dass diese Person nur deshalb in die einflussreiche Position gelangte, weil sie versprach, sich Informationen über die Lage des geheimen Gefängnisses zu beschaffen und den Ort zu verraten, sobald sie diese Position innehatte. Die Person machte einen Deal mit einem oder mehreren mächtigen Unbekannten, höchstwahrscheinlich demoder denselben mächtigen Unbekannten, die uns um die Hilfe der internationalen Gemeinschaft gebracht haben. Allerdings ist anzunehmen, dass die Person nicht wusste, wen ihre unbekannten Wohltäter aus diesem geheimen Gefängnis befreien wollten und welches Ziel sie damit verfolgten."

Guilds Augen wurden zu schmalen Schlitzen. „Ich hoffe, du willst damit nicht das andeuten, was ich glaube, das du andeuten willst."

Skulduggery wies mit dem Kinn auf einen dünnen Aktenordner auf dem Tisch. „In diesem Ordner sind Berichte über die Treffen, die du mit Räten auf der ganzen Welt abgehalten hast, seit du zum Großmagier ernannt worden bist. Du hast dich ungefähr doppelt so oft mit dem russischen Rat getroffen wie jeder andere."

„Das sind Sanktuariumsangelegenheiten, die dich nichts

angehen", erwiderte Guild. „Alles rein dienstlich." Die Adern an seinem Hals schwollen an.

„Bei drei dieser Treffen ging es um Sicherheitsfragen als Folge von Serpines Aktivitäten. Dabei hast du sicherlich vertrauliche Informationen erhalten, unter anderem, aber nicht ausschließlich, bezüglich der Lage verschiedener geheimer Gefängnisse auf russischem Gebiet."

Guild erhob sich und baute sich vor Skulduggery auf und einen Augenblick lang fürchtete Walküre, er könnte ihn schlagen. Skulduggery rührte keinen Muskel.

„Beschuldigst du mich, an einem Gefängnisausbruch beteiligt gewesen zu sein?"

„Wie ich eingangs sagte, handelt es sich um Spekulationen. Aber wenn ich dich wegen irgendetwas beschuldigen wollte, ginge es eher in Richtung Verrat."

„Du bist hiermit gefeuert", sagte Guild.

Skulduggery legte den Kopf schief. „Du kannst es dir nicht leisten, auf mich zu verzichten."

„Und ob ich das kann", fauchte Guild und ging zur Tür.

„Ich habe einen Job zu machen", sagte Skulduggery, „und den werde ich auch machen. Du magst ein Verräter sein, Guild, aber du willst genauso wenig wie ich, dass die Gesichtslosen zurückkommen."

Guild legte die Hand auf die Türklinke und drehte sich noch einmal um. „Dann tu's, Skelett, schalte das Groteskerium aus. Mach deinen Job. Und setze, wenn du ihn gemacht hast, nie mehr einen Fuß hier herein."

Er ging hinaus und eine ganze Weile sagte niemand etwas. Dann nickte Skulduggery.

„Ich glaube wirklich, er fängt an, mich zu mögen."

ES GEHT ANS EINGEMACHTE

Sie verließen das Sanktuarium und fuhren durch die schmaleren Straßen von Dublin. Als sie die Fußgängerzone im Stadtteil Temple Bar erreichten, parkte Skulduggery den Bentley und sie gingen den Rest des Weges zu Fuß. Obwohl er seine Verkleidung trug, zog er wie üblich die Blicke der Passanten auf sich, die auf dem Weg von oder zu einem der vielen Pubs und Restaurants waren.

Sie überquerten den Platz und bahnten sich ihren Weg durch die unzähligen Studenten, die auf den Stufen herumsaßen. Walküre mochte Temple Bar. Hier war immer viel los, überall gab es gute Musik, es wurde gelacht und geredet. Und falls es ihnen nicht gelang, das Groteskerium aufzuhalten, gab es hier kurz nach Mitternacht womöglich nur noch Staub und Trümmer und Geschrei.

Sie kamen zu einem Laden mit einem leuchtend bunten Reklamebild an der Wand und Skulduggery klopfte an die Tür. Von innen drangen Stimmen heraus und kurz darauf hörte man, wie aufgeschlossen wurde. Ein Mann Anfang zwanzig öffnete. Seine Augenbrauen, Ohren, Lippen, Nase und Zunge waren gepierct und er trug abgerissene Jeans, ein Thin-Lizzy-T-Shirt und ein Hundehalsband.

„Hallo, Finbar", begrüßte ihn Skulduggery, „ich möchte meine Sachen abholen."

„Skulman?", sagte Finbar in einer Art und Weise, die vermuten ließ, dass Zugedröhntsein bei ihm Normalzustand war. „Bist du's wirklich? Was soll das Haar und die gigantische Sonnenbrille, Mann?"

„Es ist meine Verkleidung."

„Oh. Klar, verstehe. Sieht gut aus. Aber, hey, wow. Wie lang ist's jetzt her?"

„Seit wir das letzte Mal miteinander gesprochen haben?"

„Ja. Muss Jahre her sein, was?"

„Letzten Monat, Finbar."

„Hm? He, richtig. Okay. Und wen hast du da bei dir?"

„Ich bin Walküre Unruh", stellte Walküre sich vor und schüttelte ihm die Hand. Er trug jede Menge Ringe.

„Walküre Unruh", wiederholte Finbar und ließ sich den Namen auf der Zunge zergehen. „Netter Name. Ich heiße Finbar Wrong. Ich bin ein alter Freund von Skulman. Stimmt's, Skulman?"

„Nicht wirklich."

Finbar schüttelte den Kopf. „Nö, *Freunde* sind wir nicht direkt. Komplizen oder … oder … Kollegen auch nicht, aber … ich meine, wir kennen uns halt und so …"

„Ich muss dich leider zur Eile antreiben", unterbrach Skulduggery. „Ich habe dir einen Koffer gegeben, den du für mich aufbewahren solltest, und den brauche ich jetzt."

„Einen Koffer?"

„Einen schwarzen Koffer. Ich habe dir gesagt, dass ich

ein paar Sachen irgendwo unterbringen muss, für den Notfall."

„Ist jetzt ein Notfall?"

„Leider ja."

Finbar riss die Augen auf und seine Piercings glitzerten in der Sonne. „Oh, Mann. Ich sterbe doch nicht, oder?"

„Ich hoffe nicht."

„Das hoff ich auch, Mann. Das hoff ich auch. Es gibt doch noch so viel, für das ich leben will. Hey, hab ich dir gesagt, dass Sharon und ich heiraten? Ja, endlich, wie?"

„Finbar, ich weiß nicht, wer Sharon ist, aber ich brauche dringend den Koffer."

Finbar nickte. „Okay, Mann, ich schau mal, ob ich ihn finde. Muss ja irgendwo sein, richtig?"

„Nach dem Gesetz der Wahrscheinlichkeit, ja."

Finbar ging in den Laden und Walküre schaute Skulduggery an.

„Was ist in dem Koffer?", wollte sie wissen.

„Meine zweite Pistole, etwas Munition, dies und das, eine Nagelbombe, ein altes Taschenbuch, das ich nie gelesen habe, ein Kartenspiel –"

„Sagtest du Nagelbombe?"

„Hm? Ja."

„Was ist eine Nagelbombe?"

„Eine Bombe mit Nägeln drin."

„Du hast dem Typ eine Bombe gegeben? Dachtest du wirklich, sie sei bei ihm sicher?"

„Es ist eine Bombe, Walküre, und eine Bombe ist nie sicher. Der Koffer dagegen ist sehr sicher. Auch wenn er ihn als Kaffeetisch oder Fußschemel verwendet oder ihn tagelang eine Treppe hinuntergeworfen hat – dem Inhalt ist nichts passiert. Jetzt muss er das Ding nur noch finden."

Finbar erschien wieder. „Es wird wärmer, Mann, ich spür's. Vorne ist er nicht, also muss er hinten sein, richtig? Dann schau ich jetzt mal hinten nach. Wollt ihr reinkommen?"

„Wir warten gerne hier draußen", erwiderte Walküre höflich.

„Okay, cool. Sicher? Skulman? Sharon ist drin, Mann. Willst du nicht Hallo sagen?"

„Ich kenne sie doch gar nicht."

„Richtig. Ja, okay."

Finbar verschwand wieder.

Walküre checkte die Uhrzeit auf ihrem Handy. Wenn sie jetzt zu Hause wäre und ein normales Leben führen würde, wäre sie wahrscheinlich am Überlegen, was sie zu dem Familientreffen anziehen sollte. Wobei sie nicht lange zu überlegen bräuchte. Ihre Garderobe enthielt ein einziges Kleid, das sie selten und sehr ungern trug. Sie stellte sich vor, dass die Zwillings-Giftspritzen ihr Schönheitsprogramm mit 84 Lagen Make-up bereits gestartet hatten und gerade ausprobierten, mit welcher Lippenstiftfarbe sie wohl am geschmacklosesten aussahen. Walküre war froh, dass sie ihr Spiegelbild hatte, das für sie hingehen würde.

„Oh, Mist!", sagte sie unvermittelt.

„Was ist passiert?"

„Das Spiegelbild. Es liegt immer noch im Kofferraum des Bentley."

Skulduggery ließ den Kopf zur Seite kippen. „Oh. Dann haben wir es anscheinend vergessen."

Sie schloss die Augen. „Mum dreht durch. Ich habe versprochen, zu dem Treffen mitzukommen."

„Sieh es positiv. Wenn die Welt untergeht, spielt das alles keine Rolle mehr."

Sie schaute Skulduggery an und wartete und er nickte.

„Ein großer Trost ist das wahrscheinlich nicht", gab er zu.

Finbar kam mit einem schwarzen Koffer zurück. „Gefunden, Mann. Ich hab ihn vorher nicht gesehen, weil er auf dem Boden lag und jemand drauf geschlafen hat. Du weißt schon, Kissenersatz. Ist nicht das Schlechteste. So, bitte."

Skulduggery nahm den Koffer. „Vielen Dank, Finbar."

„Kein Problem, Mann. Hey, diese Notfall-Geschichte – ist das was Ernstes?"

„Ja, ist es."

„Braucht ihr Hilfe? Es ist 'ne Weile her, seit ich das letzte Mal – du weißt schon, an der Front war oder auch nur vor der Tür, aber ich hab's immer noch drauf."

„Da bin ich ganz sicher, aber wir kommen klar."

„Oh, gut. Okay. Wahrscheinlich besser so. Ich weiß nämlich nicht, ob ich's noch draufhab, weißt du? Vielleicht hab ich's ja nie draufgehabt, aber … Worum ging's gleich wieder?"

„Es ging um deine Hochzeit mit Sharon. Herzlichen Glückwunsch!"

„Oh, danke, Skulman."

„Ich bin sicher, dass ihr sehr glücklich werdet."

„Ja, ich auch. Ich kenne sie ja erst seit drei Tagen, aber manchmal … na ja, manchmal muss man einfach … jemanden heiraten …" Er schwieg einen Augenblick und guckte sie verwirrt an. „Glaub ich zumindest."

„Nun", sagte Skulduggery, „danke, dass du das für mich aufbewahrt hast. Und mach keine Dummheiten."

„Du sagst es. Hey, wen hast du da bei dir?"

Skulduggery legte den Kopf schief. „Das ist Walküre, sie hat sich bereits vorgestellt."

„Nö, Mann, ich mein doch nicht sie. Wer ist der Mann in Schwarz?"

Walküre zuckte zusammen und widerstand der Versuchung, sich umzudrehen.

„Wo ist er?", fragte Skulduggery.

„Auf der anderen Straßenseite. Er soll wohl nicht gesehen werden und macht den Job auch ziemlich gut. Aber du kennst mich, Skulman, Augen wie dieses Fluggerät. Wie heißt es gleich noch mal? Adler."

„Und er beobachtet uns?"

„Jawollja. Das heißt – warte. Er beobachtet nicht *dich*. Er beobachtet *sie*."

„Wie sieht er aus?", fragte Walküre.

„Schwarze Haare, ziemlich blass. Hässliche Narbe im Gesicht. Sieht aus wie ein Vampir."

„Du solltest wieder reingehen", sagte Skulduggery. „Und schließ ab."

„Du hast's erfasst, sicher is' sicher. Und ich hol mir mein Kruzifix."

„Vampire haben keine Angst vor Kruzifixen, Finbar."

„Ich will's ihm auch nicht vor die Nase halten, ich will's

ihm auf die Birne hauen. Es ist echt schwer. Ich kann mir vorstellen, dass es an seinem Schädel beträchtlichen Schaden anrichtet."

Er ging in den Laden und schloss die Tür hinter sich ab.

Skulduggery und Walküre gingen durch Temple Bar zum Bentley zurück.

„Folgt Dusk uns noch?", fragte Walküre leise.

„Ich glaube, ja", antwortete Skulduggery. „Das ist die Lücke, nach der wir gesucht haben. Dusk hat etwas gegen dich. Wir haben ein ziemliches Glück, wenn du mich fragst."

„Großes Glück", meinte Walküre trocken. „Großes Glück, dass mich ein Vampir umbringen will. Locken wir ihn in eine Falle?"

„Genau das tun wir. Aber nicht hier. Hier kommt er nicht nah genug an dich heran. Er muss glauben, du seist allein."

Walküre schaute ihn misstrauisch an. „Das hört sich doch verdächtig danach an, als sollte ich den Köder spielen ..."

„Du musst zu diesem Familientreffen gehen."

„Nein, nein und nochmals nein."

„Du kannst nicht mit mir oder Tanith zusammen sein. Dann traut sich Dusk nicht. Er schlägt nur zu, wenn er glaubt, dass du allein bist. Dann kann er sich Zeit lassen beim Umbringen."

„Das tröstet mich nicht gerade."

„Du gehst zu dem Familientreffen."

Sie gab nach.

„Tanith und ich warten ganz in deiner Nähe. Sobald Dusk dir zu Leibe rückt, sind wir da."

„Aber meine Familie. Meine Tanten und Onkel und Cousinen und Cousinen zweiten Grades und …"

„Wir beschützen sie."

„Was? Das meine ich doch nicht, meine Familie ist einfach *unmöglich*. Wenn sie betrunken sind, fangen alle an zu tanzen. Das ist einfach … das ist einfach *nicht richtig*."

„Du wirst dich köstlich amüsieren."

„Ich hasse dich."

„Ich weiß."

DER KAMPF

Springer-Jack stand auf dem Dach des Clearwater-Krankenhauses und schaute auf die Kreatur hinunter. Er bewunderte die wilde Schönheit und Brutalität, die schiere Kraft, die er bis zu sich herauf spürte.

„Ein ganz schöner Brocken, was?"

Jack ließ sich nichts von seiner Bewunderung anmerken, als er sich umdrehte und Sanguin entgegenblickte.

„Du hast mich angelogen", sagte er.

Sanguin nickte. „Stimmt. Wie hast du uns gefunden?"

„Du hast mir gesagt, wo du bist. Weißt du nicht mehr?"

„Ah, hab ich das? Hab ich wieder mal den Mund nicht halten können. Schlimm, schlimm ... Du hast den Typen da unten also gesehen. Wie findest du ihn?"

„Das hängt alles mit den Gesichtslosen zusammen", sagte Jack und versetzte ihm einen Schlag mit der Faust.

Der Texaner stolperte rückwärts. Er hatte sich gerade wieder gefangen, da kickte Jack ihn vom Dach.

Jack sprang, schlug einen Salto und landete neben Sanguin auf der Erde.

„Autsch", sagte Sanguin. Er lag lang ausgestreckt auf dem Rücken. Er hatte seine Sonnenbrille verloren und

Jack schaute in die Löcher, wo seine Augen hätten sein sollen.

„Ich mag es nicht, wenn man mich benutzt."

„Wenn ich mich entschuldigt hätte, hättest du mich dann trotzdem vom Dach gekickt?"

„Wahrscheinlich."

„Ich hab's mir gedacht."

Sanguin trat zu und sein Stiefel krachte in Jacks Knie. Er stand blitzschnell auf, stürzte sich auf Jack und zwang ihn mit Fausthieben an die Wand. Jack verlor seinen Hut.

Sanguin schlug wieder zu und Jack duckte sich. Sanguins Knöchel trafen die Wand und er heulte auf. Jack schob ihn ein Stück von sich weg, damit er mehr Bewegungsfreiheit hatte, sprang und trat zu, sodass Sanguin wieder auf dem Rücken lag.

„Gegen mich kommst du nicht an, Yankee", zischte Jack.

„Yankees kommen aus dem Norden", murmelte Sanguin, während er aufstand, „ich bin einer aus dem Süden."

Er griff erneut an, doch Jack duckte sich wieder und wich mit einem Seitwärtssalto aus. Sanguin knurrte frustriert. Jack knallte ihm eine und trat ihm noch einmal gegen den Kopf. Sanguin ging erneut zu Boden.

Jack schaute auf ihn hinunter. „Also, wo ist er? Wo ist Vengeous?"

„Im Moment nicht hier", erwiderte Sanguin. Er versuchte nicht aufzustehen.

„Ihr seid nur zu zweit, du und er, richtig? Du und er und das Ding."

„Wir haben auch Vampire. Kennst du Dusk?"

„Hab ihn mal in London getroffen. Er wusste nicht, dass die Dächer *mein* Revier sind. Es gab ein kleines Handgemenge, könnte man sagen."

Sanguin setzte sich stöhnend auf. „Ich würde ja zu gern zuschauen, wenn ihr euch gegenseitig umbringt, aber er ist auch nicht hier. Er ist auf einem seiner Rachefeldzüge gegen ein Mädchen aus Haggard."

„Du hast mich benutzt, Sanguin."

Langsam streckte Sanguin die Hand aus, griff nach seiner Sonnenbrille und stand auf. „Bist du extra nach Irland gekommen, um mich dumm anzumachen, oder was?"

„Ich bin hergekommen, weil ich wissen will, was du vorhast."

„Und dann?"

„Wenn es mir nicht gefällt, hindere ich dich daran."

Sanguin hatte seine Sonnenbrille wieder aufgesetzt. Er lachte. „Der Typ da draußen, mit *dem* haben wir was vor. Den willst du aufhalten? Nur zu, Breigesicht." Der Boden unter Sanguins Füßen begann zu bröseln. „Geh zurück nach London, Jack. Hier kannst du uns nichts anhaben. Wir sind zu stark für dich, Kumpel. Wie willst du unsere Pläne denn durchkreuzen?"

Sanguin grinste, sank in den Boden und war verschwunden.

DAS FAMILIENTREFFEN

Walküre vergewisserte sich, dass ihre Eltern zu dem Familientreffen gegangen waren und das Haus leer war. Dann lief sie noch einmal hinaus und winkte. Der Bentley fuhr vor, Skulduggery stieg aus und gemeinsam hoben sie das Spiegelbild aus dem Kofferraum, trugen es ins Haus und die Treppe hinauf.

Sie stellten es vor den Spiegel und ließen es dann langsam nach vorn kippen. Es fiel durch das Glas und sackte in dem gespiegelten Raum dahinter zusammen. Nach einer Weile regte es sich, stand auf und drehte sich zu ihnen um. Es wirkte ruhig, an seiner Miene war nichts abzulesen. Walküre kämpfte gegen ein irrationales Schuldgefühl, weil sie dem Spiegelbild so viel zugemutet hatten. Sie bildete sich sogar ein, dass es sie vorwurfsvoll anschaute. Rasch streckte sie die Hand aus und legte sie aufs Glas und das Gedächtnis des Spiegelbildes floss in sie ein.

Sie fasste sich an die Brust und wankte einen Schritt zurück. „Oh Gott."

Skulduggery trat hinter sie. „Alles in Ordnung?"

„Es kam nur gerade die Erinnerung, wie es ist, wenn man erschossen wird."

„Und – macht es Spaß?"

„Erstaunlicherweise nicht."

Sie straffte die Schultern. Das Spiegelbild war jetzt wieder wie immer. „Alles in Ordnung. Alles bestens."

„Dann gehe ich jetzt. Leider musst du zu Fuß zum Golfklub. Aber keine Bange, wir beobachten dich."

„Und was ist, wenn ich zu diesem Treffen gehe und Dusk nicht in die Falle tappt und wir nur unsere Zeit vertrödeln?"

„Wir haben keine andere Wahl, Walküre. Ziehst du ein Kleid an?"

„Kann ich wirklich nicht so gehen?"

„Er wird sehr vorsichtig sein. Du musst so aussehen, als seist du vollkommen arglos."

„Okay", knurrte sie, „dann also ein Kleid."

„Du siehst sicher entzückend aus", meinte Skulduggery, als er das Zimmer verließ.

„Falls von diesen Quatschtüten jemand anfängt zu singen, kann die Welt sehen, wo sie bleibt, okay?", rief sie ihm nach.

Sie hörte ihn von der Treppe her antworten: „Ein fairer Deal."

Stirnrunzelnd stand sie da. Das Gedächtnis des Spiegelbildes war in ihr eigenes eingeflossen und hatte sich wie immer in der richtigen Reihenfolge eingefügt, aber plötzlich war da noch etwas. Ein Gefühl.

Sie schüttelte den Kopf. Das Spiegelbild kannte keine Gefühle. Es war ein Auffangbehälter, etwas, das Erfahrungen aufnahm und speicherte, damit man sie bei Bedarf herunterladen konnte. Gefühle oder Emotionen waren nicht dabei. Walküre war sich nicht einmal sicher, ob dieses Neue eine Emotion war. Es war da, aber sie bekam es nicht zu fassen. Wann immer sie sich darauf konzentrierte, verflüchtigte es sich.

Nein, eine Emotion war es nicht. Aber was dann? Etwas, das sie nicht benennen konnte. Ein schwarzer Fleck in ihrem Gedächtnis. Ihr Spiegelbild hatte ihr etwas verheimlicht.

„Das", dachte Walküre, „ist wahrscheinlich kein gutes Zeichen."

❖

Es waren mehr gekommen, als sie erwartet hatte.

Die Kapazität des Festsaals war fast erschöpft. Leute redeten und lachten, schüttelten sich die Hände und umarmten sich. Tanten und Onkel und Cousinen jeglichen Grades trugen zu dem Geschnatter bei, das wie eine Wand aus Geräuschen war, gegen die Walküre lief, kaum dass sie die Tür öffnete.

Die meisten Anwesenden kannte sie nicht – sie hatte sie noch nie gesehen und würde sie auch nicht wiedersehen. Was ihr nicht unbedingt leidtat. Sie bezweifelte, dass ihr dadurch Großartiges entging.

Das Kleid stand ihr gut, wie sie zugeben musste. Es war schwarz und wirklich hübsch, aber sie fühlte sich einfach nicht wohl darin. Falls Dusk in die Falle tappte und angriff, würde sie es bereuen, dass sie keine Hosen und Stiefel trug, das wusste sie.

„Stephanie?"

Sie drehte sich um. Der Mann war Mitte vierzig und hatte sich die Kranzhaare mit wenig Geschick und entsprechend unbefriedigendem Ergebnis über die Glatze gekämmt.

„Du bist doch Stephanie, stimmt's? Die Tochter von Desmond?"

Walküre rang sich ein Lächeln ab. „Genau, die bin ich."

„Ah! Wie schön!" Der Mann packte sie und drückte sie zwei ungemütlich lange Sekunden an sich. Dann ließ er sie los und trat einen Schritt zurück. Bei der Umarmung war seine Überkämmfrisur verrutscht. Walküre hielt es für einen Akt der Höflichkeit, ihn nicht darauf anzusprechen.

„Als ich dich das letzte Mal gesehen habe, hast du einem Grashüpfer gerade mal bis ans Knie gereicht! Da musst du ... ich weiß nicht genau ... vier gewesen sein? Ein richtiger Winzling jedenfalls! Und jetzt schau dich an! Eine Schönheit! Ich kann's gar nicht fassen, wie du gewachsen bist!"

„Ja, was neun Jahre nicht alles mit einem machen."

„Ich wette, du erinnerst dich nicht mehr an mich", sagte er und drohte ihr aus unbekanntem Grund mit dem Finger.

„Gewonnen", sagte sie.

„Dann musst du raten, los!"

„Keine Ahnung."

„Los, streng dein Gedächtnis an, versuch dich zu erinnern!"

„Ich weiß es nicht." Sie sprach extra langsam und deutlich, falls er Probleme hatte, die Bedeutung ihrer Worte zu verstehen.

„Ich geb dir 'nen Tipp." Er hatte die Bedeutung ihrer Worte ganz und gar nicht verstanden. „Dein Großvater und mein Vater waren Brüder."

„Dann bist du ein Cousin meines Vaters."

„Richtig!", sagte er – er jubelte fast. „Erinnerst du dich jetzt?"

Sie schaute ihn an und staunte wieder einmal, wie es möglich war, dass er, wie die meisten Leute hier, ein direkter Abkömmling der Urväter war, dieser Rasse von Superzauberern, und doch aussah, als bereitete es ihm Schwierigkeiten, ohne fremde Hilfe die Straße zu überqueren.

„Ich muss weiter", sagte sie und zeigte über seine linke Schulter. Er drehte sich um und sie ging nach rechts.

Sie schaute auf ihrem Handy nach der Zeit und hoffte fast, dass eine Horde Vampire sie eher früher als später angreifen würde. Das war eine grausame und ungewohnte Quälerei, die sie hier über sich ergehen ließ, und falls das wirklich ihre letzte Nacht war, die sie lebendig erlebte, war es ganz einfach nicht fair. Sie nickte Leuten zu, an die sie sich vage erinnerte, ging aber immer gleich weiter, bevor jemand die Chance hatte, ihr zu sagen, wie klein sie einmal gewesen war.

Und dann stellten sich ihr die Giftspritzen in den Weg. Crystals drogerieblondes Haar war so glatt, dass es aussah wie gebügelt, und Carols Locken erinnerten an einen Haufen Würmer, die versuchten, sich in die Freiheit zu winden.

„Dachte ich mir doch, dass du da bist", sagte Crystal voller Verachtung.

„Das Wort ‚Familie' in Familientreffen ließ darauf schließen, oder?"

„Freut mich zu sehen, dass du nicht zu viel Zeit damit verschwendet hast, dich zurechtzumachen", bemerkte Carol und beide kicherten.

„Warum bist du überhaupt hier?", fragte Crystal. „Es gibt schließlich keine reichen Onkels mehr, denen du in den Hintern kriechen kannst, bevor sie ins Gras beißen."

„Oh, freut mich, dass ihr endlich darüber weg seid."

Die Zwillinge traten dicht an sie heran und bemühten sich, auf sie herunterzuschauen. Kein einfaches Unterfangen, wenn man fünf Zentimeter kleiner ist.

„Du hast uns um unser rechtmäßiges Erbe gebracht", sagte Carol und ihre Lippen verzogen sich ziemlich unattraktiv. „Das Haus, das Gordon dir vermacht hat, sollte eigentlich uns gehören. Deine Eltern hatten schon die Villa in Frankreich – wir hätten das Haus bekommen sollen."

„Das wäre nur fair gewesen", zischte Crystal. „Aber er hat es dir vermacht. Du hast alles bekommen. Erwartest du wirklich, dass wir das einfach so vergessen?"

„Schau dich doch an", sagte Carol und schnippte mit dem Finger gegen Walküres Schulter, „du bist doch noch ein Kind! Wozu brauchst du denn ein Haus? Wir sind sechzehn, kannst du dir überhaupt vorstellen, was wir mit einem solchen Haus anfangen könnten? Die Partys, die wir dort feiern könnten? Kannst du dir vorstellen, wie cool das wäre?"

„Weißt du überhaupt, wie viel das Ding wert ist? Wir könnten es auch verkaufen und wären reich!"

„Aber wir haben es nicht bekommen. Du hast es bekommen, weil du ihm in den Hintern gekrochen bist und die süße kleine Nichte gespielt hast. Und jetzt hältst du dich für die Größte."

„Du bist aber nicht die Größte, du dumme Gans. Du weißt überhaupt nichts, niemand mag dich und schau dich doch an, du bist nicht einmal besonders hübsch."

Walküre schaute ihre Cousinen an. „Jetzt mal im Ernst", sagte sie, „ich versuche mich gerade zu erinnern, ob es je eine Zeit gegeben hat, zu der mir die Gemeinheiten, die ihr von euch gebt, etwas ausgemacht haben. Ich versuche mich zu erinnern, ob eure amateurhaften Einschüchterungsversuche je gewirkt haben. Und wisst ihr was? Ich glaube nicht."

Carol versuchte ein verächtliches Lachen.

„Und wisst ihr auch, warum? Weil ich mir absolut gar nichts daraus mache. Ich habe keinerlei Gefühle für euch, weder gute noch schlechte. Für mich seid ihr einfach ... nicht existent. Versteht ihr?"

Sie stierten sie wütend an und Walküre lächelte gönnerhaft. „Einen tollen Abend wünsch ich euch, ja?"

Damit ließ sie die beiden stehen.

Sie schob sich durch die Menge, quetschte sich zwischen Tischen durch und versuchte, kleinere und größere Grüppchen möglichst zu meiden. Dann sah sie ihre Mutter und es gelang ihr, zu ihr vorzustoßen, ohne dass jemand versuchte, sie zu umarmen.

„Steph", begrüßte ihre Mutter sie mit einem strahlenden Lächeln. „Da bist du ja! Endlich! Wie war es denn gestern Abend?"

„Super", log Walküre. „Hannah und ich waren die ganze Nacht wach und haben gequatscht ... über Jungs und so." Sie zögerte, weil sie plötzlich bemerkte, dass sie keine Ahnung hatte, worüber Mädchen in ihrem Alter sprachen.

„Du trägst dein Kleid, wie ich sehe", sagte ihre Mutter. „Es sieht bezaubernd aus."

„Bezaubernd wird mir nichts nützen, wenn es hier zu Krawallen kommt."

Ihre Mutter schaute sie an. „Du bist manchmal so seltsam. Wann bist du gekommen?"

„Vor ein paar Minuten. Wo ist Dad?"

„Oh, er muss hier irgendwo sein. Du weißt doch, wie die Edgleys sind. Sobald sie eine Chance sehen, über sich zu sprechen, ergreifen sie sie mit beiden Händen. Gefällt es dir?"

Walküre zuckte die Schultern. „Es ist okay. Ich kenne kaum jemanden von den Leuten hier. Aber wie steht's mit dir? Amüsierst du dich gut?"

Ihre Mutter lachte und beugte sich zu ihr. „Bring mich hier raus", sagte sie mit einem strahlenden Lächeln.

Walküre blinzelte. „Bitte?"

Ihre Mutter nickte, als stimmte sie ihr begeistert zu. „Wenn ich noch eine Minute länger hierbleibe, explodiere ich."

„Willst du gehen?"

Ihre Mutter winkte jemandem zu und schaute dann wieder Walküre an, immer noch das strahlende Lächeln auf dem Gesicht. „Nichts lieber als das. Siehst du die Frau da drüben?"

„Die mit der seltsamen Kopfform?"

„Sie erzählt von ihren Hunden. Den ganzen Abend. Sie hat drei. Alles kleine. Was haben kleine Hunde bloß an sich? Und was stimmt nicht mit großen Hunden? Ich mag große Hunde."

„Bekommen wir einen Hund?"

„Was? Nein. Was ich sagen will, ist, dass wir uns eine Ausrede einfallen lassen sollten und bald gehen."

Mit Dusk und seinen infizierten Speichelleckern, die da draußen warteten? Verdammt unwahrscheinlich.

„Wir sind wegen Dad hier", erinnerte Walküre ihre Mutter. „Wir müssen hierbleiben und ihm beistehen. Er würde bei einem Treffen deiner Familie auch bleiben."

„Wahrscheinlich ..."

„Es ist doch nur ein Abend, Mum. Wenn das hier vorbei ist, siehst du sie nie wieder."

„Und ich dachte, du wärst die Erste, die das Weite sucht."

Wieder zuckte Walküre die Schultern. „Ich weiß auch nicht, manchmal habe ich das Gefühl, dass ich nicht genügend Zeit mit euch verbringe."

Ihre Mutter sah sie an und ihr Ton wurde weicher. „Du wirst erwachsen. Es wäre natürlich fantastisch, wenn wir wie früher etwas miteinander unternehmen könnten, aber du brauchst Freiräume und deine Privatsphäre. Ich verstehe das, Liebes, wirklich."

„Hättest du es gern wieder so wie früher?"

„Es wäre gelogen, wenn ich Nein sagen würde. Aber ich

nehme, was ich kriegen kann. Du verbringst eine Menge Zeit in deinem Zimmer und das ist – ja doch, das ist okay so. Du wirkst manchmal unnahbar, aber das ist auch okay."

Walküre konnte ihr nicht ins Gesicht schauen. „Ich möchte nicht unnahbar sein", sagte sie.

Ihre Mutter legte den Arm um ihre Schultern. „Das weiß ich doch. Und du bist ja auch nicht immer so. Es gibt Zeiten, so wie jetzt, da ist es, als hätte sich nichts verändert. Du bist wieder meine gute alte Steph."

„Aber dann gibt es Zeiten, wo ich es nicht bin. Richtig?"

„Vielleicht. Aber ich liebe dich, egal wie du bist. Und dein Dad und ich, wir sind einfach nur dankbar, dass du so vernünftig bist. Andere Jugendliche in deinem Alter treiben sich herum, bringen sich in Schwierigkeiten, geraten in Schlägereien und machen Gott weiß was. Bei dir wissen wir wenigstens, wo du bist."

„In meinem Zimmer", sagte Walküre und versuchte ein Lächeln.

Sie dachte an ihr Spiegelbild, das auf der Couch saß, wenn ihr Dad einen schlechten Witz erzählte, oder in der Küche stand, wenn ihre Mutter berichtete, wie ihr Tag war. Sie kam sich ganz mies vor, es tat richtig weh, deshalb sagte sie nichts mehr.

Schließlich gab es anderes, worüber sie sich an diesem Abend Gedanken machen musste.

SCHATTENWAFFEN

Flankiert von ihren Bodyguards ging China rasch durch die Tiefgarage. Es war still hier unten und ihre Schritte hallten laut von den Wänden wider.

Plötzlich blieb einer der Bodyguards, er hieß Sev, stehen und schaute den Weg zurück, den sie gekommen waren. Er kniff die Augen zusammen. „Irgendetwas stimmt nicht."

Seine Partnerin, eine zierliche Frau namens Zephyr, zog eine Pistole aus ihrer Jacke.

„Miss Sorrows", sagte sie leise, „bitte stellen Sie sich hinter mich."

China tat es. Die Bodyguards richteten ihre Pistolen auf einen in Chinas Augen leeren Bereich der Tiefgarage. Soweit sie es beurteilen konnte, gab es absolut gar nichts, das eine Gefahr darstellen könnte – aber deshalb hatte sie die beiden schließlich engagiert: weil sie gut waren. Weil sie die Besten waren.

Baron Vengeous trat ins Licht. Die Rüstung schien ein Teil von ihm zu sein. An den Rändern wehten Schattenfahnen, so als gewöhnten sie sich erst noch an ihren neuen Gastgeber. Vengeous trug keinen Helm; sein Lächeln war kalt. An der Taille hing sein Dolch.

Sev und Zephyr bewegten sich synchron. In den vielen Jahren, in denen sie nun schon Seite an Seite kämpften, hatten sie ihre Fertigkeiten perfektioniert und wenn sie zusammen waren, gab es niemanden, der es mit ihnen aufnehmen konnte.

Bis zu diesem Abend.

Zephyr wollte schießen, doch ein Schatten stieg auf. Er versetzte ihr einen Schlag gegen die Brust, sie flog ein paar Meter rückwärts und bekam keine Luft mehr.

Sev konnte einen Schuss abfeuern, doch dann fuhr Dunkelheit in ihn; er erstarrte und stürzte. Er war tot, noch bevor er auf dem Betonboden aufkam.

Vengeous schaute China an. „Ich habe dir doch gesagt, dass ich zurückkomme. Aber was mich noch interessiert, bevor ich dir wehtun muss: Hast du deine Einstellung überdacht?"

China straffte die Schultern, ihr Ton war locker und sie war plötzlich wieder so selbstsicher wie immer.

„Du willst wissen, ob ich beschlossen habe, in den Schoß der Familie zurückzukehren?", fragte sie. „Leider nein. Meine Gründe sind zwar komplex, lassen sich im Grunde aber zu etwas ganz Einfachem reduzieren. Ich habe erkannt, dass ihr alle verrückt und ausgesprochen lästig seid. Und insbesondere *du* nervst."

„Es erfordert Mut, mich zu verhöhnen."

„Ich verhöhne dich nicht, Süßer, mich langweilt die Unterhaltung nur."

Die Schatten setzten sich auf Vengeous' Befehl hin in Bewegung, China wich aus, sie strichen an ihr vorbei und durchschnitten den Wagen hinter ihr.

Sie lachte perlend. „Wenn du meinen Rat hören willst –
gib auf! Zieh diese lächerliche Rüstung aus, erlöse das
Groteskerium von seinem Elend und geh zurück in die
hübsche kleine Zelle, die sie für dich bereithalten."

„Du enttäuschst mich, China. Die Gesichtslosen stehen
kurz vor ihrer Rückkehr und du hättest an ihrer Seite
sein können."

Zephyr hob die Hand, ihre Pistole flog hinein, sie zielte
auf Vengeous' Kopf und feuerte einen Schuss ab. Die
Schatten wurden zu einer Wolke, die Vengeous' Gesicht
verhüllte, die Kugeln aufsaugte und wieder ausspuckte.
Als ein Klicken anzeigte, dass das Magazin leer war, verzogen sich die Schatten wieder.

„Bitte sag, dass du noch etwas mehr zu bieten hast",
sagte Vengeous.

Zephyr sprang auf und schnippte mit den Fingern und
ein Feuerball flog durch die Luft, doch eine dunkle Welle
erhob sich und schluckte das Feuer. Vengeous gab ein
Zeichen und die Welle überrollte Zephyr und sie stolperte. Sie versuchte, gegen die Luft zu drücken, doch ein
Schatten schloss sie um ihr Handgelenk und riss sie von
den Füßen. Sie krachte in ein Autodach, der Schatten ließ
sie einen Salto schlagen und dann knallte sie in einen
Pfeiler und landete zusammengekrümmt auf dem Boden.

Vengeous wandte sich wieder China zu, als sei Zephyr
nichts weiter gewesen als eine lästige Fliege, die er mal
eben zerquetschen musste. „Erinnerst du dich an die Geschichten, die wir als Kinder gehört haben und die davon
handelten, was die Dunklen Götter mit Verrätern ma-

chen? Alle diese Geschichten erfüllen sich jetzt an dir, Verräterin. Du bist mein Geschenk an sie. Dir wird die Ehre zuteil, das erste Leben zu sein, das sie verschlingen."

China schlüpfte aus ihrer Jacke und ließ sie fallen. Sie atmete aus und tiefschwarze Male erschienen auf ihrer Haut. Sie breiteten sich auf ihren bloßen Armen aus, wanderten über Schultern und Nacken nach vorn über ihren Hals und unter ihren Kleidern weiter nach unten. Sie schlängelten sich auch in ihr Gesicht, wo sie als symbolhafte Zeichen verharrten. Sie schaute Vengeous aus diesen blauen Augen an, mit den herrlichen Tattoos auf ihrem gesamten Körper, und sie lächelte.

Baron Vengeous lächelte zurück.

China verschränkte die Arme und tippte auf die gegengleichen Symbole auf ihren Trizepsen. Sie leuchteten, als sie die Arme ausbreitete, und ein blauer Blitz schoss auf Vengeous zu. Der wehrte ihn jedoch mit einem Schattenschild ab. Der Schild bekam scharfe Ränder und bewegte sich wie eine Haifischflosse über den Boden. China verschränkte die Finger und streckte die Arme aus, mit den Handflächen nach vorn. Die Symbole auf ihren Handflächen flossen ineinander und wurden zu einem blendenden Lichtstrahl, der in die Flosse fuhr. Schattenstückchen flogen davon.

Vengeous schickte die Dunkelheit aus seinen Fingerspitzen los und sie wickelte sich um ein Auto. Dann trat er zurück, warf die Arme in die Luft und der Wagen hob sich. China warf sich zur Seite. Der Wagen verfehlte sie um wenige Zentimeter.

Sie ging auf den Baron zu, wobei sie ihn mithilfe der Symbole auf ihrem Körper wieder und wieder angriff, doch Vengeous wehrte jeden Angriff ab. Gleich zweimal schickte er ein heimtückisches Schattenlasso aus, das ihr den Boden unter den Füßen wegzog, und jedes Mal lachte er, wenn sie fiel.

Als sie nah genug heran war, ließ Vengeous eine massive Scheibe Dunkelheit gegen ihren Kiefer klatschen.

Er grinste, schlug sie gleich noch einmal mit dem Schatten und wieder kam sie ins Wanken. Die Rüstung veränderte sich; sie passte sich Vengeous' Bedürfnissen und Absichten an.

Chinas Frisur war völlig im Eimer. Blut und Dreck mischten sich mit ihrem Make-up und ihre Kleider waren zerrissen und schmutzig. Vengeous packte sie und schleuderte sie mit dem Kopf voraus gegen einen Pfeiler. Sie rutschte daran hinunter und landete unsanft auf dem Boden.

Vengeous trat neben sie, beugte sich zu ihr hinunter und stupste sie mit einem Finger an. Sie öffnete mit flatternden Lidern die Augen und sah gerade noch, wie Zephyr sich hinter dem Baron aufrichtete. An der Art, wie sie sich die Seite hielt, erkannte China, dass ihr Bodyguard sich die Rippen gebrochen hatte. Dennoch gab sie nicht auf. China bewunderte ihre Entschlossenheit, so tollkühn sie auch war.

Zephyr wollte sich auf Vengeous stürzen, doch die Schatten bekamen scharfe Kanten und noch im Sprung bohrten sie sich von allen Seiten in ihren Körper.

Sie hielt inne, mitten in der Luft gehalten von diesen

Speerspitzen aus Dunkelheit, die von Vengeous' Rüstung ausgingen. China sah, wie sie nach Atem rang, doch ihre Lungenflügel waren durchbohrt. Zephyr würgte an ihrem eigenen Blut.

„Kein Gegner", meinte der Baron, „kein ernst zu nehmender Gegner."

Die Dunkelheit bog sich auf und Zephyrs Körper brach auseinander.

DIE RUHE VOR DEM STURM

Auf der Tanzfläche schwenkte ein korpulenter Mann seine Frau ausgelassen herum. Er drehte und verrenkte sich und hatte einen Riesenspaß, während seiner Frau der Angstschweiß ausbrach. Als sie sich endlich aus seinem Griff befreien konnte, schlug sie ihm mit der Hand auf den Arm und wollte davonstürmen, doch dann wurde ihr schwindelig, sie schwankte und taumelte in einen anderen Tänzer und löste einen glorreichen Dominoeffekt in Zeitlupe aus, mit extra viel Gekreische.

Endlich hatte auch Walküre etwas zu lachen.

Die Band verkündete laut und dröhnend und wegen der Rückkopplung am Mikrofon völlig verzerrt, dass es jetzt etwas langsamer weiterginge. Die Band bestand aus zwei Herren in schwarzen Hosen und blauen Glitzerjacketts. Einer spielte Saxofon und taugte nicht viel. Der andere trug eine Sonnenbrille und sang und spielte Keyboard, doch keines konnte er wirklich gut. Das heißt, er konnte nicht wirklich gut singen oder Keyboard spielen – die Sonnenbrille trug er so gekonnt wie jeder andere, der nachts mit einer Sonnenbrille herumlief. Für den Raum voller betrunkener Menschen schien das alles keine Rolle zu spielen, denn sie tanzten zu allem.

Eine Tür führte in den angrenzenden Raum, in dem sonst wahrscheinlich Tische und Stühle gestapelt wurden. Es war dunkel dort und Walküre machte kein Licht.

Sie legte ihren Mantel auf den einzigen Tisch, der noch darin stand, und zog eine längliche Schachtel aus der Tasche, stellte diese neben den Mantel und öffnete sie. Sie hatte Skulduggery gebeten, auf dem Rückweg bei Gordons Haus vorbeizufahren, weil sie etwas holen müsse. Er hatte nicht nachgefragt, was es war. Sie war froh darum. Der Echostein leuchtete und Echo-Gordon erschien.

„Sind wir da?", flüsterte er aufgeregt.

„Ja. Aber sei vorsichtig", warnte Walküre. „Wenn dich jemand sieht …"

„Ich weiß, ich weiß." Echo-Gordon schob sich langsam zur Tür und warf einen Blick hinaus. „Schau sie dir an. Es ist Jahre her, seit ich diese Leute zum letzten Mal gesehen habe. Die Hälfte davon kenne ich überhaupt nicht."

Sie trat neben ihn und er zeigte mit dem Finger.

„Da ist deine Mum. Sie sieht super aus, wirklich. Würdest du ihr das bitte sagen?"

„Klar."

„Und da ist Fergus. Und dort dein Dad. Oh, und Beryl. Was macht sie denn? Ihr Gesicht ist so verzerrt. Hat sie einen Anfall?"

„Ich glaube, sie lächelt."

Er schüttelte traurig den Kopf. „Steht ihr nicht besonders gut. Und gütiger Himmel, wo kommt nur die Musik her?" Er trat einen Schritt zur Seite, damit er die Bühne und die beiden Hampelmänner in Blau sehen konnte. „Also, das ist … einfach schrecklich. Und es gibt tatsächlich Leute, die dazu tanzen? Der pure Horror. Nicht einmal tot wollte ich mich da oben sehen lassen."

Er hielt inne, überlegte, was er gerade gesagt hatte, und grinste.

Walküre ging zum Fenster und schaute hinaus, doch es war zu dunkel, um etwas erkennen zu können.

„Angst?", fragte Echo-Gordon und sein Ton war etwas weicher.

Sie zuckte die Schultern. „Ich bin nicht gern Köder für einen Vampir."

„Ich kann dir eine schockierende Mitteilung machen", sagte er und lächelte. „Falls du deine Meinung ändern solltest, würde Skulduggery das verstehen. "

Sie nickte, sagte jedoch nichts dazu.

„Ich kenne ihn", fuhr Echo-Gordon fort. „Er will nicht, dass dir etwas passiert, und ich will ganz bestimmt auch nicht, dass dir etwas passiert. Stephanie oder Walküre oder auf welchen Namen du gerade hörst, du bist immer noch meine Lieblingsnichte und ich bin immer noch dein weiser Onkel."

Sie lächelte. „Bist du weise?"

Er spielte den Beleidigten. „Das fragt das Mädchen, das als Vampirköder dient."

„Eins zu null für dich."

Sie sah eine Bewegung an der Tür, jemand kam herein. Rasch gab sie Echo-Gordon ein Zeichen und er geriet in Panik und schaute sich nach einem Versteck um. Schließlich machte er einen Satz hinter die Tür.

Carol und Crystal stürmten herein und stießen die Tür dabei ganz auf. Sie schlug – durch Echo-Gordon hindurch – gegen die Wand. Da stand er mit geschlossenen Augen, für alle sichtbar.

Hätten Carol oder Crystal sich umgedreht, hätten sie direkt hinter sich ihren toten Onkel stehen sehen.

„Oh", sagte Carol zu Walküre, „du bist das."

„Ganz richtig", erwiderte Walküre steif. „Ich bin es."

„Mit allen deinen Freunden, wie?", fragte Crystal und die Zwillinge lachten.

Hinter ihnen öffnete Echo-Gordon ein Auge, merkte, dass er nicht mehr hinter der Tür stand, und geriet wieder in Panik.

„Ich nehme mir nur kurz eine Auszeit", meinte Walküre. „Was führt euch hierher?"

Echo-Gordon ließ sich auf Hände und Knie nieder und kroch unter den Tisch, wobei er durch das lang herunterhängende Tischtuch schlüpfte, ohne dass es sich bewegte.

Carol betrachtete Walküre aus halb geschlossenen Augen, was vermutlich Verachtung ausdrücken sollte. „Wir suchen ein ruhiges Plätzchen, wo wir uns eine anstecken können", sagte sie und brachte aus ihrer erschreckend bunten Handtasche eine Schachtel Zigaretten zum Vorschein.

„Rauchst du?", fragte Crystal.

„Nein", antwortete Walküre. „Ich hab nie einen Sinn darin gesehen."

„Typisch", murmelte Carol und Crystal bemühte sich betont auffällig, nicht zu lachen. „Wir gehen dann besser wieder. Oh, und ich rate dir, uns nicht zu verpfeifen. Du hältst die Klappe, ja?"

„Wie du meinst."

Die Zwillinge schauten sich triumphierend an und marschierten ohne ein weiteres Wort hinaus.

Echo-Gordon richtete sich durch den Tisch hindurch auf und trat heraus. „Ah, die Zwillinge. Ich werde nie den Tag vergessen, an dem sie geboren wurden." Sein Lächeln verflog, als er fortfuhr: „Wie sehr ich mich auch bemühe …"

Er merkte, dass Walküre wieder aus dem Fenster sah.

„Angst ist eine gute Sache", meinte er leise.

„Sie fühlt sich aber nicht gut an."

„Aber sie hält dich am Leben. Mut ist auch nicht die Abwesenheit von Angst. Mut ist die Anerkennung und die Überwindung von Angst."

Sie lächelte. „Ich glaube, ich habe das mal hinten auf einer Cornflakes-Packung gelesen."

Echo-Gordon nickte. „Gut möglich. Daher habe ich meine ganze Weisheit."

Sie wandte sich vom Fenster ab und schaute durch die Tür auf ihre Verwandtschaft, die lachte und redete und trank und tanzte.

„Ich habe Angst", sagte sie. „Ich habe Angst vor Schmerzen und ich habe Angst vor dem Sterben. Aber am meisten habe ich Angst, meine Eltern zu enttäuschen. Andere Kinder in meinem Alter finden ihre Eltern peinlich, das erlebe ich ganz oft. Weil die Mutter ständig um sie herumgluckt oder weil der Vater sich für witzig hält und es nicht ist. Aber ich liebe meine Eltern, sie sind echt in Ordnung. Wenn wir hier versagen, wenn wir Vengeous und das Groteskerium nicht aufhalten können, werden meine Eltern ..." Plötzlich und unerwartet brach ihre Stimme. „... sterben."

Das Abbild ihres Onkels schaute sie wortlos an.

„Ich kann nicht zulassen, dass es so weit kommt", sagte sie.

Echo-Gordon wandte den Blick nicht ab und sie sah alles in seinen Augen, er brauchte gar nichts zu sagen. Er nickte nur und murmelte: „Nun denn."

Als er sich wieder den Partygästen zuwandte, kehrte sein breites Lächeln zurück. „Ich fürchte, es wird Zeit, dass du mich in die Schachtel zurücksteckst. Du hast zu tun, nicht wahr?"

„Ja, das habe ich."

Sie nahm den Stein und legte ihn in die Schachtel.

„Danke für das alles", sagte Echo-Gordon. „Es war schön, wieder mal im Kreis der Familie zu sein. Daran merke ich, wie sehr ich sie nicht vermisse."

Sie lachte und klappte die Schachtel zu.

„Pass auf dich auf", sagte er und verblasste.

Sie ging hinaus in den Festsaal, wo ihr Vater mit Fergus und einem weiteren Mann redete. Ihre Mutter saß an einem Tisch und gab vor zu schlafen. Beryl stand abseits und schaute sich um wie ein erschrockener Reiher. Als sie jemanden erspähte, mit dem sie noch nicht getratscht hatte, stürzte sie sich mit beängstigendem Eifer auf ihn.

Carol und Crystal kamen aus einem Nebenzimmer wieder herein. Carol war etwas grünlich im Gesicht, Crystal dagegen war rot und kämpfte mit einem Hustenanfall.

Walküre öffnete die Glastüren und trat auf den kleinen

Balkon, sie spürte die frische Brise und schaute hinaus auf den Golfplatz. Dahinter lagen die Dünen und der Strand und das Meer. Sie hatte beide Hände auf die Balkonbrüstung gelegt und holte tief Luft, um sich zu beruhigen.

Etwas huschte über den dunklen Golfplatz.

Sie blinzelte. Einen Augenblick lang hatte es ausgesehen wie ein Mensch in geducktem Lauf, doch jetzt war niemand mehr da. In jeder anderen Nacht hätte sie sich vielleicht eingeredet, dass ihre Augen ihr einen Streich gespielt hatten. Aber das war nicht jede andere Nacht.

Die Vampire kamen.

EIN UNVOLLENDETES VORHABEN

Tanith saß im Bentley und bemühte sich, nicht herumzuzappeln. Ihr Körper war es nicht gewohnt, still zu sitzen und nichts zu tun. Skulduggery neben ihr war der Inbegriff von Ruhe und unerschütterlicher Geduld. Sie versuchte, sich zu entspannen, doch immer wieder hatte sie einen Adrenalinschub und ihr rechtes Bein kickte, ohne dass sie es wollte, in die Luft. Es war ihr höchst peinlich.

Sie hatten den Wagen auf einem leicht überhängenden Plateau abgestellt, von dem aus man das Golfgelände überblicken konnte. Sie hatten auch das Klubhaus im Blick, waren jedoch so weit entfernt, dass Dusk den Bentley nicht erkennen konnte. Sobald sie etwas Verdächtiges sahen, konnten sie die schmale Straße hinunterbrausen und den Vampir abfangen, bevor er auch nur in die Nähe der Festgesellschaft kam. Der Plan war gut.

Es war Vollmond und entsprechend hell. Tanith schaute auf die Uhr. Noch drei Stunden bis zur Mondfinsternis. Jede Menge Zeit, um zu erreichen, was sie erreichen mussten, und um zu tun, was sie tun mussten. Hoffentlich.

Etwas knallte gegen den Bentley und er wackelte. Tanith packte ihr Schwert und war mit einem Satz draußen. Skulduggery sprang, die Pistole in der Hand, auf der anderen Seite hinaus. Im silbrigen Mondlicht stand ein alter Mann und schaute sie an. Tanith hatte ihn noch nie gesehen.

„Du hast mich angelogen", sagte der alte Mann zu Skulduggery.

„Du wolltest das Mädchen sterben sehen", erwiderte der. „Du hast bekommen, was du wolltest." Er steckte die Pistole nicht wieder ein. Jetzt wusste auch Tanith, um wen es sich handelte. Sie packte ihr Schwert fester.

Die Qual wich Skulduggerys Blick nicht aus. „Es war Betrug. Ich wusste, dass etwas nicht stimmte, aber ich war so lange in diesem Keller gewesen, dass ich nicht erkannt habe, was es war. Es war ein Spiegelbild, stimmt's? Du hast ein Spiegelbild manipuliert, es verbessert, damit es mich täuschen konnte. Du hast gemogelt."

„Wir haben jetzt keine Zeit für so etwas. Vor uns liegt eine ereignisreiche Nacht."

„Oh doch", sagte die Qual lächelnd, „du hast Zeit."

Er öffnete den Mund und eine schwarze Flamme traf Skulduggery und trieb ihn zurück. Tanith wollte in Deckung gehen, doch er wandte sich ihr zu und der Strom aus Dunkelheit traf sie mit solcher Wucht, dass es ihr den Boden unter den Füßen wegzog. Sie rollte sich ab, wobei sie Mund und Augen geschlossen hielt. Sie hörte, wie etwas von dem schwarzen Zeug, was immer es war, neben ihr auf den Boden klatschte. Es war pechschwarz und stank, aber es war eine feste Masse und als sie es von sich abzog, löste es sich in dicken Streifen.

Als sie die Augen öffnete, sah sie, wie die Qual sich den Mund abwischte und grinste.

Sie zog den nächsten schwarzen Streifen ab und warf ihn auf den Boden, wo die anderen eine Pfütze gebildet hatten. Und dann veränderte sich die Pfütze. Sie zog sich zusammen, verdichtete sich und bekam Beine.

Jede Menge Beine.

„Oh, Scheiße", murmelte Tanith, als das schwarze Zeug sich in Spinnen verwandelte und die Spinnenbeine zu klacken begannen.

Skulduggery schnippte mit den Fingern und warf zwei Feuerbälle in den See aus wuselnder Schwärze, der sich vor ihnen auf dem Boden ausbreitete.

Tanith hatte ihr Schwert gezogen und hieb auf die Spinnen ein, als diese sie im Sprung angriffen. Die Klinge fuhr durch ihre harten Körper und dunkelgrünes Blut spritzte auf Taniths Tunika.

Sie spürte etwas an ihrem Bein und schlug danach, während eine andere Spinne ihr auf die Schulter sprang. Tanith stieß sie mit dem Schwertgriff hinunter und machte einen Schritt rückwärts, dabei trat sie auf die nächste Spinne, die unter ihrem Gewicht zerplatzte, und Tanith rutschte aus. Dann spürte sie keinen Boden mehr unter den Füßen und fiel, kam auf etwas Hartem auf, schlug einen Salto und kullerte den Abhang hinunter.

Sie rollte in rasantem Tempo durch hohes Gras, bis sie ebenes Gelände erreichte und feststellte, dass sie auf dem Übungsgrün gelandet war. Ein paar Spinnen hatten sie auf ihrem Trip begleitet und sie schaute genau in dem Moment auf, als sie sie ansprangen. Sie fiel wieder auf den Rücken, machte jedoch noch eine schnelle Bewegung aus dem Handgelenk und die Schwertklinge blitzte im Mondlicht. Eine der Spinnen kreischte. Tanith grunzte zufrieden.

Sie schaute hinauf zu dem Plateau, auf dem der Bentley stand. Eine Welle aus Dunkelheit, schwärzer als die Nacht, schwappte über den Rand und kam auf sie zu. Hunderte von Spinnenbeinen, die auf Stein und Erde klackten.

„Ich hab hier was", sagte Skulduggery an ihrer rechten Schulter. Sie hatte ihn nicht kommen hören.

Er trat vor und hob die Arme, als wollte er die Welle aus achtbeinigen Killern willkommen heißen. Tanith sah, wie er leicht die Finger krümmte, als er etwas Unsichtbares ergriff. Dann bewegte er seine Hände im Uhrzeigersinn. Ganz, ganz langsam.

Das hohe Gras schwankte in dem plötzlich aufkommenden Wind.

Dann machte Skulduggery Ernst. Seine Finger schlossen sich fester um das unsichtbare Etwas und die Hände beschrieben weite Kreise. Die Spinnen wurden hoch in die Luft gehoben und drehten sich mit einem Wirbelwind, in den immer mehr eingesaugt wurden.

Taniths Schwert befasste sich mit den wenigen, die der Tornado nicht einfing. Dann trat sie zurück und beobachtete voller Bewunderung, wie Skulduggery den Wind dirigierte. Seine Hände bewegten sich immer schneller in immer kleineren Kreisen und der Wirbelsturm zog sich enger zusammen und wurde zu einer Masse aus sich wälzenden schwarzen Leibern. Dann verschränkte Skulduggery die Hände, der Wirbelsturm fiel in sich zusammen und die Nacht war erfüllt von einem fürchterlichen Knacken. Grünes Blut, dick und schwer, spritzte in die warme Nachtluft.

Skulduggery ließ die Hände sinken und die entstellten Spinnenleiber fielen auf das Übungsgrün.

„Wir müssen zu Walküre", sagte er und wandte sich Richtung Klubhaus. Tanith folgte ihm, blieb jedoch stehen, als er stehen blieb.

Die Qual stand zwischen ihnen und dem Gebäude und die tiefschwarze Substanz trat ihm aus den Augen und rollte ihm wie Tränen über die Wangen. Sie lief ihm auch aus der Nase, den Ohren und dem Mund und breitete sich auf seiner Haut aus, sickerte in die Haare und den Bart, bedeckte seine Kleider und lief immer weiter. Seine Arme zuckten, die Finger wurden zu Klauen und seine Schuhe rissen auf, als die Beine wuchsen und die Schwärze ihn vollständig bedeckte. Er machte einen Buckel und streckte die Arme nach vorn und zwei Paar riesiger Spinnenbeine wuchsen aus seinem Körper, dehnten sich und berührten den Boden. Seine Glieder wuchsen immer weiter und sein Körper hob sich vom Boden, als sich auf seiner Stirn ein drittes Auge öffnete und blinzelte.

Er hatte aufgehört zu wachsen. Seine acht Beine klackten, sein Mund war weit offen und man konnte Zähne erkennen. Die Spinnenqual schaute auf sie herunter und klapperte mit den Kiefern.

ANGRIFF DER VAMPIRE

Walküre verließ den Festsaal und ging nach unten, vorbei an der Pokalvitrine und der „Wall of Fame" der Golfer. Als sie sich der Tür näherte, sah sie, dass draußen jemand stand. Die Türen waren aus Glas mit Klinken aus verchromtem Stahl und der Parkplatz hätte eigentlich hell erleuchtet sein müssen – doch in dem Moment war nur Dunkelheit.

Der Mann rührte sich nicht. Sie konnte lediglich seine Umrisse erkennen, nicht aber sein Gesicht.

Walküre ging langsamer. Sie spürte, dass er sie ansah. Je näher sie kam, desto mehr konnte sie erkennen. Er war nicht allein. Andere standen bei ihm.

Sie blieb stehen und schaute ihn durchs Glas hindurch an.

Der Mann griff nach der Klinke und rüttelte daran, doch die Tür ließ sich nicht öffnen. Nachts musste man dazu den Türöffner auf der Innenseite betätigen. Wollte jemand herein, musste er sich über die Sprechanlage anmelden und warten, bis ein Mitarbeiter des Hauses herunterkam und ihn hereinließ. Dusk drückte das Gesicht gegen die Scheibe und sah sie an. Seine Narbe war deutlich zu erkennen.

Als sie im Erdgeschoss irgendwo ein Fenster klirren hörte, lief sie zur Treppe und stürmte hinauf, wobei sie immer drei Stufen auf einmal nahm. Sie lief in den Festsaal, wo Musik und Lärm über sie hereinbrachen. Sie schaute sich nach etwas um, womit sie die Tür sichern konnte, fand aber nichts. Es gab keinen Schlüssel. Sie konnte sie verbarrikadieren, doch wie lange würde eine solche Barrikade standhalten? Und was sollte sie den Leuten erzählen? Was sollte sie ihren Eltern erzählen?

Und wo zum Teufel war Skulduggery?

Es musste eine Lösung geben. Sie musste verhindern, dass Leute verletzt wurden, aber sie musste es so anstellen, dass niemand Angst bekam und eine echte Gefahr witterte. Sie öffnete die Tür einen Spaltbreit.

Draußen brannte kein Licht mehr. Die Infizierten kamen die Treppe herauf.

Sie waren hinter *ihr* her. Solange sie glaubten, sie könnten sie schnappen, würden sie alle anderen in Ruhe lassen.

Walküre schlüpfte hinaus, wobei sie darauf achtete, dass die Tür hinter ihr ins Schloss fiel und die Infizierten sie sahen. Dann rannte sie zur Treppe und hinauf zum obersten Stockwerk.

Schnelle Schritte folgten ihr. Oben angekommen, schaute sie sich rasch um und orientierte sich.

Adrenalin schoss durch ihren Körper. Die Luft veränderte sich, sie spürte jemanden ganz in der Nähe und duckte sich. Gleichzeitig fuhr sie herum, beschrieb mit dem rechten Arm einen großen Bogen und traf den Infizierten am Rücken. Ihr ausgestreckter rechter Fuß brachte ihn zu Fall. Ein anderer Infizierter wollte sie packen, doch sie schlug seine Arme zur Seite und stieß ihm mit voller Wucht den Ellbogen in den Brustkorb. Er taumelte rückwärts und stürzte und die übrigen stolperten fauchend über ihn.

Sie lief den Flur entlang und in einen dunklen Raum. Fast wäre sie über einen Stuhl gefallen. Am hinteren Ende ging ein Balkon auf die Zufahrt. Sie durchquerte den Raum, die Infizierten dicht auf den Fersen, riss die Balkontür auf, stürmte hinaus und hechtete über das Geländer.

Sie hörte den Wind in ihren Ohren rauschen.

Direkt unter ihr standen weitere Infizierte vor der Eingangstür und warteten darauf, dass ihre untoten Kameraden Walküre nach draußen trieben. Als sie über sie wegflog, blickten sie überrascht auf.

Dann kam die asphaltierte Zufahrt auf sie zu und sie versuchte, mit beiden Händen die Luft zu verdichten und ihren Fall abzubremsen, aber das hier war nicht der gewohnte Sprung aus ihrem Zimmerfenster. Sie war von sehr viel weiter oben gesprungen und mit Anlauf und sie hatte die Geschwindigkeit unterschätzt …

Sie landete und schrie auf, als sie sich abrollte, Knie und Ellbogen auf den Asphalt trafen und sie bei der Drehung mit der Hüfte über den Boden schabte. Die Haut war aufgeschürft und sie blutete.

Sie hätte eine Hose anziehen sollen, sie hatte es gewusst.

Die Welt kam schaukelnd zum Stehen, balancierte sich aus und Walküre öffnete die Augen.

Die Infizierten standen da und sahen sie an, während Dusk auf sie zukam. Seine Augen waren schmale Schlitze und er hatte die Lippen hasserfüllt gespitzt.

Dann war Walküre auf den Beinen und rannte.

Alles tat ihr weh, sie spürte Blut an Armen und Beinen hinunterlaufen, doch sie ignorierte den Schmerz. Als sie sich kurz umschaute, sah sie, dass der ganze Pulk der Infizierten hinter ihr her war.

Sie lief durch das Tor und bog auf die Straße nach rechts ab, verlor einen Schuh und verfluchte die Tatsache, dass sie ihre Stiefel nicht anhatte. Die Straße war schmal und dunkel, auf der einen Seite lagen Felder, auf der anderen Reihenhausgärten.

Sie kam zu einer Kreuzung. In der einen Richtung sah sie weiter vorn Scheinwerfer, also wandte sie sich in die andere, um keine Unbeteiligten in Gefahr zu bringen. Sie bog von der Straße ab, lief hinter dem *Pizza Palace* und dem Videoverleih entlang und merkte, dass sie einen Fehler gemacht hatte, als sie hinter der nächsten Ecke Stimmen hörte. Der Pub dort hatte eine Hintertür, die von den Rauchern benutzt wurde.

Sie schwenkte scharf nach rechts und sprang über eine Gartenmauer. Einen Augenblick lang blieb sie geduckt stehen und überlegte, ob es möglich war, dass sie die Infizierten tatsächlich schon abgeschüttelt hatte.

Sie schrie auf, als Dusk auf ihr landete und sie stürzte.

„Ich halte mich von jetzt an nicht mehr an die Regeln", sagte er. Sie schaute ihn an und sah, dass er zitterte. Er zog eine Spritze aus seiner Manteltasche und ließ sie fallen. „Keine Regeln mehr. Kein Serum mehr. Dieses Mal hält mich nichts davon ab, dir sämtliche Glieder einzeln auszureißen."

Er stöhnte, als der Schmerz einsetzte.

„Es tut mir leid, dass ich dich verletzt habe", versuchte es Walküre und wich zurück.

„Zu spät. Du kannst weglaufen, wenn du willst. Mit Adrenalin darin schmeckt das Blut noch süßer."

Er lächelte und sie sah, wie sich die Reißzähne durch seinen Gaumen bohrten.

Er hob die Hände und zerrte an seinem Hemd.

Walküre stürzte sich auf ihn und er riss überrascht die Augen auf. Sie duckte sich unter ihm weg, griff nach der Spritze auf dem Boden und rammte sie ihm ins Bein.

Dusk brüllte und trat ihr in den Rücken, als er merkte, dass seine Verwandlung unterbrochen war. Er versuchte, den Rest seiner menschlichen Natur loszuwerden, doch die Menschenhaut riss am Hals. Dies war nicht das glatte Häuten, das Walküre in der Nacht zuvor erlebt hatte. Das war eklig und qualvoll.

Sie rappelte sich auf. Die Infizierten hatten Dusks schmerzerfüllten Schrei gehört und kamen angelaufen.

# DER RIESENSPINNEN-
WAHNSINN

Das Familientreffen der Edgleys spielte sich im großen Festsaal auf der Vorderseite des Gebäudes ab. Im hinteren Teil des Klubhauses war alles dunkel. Was nach Taniths Einschätzung auch ganz gut so war, denn Skulduggery flog rückwärts durch die Luft.

Die Spinnenqual wandte sich jetzt ihr zu und Tanith wich einem Hieb mit einer der Klauen aus. Sie drehte sich um und rannte los, doch die Qual war viel schneller. Tanith sprang an der Seitenwand des Gebäudes hoch und lief hinauf – ein Trick, der ihr bisher schon eine Menge Ärger erspart hatte –, aber bisher hatte sie es auch noch nie mit einer Riesenspinne zu tun gehabt.

Die Krallen klackten, als diese Tanith folgte und dabei unaufhörlich mit den Kiefern klapperte. Oben angekommen, ging Tanith ein paar Schritte übers Dach, dann drehte sie sich um und wartete auf die Qual. Die Spinnenbeine erschienen zuerst über dem Rand, dann Kopf und Körper und dann griff Tanith an. Ihr Schwert blitzte auf, traf jedoch nur eine der Panzerplatten, die den Bauch der Spinnenqual bedeckten. Die Qual holte mit einem Bein aus und versetzte ihr einen Schlag und sie verlor ihre Waffe, stürzte aufs Dach und rollte sich ab. Sie wollte nach dem Schwert greifen, doch eine Klaue stellte sich darauf.

Tanith wich zurück. Die Spinnenqual ließ noch einmal die Kiefer klappern, dann wurde es still. Die drei Augen, in denen nichts erkennbar Menschliches war, beobachteten sie. Sie wusste, dass er ohne jede Vorwarnung zuschlagen konnte.

„Entschuldige bitte", sagte sie in ausgesucht höflichem Ton, „aber ich glaube, du stehst auf meinem Schwert."

Die Spinnenqual antwortete nicht. Tanith überlegte kurz, ob die Qual überhaupt antworten *konnte*, ob in ihr noch irgendein Rest eines vernunftbegabten Wesens war.

„Ich glaube nicht, dass es wirklich fair ist", fuhr sie fort. „Du hast eine Wut auf Skulduggery, weil er Walküre nicht umgebracht hat, aber wir beide sind uns noch nie begegnet. Ich meine, du hast keinen Grund, mich anzugreifen. Du kennst mich noch nicht einmal. Wenn du dir die Zeit nehmen würdest, mich kennenzulernen, würdest du mich bestimmt mögen, da bin ich ganz sicher. Ich bin jemand, den man mögen muss. Das sagen alle."

Die Spinnenqual klapperte kurz und heftig mit den Kiefern.

„Wusstest du – und das ist jetzt Tatsache –, wusstest du, dass die meisten Spinnen ausgesprochen hässlich sind? Das stimmt. Die weiblichen Spinnen haben es deshalb ziemlich schwer. Ich habe das in einer Dokumentation gesehen. Warum bringt die Schwarze Witwe wohl die Männchen um, mit denen sie sich paart, was meinst du? Sie schämt sich, das ist der Grund. Ich will damit nicht sagen, dass du auch hässlich bist. Dieses Urteil steht mir nicht zu. Ich habe schließlich nur zwei Beine, richtig?"

Die Spinnenqual setzte sich in Bewegung. Tanith wich noch einen Schritt zurück.

„Ich wollte dich nicht beleidigen. Habe ich dich beleidigt? Das war nicht meine Absicht. Für eine Riesenspinne bist du ein echter Prachtkerl. Und, hey, das Aussehen ist schließlich nicht alles, oder? Weißt du, worauf wir Frauen wirklich stehen? Humor. Und du siehst aus wie einer, der gern lacht. Hab ich recht?"

Die Spinnenqual klapperte ärgerlich mit den Kiefern.

„Dachte ich es mir doch. So. Nachdem wir uns jetzt ein bisschen nett unterhalten haben, schlage ich vor, wir hören auf, um den heißen Brei herumzureden, und du versuchst es noch einmal."

Die Spinnenqual wurde still und Tanith lächelte zu ihr auf.

„Falls du dich traust."

Ein Augenblick verging, dann stellte die Qual sich auf die Hinterbeine, bereit zuzuschlagen. Tanith lief auf sie zu und zwischen den Beinen durch, auf denen sie stand, und schnappte sich ihr Schwert.

Die Riesenspinne drehte sich um und Tanith stach nach oben. Ihr Schwert ratschte über die Panzerplatten, bis es eine Lücke fand. Die Spinnenqual kreischte und schlug um sich und Tanith rollte sich unter ihr weg, um nicht zerquetscht zu werden.

Sie spürte einen Windhauch, als plötzlich Skulduggery auf dem Dach landete. Er spreizte die Finger und die Luft begann zu pulsieren. Sie fuhr unter die Spinne und drehte sie auf den Rücken. Die Beine zappelten und kickten in die Luft. Tanith sprang dazwischen, landete auf ihrem Bauch und stach mit der Schwertspitze zwischen die Panzerplatten.

Die Spinnenqual hörte augenblicklich auf zu zappeln.

„Braver Junge", sagte Tanith.

Skulduggery ging um die Spinnenqual herum, damit er ihre Augen sehen konnte. „Da du weißt, wann es keinen Sinn mehr hat, sich zu wehren, gehe ich davon aus, dass du immer noch logisch denken kannst, deshalb sage ich das Folgende nur einmal: Entweder du gehst auf unsere Bedingungen ein oder wir schaffen dich aus dem Weg. Wir haben heute Nacht noch etwas Wichtiges vor und meine Partnerin ist in Gefahr und meine Geduld erschöpft. Also, was willst du – weiterkämpfen oder einen Deal machen?"

Sekundenlang glaubte Tanith nicht, dass Skulduggery eine Antwort bekommen würde. Doch dann öffnete sich das Spinnenmaul mit den gewaltigen Zähnen und die Stimme eines alten Mannes krächzte.

„Ich höre."

ZÄHNE UND KLAUEN

Walküre rannte zur nächsten Mauer und hechtete in den angrenzenden Garten. Die Mauer auf der Rückseite des Gartens war etwas höher, deshalb streckte sie die Arme aus und machte eine schnelle Bewegung mit den Händen, während sie darauf zulief. Die Luft kräuselte sich und Walküre wurde nach oben getragen, bekam die Mauerkrone zu fassen, zog sich vollends hoch und rollte sich darüber. Der Garten, in dem sie nun landete, war dunkel, die Mauer warf einen tiefen Schatten auf das Gras und sie lief seitlich am Haus vorbei nach hinten.

Sie kam auf eine schmale Straße und wandte sich nach links. Ihre Lunge brannte mit einer Intensität, die sie mochte, es war dieselbe Intensität, die sie spürte, wenn sie schwamm. Sie wusste, dass sie mit diesem Feuer in sich ewig weiterlaufen konnte. Sie bog in eine noch schmalere Straße ab, eher eine Gasse als sonst etwas. Hinter sich hörte sie ihre Verfolger. Der Pulk der Infizierten war jetzt weiter auseinandergezogen, aber die schnellsten holten beständig auf. Sie lief an ihrem Haus vorbei.

Direkt vor ihr lag der Pier und sie hielt darauf zu. Das Meer war in dieser Nacht ziemlich aufgewühlt, sie hörte sein kraftvolles Rauschen und wusste, dass es nicht einfach werden würde, aber sie hatte keine andere Wahl. Sie waren direkt hinter ihr.

Wussten sie es? Hatte Dusk ihnen von ihrer Reaktion auf Salzwasser erzählt? Ein Gedanke schoss ihr durch den Kopf. Das waren noch keine echten Vampire, nur Infizierte. Ob das Wasser trotzdem die tödliche Wirkung hatte? Sie hatte keine Zeit, länger darüber nachzudenken. Etwas anderes fiel ihr nicht ein und somit war es die einzige Möglichkeit, die sie noch hatte.

Walküre lief zur Kaimauer und sprang, so wie sie es als Kind unzählige Male getan hatte. Sie kam auf dem Wasser auf und es griff nach ihr und schluckte sie vollständig. Sie kickte mit den Beinen und schoss wieder an die Oberfläche. Jetzt hatte sie auch den zweiten Schuh verloren. Es war zu dunkel, als dass die Infizierten hätten sehen können, was unter ihnen lag, und sie hatten keine Ahnung, dass es nur eine einzige Stelle gab, von der aus man unbeschadet springen konnte. Walküre hörte Schmerzensschreie, vermischt mit den ekligen Geräuschen, wenn sie wie damals JJ Pearl auf den Felsen aufschlugen.

Aber auch sie war noch nie nachts hier geschwommen, das Wasser fühlte sich fremd an und die Wellen hatten enorme Kräfte. Sie zerrten an ihr und drohten sie hinunterzuziehen oder weg vom Ufer, aber sie widerstand ihnen. Immer mehr Infizierte landeten um sie herum im Wasser und gerieten sofort in Panik. Sie hörte ihre Schreie, die sehr bald erstickten, da ihre Luftröhren sich rasch verengten. Einer von ihnen packte Walküre in seiner Verzweiflung und zog sie unter Wasser.

Sie wand sich, bog die Finger auf, die sich um ihren

Arm krallten, und trat den Infizierten weg. Er verschwand in der kalten Dunkelheit, aber sie war zu weit unten und das Meer zu rau. Sie würde ebenfalls ertrinken.

Ein Bild kam ihr in den Sinn – Skulduggery, wie er im Jahr zuvor aus den Wellen gestiegen und übers Wasser gegangen war. Ihre Ausbildung. Sie musste sich an ihre Ausbildung erinnern. Skulduggery hatte ihr alles beigebracht, was sie wissen musste. Sie musste nur ruhig werden und sich konzentrieren.

Walküre ignorierte die Schmerzen in ihrer Lunge und holte die Hände an den Körper. Sie spürte die Strömung, die versuchte, sie nach unten zu ziehen, spürte ihre Kraft und Schnelligkeit, aber sie hörte auf, dagegen anzukämpfen, und überließ sich ihr, ergab sich, bis sie ein Teil von ihr war. Sie bog die Finger wie Krallen und zum ersten Mal wurde sie sich des Wassers als einer Masse aus gegensätzlichen Kräften bewusst. Sie spürte diese Kräfte unter und über sich und ringsherum. Sie hakte sich in sie ein und drehte sich um.

Die Strömung veränderte sich hinter ihr und dann schwamm sie, getragen vom Wasser. Sie glitt an den um sich schlagenden Infizierten vorbei, durchbrach die Wasseroberfläche und holte tief Luft. Sie warf die Arme nach vorn und hängte sie wieder in die Strömung, ging unter und dachte eine Schrecksekunde lang, sie hätte die Situation falsch eingeschätzt. Doch bald hatte sie sich wieder unter Kontrolle und lenkte die Strömung so gut sie konnte Richtung Ufer. Dann ließ sie los und das Wasser um sie herum wurde glatt – relativ glatt – und sie schwamm, bis sie Boden unter den Füßen hatte und stehen konnte.

In tiefen Zügen füllte sie ihre Lunge mit Luft und schaute zurück zum Pier. Wegen der Lampen vor ihr, die alles zu einer kompakten schwarzen Masse werden ließen, konnte sie nichts erkennen. Sie hievte sich aus dem Wasser. Es herrschte Flut, sodass kaum Ufer da war, an das sie wanken konnte, doch es gelang ihr, sich auf den verbliebenen Strandstreifen zu schleppen. Und dann kam etwas aus der Dunkelheit und schlug sie nieder und sie landete im Sand.

Sie schlug um sich und wälzte sich herum, doch da war noch jemand und eine Faust traf sie im Gesicht. Die Umrisse eines Mannes, der leicht gebückt über ihr stand.

Dusk.

Das Menschenfleisch, das er versucht hatte loszuwerden, klebte an manchen Stellen noch an seiner Vampirhaut. An der rechten Hand hatte er Krallen, doch die linke war noch eine Menschenhand. Sein Gesicht war das eines Mannes, eines ehemals gut aussehenden Mannes, der nun eine Narbe hatte, aber die Vampirzähne hatten sein Zahnfleisch durchstoßen und ihm die Lippen aufgerissen.

Walküre spreizte die Finger und wartete, bis ihr Kopf klar wurde. Dusk rührte sich nicht.

Sie streckte die Hand aus und jetzt bewegte auch er sich, packte ihre Handgelenke, bevor sie gegen die Luft drücken konnte. Er riss sie hoch und wirbelte sie herum, packte sie von hinten und legte ihren Hals frei.

Walküre erstarrte.

Der Vampir lachte kehlig. „Ich werde dich nicht umbringen. Ich werde dich umwandeln. Du wirst sein wie ich."

Sie wollte reden, etwas sagen, brachte jedoch nichts heraus. Sie spürte seinen Atem auf ihrer Haut.

„Weißt du, wen du als Erstes umbringen wirst, Unruh?", fragte er. „Weißt du, wen du in Stücke reißen wirst, weil der Blutrausch das Einzige ist, das zählt? Deine Eltern."

„Nein", keuchte sie.

„Für das, was du mir angetan hast, für die Narbe, die ich von dir habe, und für die Schmerzen, die ich jetzt wegen dir aushalten muss, wirst du mich einmal anflehen, deine Eltern umbringen zu dürfen. Dafür werde ich sorgen, wenn es so weit ist."

Und dann eine Stimme: „Dusk."

Der Vampir drehte sich um und da war jemand, der sie aus der Dunkelheit heraus ansprang. Walküre spürte einen Aufprall und fiel nach vorn. Sie hörte, wie auch der Vampir im Sand landete. Er knurrte. Sie drehte den Kopf und sah zwei Gestalten, die sich ineinander verhakten.

Derjenige, der sie gerettet hatte – sie hatte gedacht, es sei Skulduggery, erkannte nun aber, dass er es nicht war –, war schnell, so schnell wie Dusk. Er trug einen abgerissenen Anzug und einen verbeulten Zylinder.

Dusk holte zum Schlag aus und die Gestalt mit dem Zylinder duckte sich und ihre Fingernägel ratschten über den Bauch des Vampirs, dass es blutete.

Dusk ließ ein wütendes Gebrüll hören und die Gestalt trat ihm mit dem Fuß ins Gesicht. Dusk fiel nach hinten, griff aber sofort wieder an, erwischte den Neuen mitten im Sprung und beide landeten in der Brandung. Klauen schlugen zu und der Mann im Zylinder schrie auf.

Walküre griff nach einem Stein, flach, aber dick und schwer. Dusk war wieder auf den Beinen, stand über dem Neuen und Walküre lief hin und schlug ihm mit dem Stein auf den Hinterkopf. Dusk knickte etwas ein, der Neue hob den Fuß und trat Dusk mitten ins Gesicht.

Walküre testete die Luft zwischen ihnen, streckte beide Hände mit gespreizten Fingern aus. Sie traf Dusk im Rücken und er stürzte ins Wasser.

Der Neue war wieder auf den Beinen, sprang plötzlich kerzengerade in die Luft und verschwand in der Dunkelheit.

Dusk krabbelte aus dem Wasser, das menschliche Gesicht von Hass verzerrt. Der Mund, den er, um kein Salzwasser schlucken zu müssen, fest zugepresst hatte, öffnete sich jetzt zu einem gefährlichen Knurren. Den Mann im Zylinder konnte er nicht sehen, aber Walküre stierte er voller Wut an und ging auf sie zu. Im letzten Moment schaute er hoch und sah gerade noch, wie der Neue von oben auf ihn herunterschoss.

Die Absätze des Neuen krachten in Dusks nach oben gewandtes Gesicht, der Vampir brach zusammen und fiel in den nassen Sand.

Walküre sah zu, wie der Mann im Zylinder seine Wunden untersuchte und leise vor sich hin murmelte.

„Ist er tot?", fragte sie.

„Nö", antwortete der Fremde leicht atemlos, „er schläft nur." Er sprach mit einem deutlichen Londoner Akzent. „Leute zu retten ist normalerweise nicht mein Ding, aber wenn er hinter dir her war, geh ich mal davon aus, dass du was mit Vengeous zu tun hast. Hab ich recht?"

„Na ja … ich versuche, ihn aufzuhalten, ja."

„Ist in Ordnung. Sie ham mich dazu gekriegt, dass ich ihnen 'nen Gefallen tu. Hat mir nicht gepasst. Und jetzt bin ich hier und tu *dir* 'nen Gefallen. Der große Kerl, du weißt schon, der Hässliche, sie haben ihn zum Clearwater-Hospital geschafft. Keine Ahnung, ob du was mit der Information anfangen kannst, aber wenn sie hilft, Sanguins Pläne zu durchkreuzen, soll's mir recht sein."

Er zog den Hut vor ihr und ging.

Sie runzelte die Stirn. „Du bist Springer-Jack."

Er blieb stehen und drehte sich um. „Der bin ich, meine Liebe."

„Du gehörst zu den Bösen."

Sein Lächeln war frostig. „Auch richtig."

Sie wich zurück. „Du solltest im Gefängnis sein. Tanith hat dafür gesorgt."

Jetzt war Jack es, der die Stirn runzelte. „Du kennst Tanith Low?"

„Natürlich."

„Ist sie … ist sie hier?"

„Sie ist irgendwo in der Nähe, ja. Zusammen mit Skulduggery."

„Oh, verfluchte Kacke", sagte Jack und blickte sich nervös um. „Das ist schlecht. Hab ich ihnen grad geholfen?"

„Kann man so sagen."

„Oh, du liebe … du liebe Zeit. Das ist wieder mal … das ist wieder mal typisch, ist das. Sag keinem von beiden, dass ich hier war, ja? Ich hab dir Dusk vom Hals gehalten. Und das kannst du wörtlich nehmen: vom Hals gehalten. Du musst mir versprechen, dass du ihnen nichts sagst."

„Wirst du das Land verlassen?"

„Jetzt sofort."

„Dann sage ich es ihnen morgen. Falls wir noch leben."

„Du bist 'ne anständige Lady, das bist du. Gut' Nacht dann. Und viel Glück."

Und mit einem Satz und einem Sprung war Springer-Jack verschwunden.

DIE STERBEN WERDEN ...

Der Schatten der Erde schob sich langsam über das runde Gesicht des Mondes.

Der Konvoi hielt auf einer einsamen Straße an, Scheinwerfer und Motoren wurden ausgeschaltet. Die Sensenträger sprangen von den Ladeflächen der Lastwagen. Sie machten keinerlei Geräusch, als sie sich aufstellten und auf Anweisungen warteten.

Walküre schwang das Bein über Taniths Motorrad und nahm den Helm ab. Sie war nervös. Ihre Zähne wollten einfach nicht aufhören zu klappern und sie schwitzte an den Händen.

„Wie fühlst du dich?", fragte Tanith leise.

„Gut", log Walküre. „Wirklich großartig. Wir stehen kurz davor ... also, wir stehen doch gerade kurz davor, gegen einen *Gott* zu kämpfen."

„Teile von einem Gott", korrigierte Tanith, „und Teile von etlichem anderen."

Walküre schaute sie an und schüttelte bewundernd den Kopf. „Du freust dich darauf, stimmt's?"

„Himmel, ja! Ich meine, gegen einen *Gott* kämpfen, einen Teilgott, Hybridgott, was auch immer ... Das ist eine große Sache, wie du gesagt hast. Das ist eine Wahnsinnssache! Ich habe im Lauf der Zeit gegen alles Mögliche gekämpft, aber gegen einen Gott! Angenommen, ich überlebe das hier – was sind dann meine nächsten Ziele? Was kann den Kampf gegen einen Gott toppen?"

„Keine Ahnung", erwiderte Walküre. „Ein Kampf gegen zwei Götter?"

Der Bentley hielt und Skulduggery und Mr Bliss stiegen aus. Skulduggery nahm Hut und Schal ab und legte sie aufs Wagendach.

Als die beiden näher kamen, nahmen die Sensenträger Haltung an. Walküre verspürte den unlogischen Drang zu salutieren. Sie konnte sich gerade noch beherrschen.

„Billy-Ray Sanguin und das Groteskerium sind in einem ehemaligen Krankenhaus gleich nördlich von hier", sagte Bliss, an alle gewandt. „Der unter dem Namen Dusk bekannte Vampir ist zurzeit in unserer Gewalt, doch der Aufenthaltsort von Baron Vengeous ist weiter unbekannt. Wir können davon ausgehen, dass er auf dem Weg hierher ist. Er will die Rückkehr der Gesichtslosen bestimmt nicht verpassen."

Skulduggery ergriff das Wort: „Ich möchte, dass ihr alle wisst, dass wir die erste Verteidigungslinie sind. Genau genommen sind wir die *einzige* Verteidigungslinie. Falls wir scheitern, wird es für die anderen – wer immer das sein wird – nicht mehr allzu viel zu tun geben. Was ich damit sagen will, ist, dass Versagen an dieser Stelle keine wirklich clevere Alternative ist. Wir *dürfen* nicht versagen. Hat das jeder verstanden? Versagen ist negativ und wir tun uns auch auf lange Sicht keinen Gefallen damit und ich glaube, ich habe jetzt den Faden verloren und weiß nicht mehr, was ich eigentlich sagen wollte. Aber ich weiß, womit ich angefangen habe, und das müsst ihr euch merken. Hat jemand meinen Hut gesehen?"

„Du hast ihn aufs Autodach gelegt, als du deinen Mantel ausgezogen hast", sagte Walküre.

„Tatsächlich? Ausgezeichnet."

„Wir werden in zwei Wellen angreifen", erklärte Bliss und steuerte damit zurück in strategisch relevante Bereiche der Besprechung. „Die erste Welle besteht aus Tanith Low, Walküre Unruh, Skulduggery Pleasant und mir. Die zweite besteht aus euch Sensenträgern."

„Wir ergreifen unsere Chance *jetzt*", fuhr Skulduggery fort, „bevor Vengeous kommt und wir an zwei Fronten kämpfen müssen. Die erste Welle wird das Groteskerium schwächen. Wir werden es angreifen mit allem, was uns zur Verfügung steht, und ihm keine Zeit lassen, sich per Teleportation irgendwo hinzubefördern oder zu heilen. Sobald wir sehen, dass es Schaden genommen hat, rufen wir die zweite Welle auf den Plan. Hat noch jemand Fragen? Nein? Niemand? Keine Fragen? Sicher?"

Bliss wandte sich an ihn: „Es scheint keine Fragen zu geben."

Skulduggery nickte. „Sie sind schwer in Ordnung."

Auf ein Zeichen von Bliss hin teilten sich die Sensenträger in Gruppen auf. Skulduggery und Walküre traten beiseite.

„Ich war einmal so gut in solchen Sachen", sagte Skulduggery leise.

„Meine Moral hat mächtig Auftrieb bekommen", informierte Walküre ihn.

„Wirklich?"

„Himmel, nein! Das war *fürchterlich*."

Tanith und Bliss kamen dazu und sie traten zwischen die Bäume.

Walküre versuchte, so leise wie möglich zu sein, aber die anderen bewegten sich absolut geräuschlos. Ringsherum wimmelte es von Sensenträgern. Ihre graue Uniform verschmolz mit der Dunkelheit, bis sie nur noch leise Andeutungen von Menschen waren.

Hinter den ersten Bäumen blieben sie stehen. Vor ihnen lag hinter einem alten Eisenzaun das Hauptgebäude des Krankenhauses. Der schwarze Jeep parkte davor und gerade trat Sanguin aus der Tür, ein Handy am Ohr.

„Okay", sagte Sanguin. Seine Stimme wurde in der Stille der Nacht klar und deutlich zu ihnen herübergetragen. „Jetzt höre ich Sie besser, reden Sie weiter."

Während Sanguin auf was immer am anderen Ende der Leitung gesagt wurde lauschte, beobachtete Walküre ihre Begleiter und merkte plötzlich, dass Skulduggery nicht mehr bei ihnen war. Sie schaute wieder zu Sanguin hinüber.

„Das war's dann?", sagte er gerade. „Ich verschwinde einfach? Nö, der hässliche Blindgänger ist da hinten und steht sich die Beine in den Bauch."

Walküre kniff die Augen zusammen und spähte in die Dunkelheit hinter Sanguin. Etwas bewegte sich. Skulduggery.

Sanguin redete weiter. Dass der Skelettdetektiv sich anschlich, hatte er noch nicht gemerkt. „Ich bin mir ziemlich sicher, dass der Vampir ausgeschaltet wurde, um den brauchen wir uns keine Gedanken mehr zu machen. Und was ist mit unserem Freund, dem Baron?"

Walküre runzelte die Stirn. Mit wem redete Sanguin nur?

„Sind Sie sicher? Ich soll nicht …? Nein, nein, ich stelle Ihre Entscheidungen nicht infrage, ich wollte nur … Ja, ich weiß, wer mich bezahlt. Hey, das ist nicht mein Problem. Wenn Sie es so haben wollen, verschwinde ich jetzt."

Er steckte das Handy in die Tasche und grinste.

„Dann mach's mal gut, Baron", sagte er leise, drehte sich um und lief direkt in Skulduggerys Faust.

Er wankte und griff nach seinem Messer, doch Skulduggery versetzte ihm einen Schlag aufs Handgelenk, sodass sich seine Finger öffneten und das Messer davonflog. Er holte aus und Skulduggery blockte ab und Sanguin krachte Kopf voraus in den Jeep und sackte dann in sich zusammen.

Skulduggery hob das Messer auf und warf es weg, dann gab er den anderen ein Zeichen herüberzukommen. Sie verließen das Wäldchen. Das große Tor war bereits aufgebrochen worden und sie gingen durch. Skulduggery hatte Sanguins Telefon in der Hand und checkte die Liste mit den letzten Kontakten.

„Wer immer das war", sagte er, „die Nummer ist unterdrückt."

„Sanguin hat die ganze Zeit Befehle von jemand anders entgegengenommen", überlegte Tanith laut. „Du hast vorhin von Leuten gesprochen, die sich in einflussreichen Positionen befinden, Leute, die Guild zu seinem Posten als Großmagier verholfen und uns um die internationale Unterstützung gebracht haben. Er arbeitet für *sie*."

„Und Vengeous weiß es nicht", fügte Walküre hinzu.

Skulduggery steckte das Handy ein. „Das ist ein Rätsel, das wir morgen lösen. Vorausgesetzt, es gibt ein Morgen."

Er wandte sich an Bliss und nickte. Bliss nahm kurz Anlauf und sprang, bekam die Dachrinne zu fassen und zog sich mühelos hinauf. Tanith verlagerte ihren Schwerpunkt und marschierte an der Wand hoch. Skulduggery fasste Walküre um die Taille und die Luft glitzerte, als sie nach oben schossen und weich auf dem Dach landeten. Fast geräuschlos überquerten sie den First.

Um einen großen, asphaltierten Hof herum standen vier gedrungene alte Bauten. In dem Hof gab es eine kleine grüne Insel, in der ein schwächelnder Baum ums Überleben kämpfte.

Genau in der Mitte stand reglos das Groteskerium.

Um die Taille hatte es eine Art Schürze aus dickem schwarzem Leder gebunden, die hinten bis auf den Boden reichte.

Da unten im weichen Mondlicht schien es absolut fehl am Platz. In einer so wunderschönen Nacht sollte es etwas derart Hässliches nicht geben dürfen. Sein rechter Arm glänzte und die Beule am linken Handgelenk war mit gelbgrüner Säure gefüllt. Das silberne Mondlicht beschien bis ins ekligste Detail seinen zertrümmerten offenen Brustkasten und die Binden auf seinem Gesicht waren von schwarzem Blut getränkt.

Walküre und die anderen kauerten sich hin. Die Sensenträger bezogen auf den Dächern um den Hof herum Stellung.

In Walküres Magen grummelte es. Ihre Fingerspitzen prickelten. Sie musste etwas tun, und zwar schnell. Die Erwartung, die Aufregung, die Angst und die Panik waren fast nicht mehr auszuhalten. Ihre erste Begegnung mit dem Groteskerium war nicht besonders gut gelaufen. Jetzt waren sie mehr. Sie waren stärker, aber das Groteskerium war auch stärker. Sie fragte sich, ob sie wohl stark genug waren, um es umzubringen.

Es war, als hätte Skulduggery ihre Gedanken gelesen. „Dieses Ding", sagte er leise, „der Teil von ihm, der ein Gesichtsloser war, ist schon einmal gestorben. Es kann wieder passieren."

Sie nickte stumm.

Skulduggery sah zu Mr Bliss hinüber und der nickte. Er richtete sich auf, machte einen Schritt vom Dach und ließ sich hinunterfallen in den Hof. Tanith lief an der Seitenwand hinunter und zog dabei ihr Schwert aus der Scheide. Skulduggery und Walküre sprangen. Sie manipulierten die Luft unter sich, sodass der Sprung problemlos vonstattenging. Walküre landete hart, aber aufrecht und stolperte nicht einmal.

„Ich dachte mir, dass wir uns das Überraschungsmoment zunutze machen", sagte sie, als sie auf ihr Opfer zugingen.

„Das gab es nie", erwiderte Skulduggery gelassen. „Es wusste die ganze Zeit, dass wir hier sind."

Die vier trennten sich und näherten sich dem Groteskerium aus verschiedenen Richtungen.

Bliss vergeudete keine Zeit mit Worten, Drohungen, Schwüren oder Forderungen, er marschierte direkt darauf zu und versetzte ihm einen Schlag. Walküre spürte die Erschütterung, doch das Groteskerium machte keinen Mucks. Es schaute ihn durch die Binden an, dann holte es mit der rechten Faust aus und schlug zu.

Bliss flog rückwärts und durchbrach die Mauer des alten Gebäudes hinter ihm.

Skulduggery rückte vor und Tanith sprang. Ihr Schwert blitzte im Mondlicht.

Der rechte Arm des Groteskeriums wickelte sich ab und die Klauen schossen auf Skulduggery zu. Sie zerrissen sein Jackett, er wurde gepackt und hochgehoben und in Richtung Tanith geschwenkt. Die drehte sich mitten im Sprung, stieß sich von Skulduggerys Schulter ab und schlug einen Salto über den Kopf des Groteskeriums.

Skulduggery konnte sich befreien und das Groteskerium bildete seinen Arm zurück und schwang die gewaltige Faust. Skulduggery verdichtete die Luft, um den Schlag abzublocken, und Tanith fügte dem Groteskerium eine tiefe Wunde mit dem Schwert zu, die sofort wieder heilte.

Walküre schnippte mit den Fingern, verwandelte die Funken in Feuerbälle und schleuderte sie auf das Groteskerium. Der erste verfehlte es, doch der zweite explodierte an seiner Hüfte.

Der Stachel schoss aus dem Handgelenk und Tanith duckte sich, dann griff sie erneut an und rammte ihm das Schwert in die Brust. Das Groteskerium schlug ihr auf den Arm und der Knochen brach. Tanith schrie auf und wurde weggeschoben. Das Groteskerium entfernte das Schwert aus seiner Brust und ließ es fallen und die Wunde heilte.

Bliss kroch aus dem Loch, das er mit seinem Körper in die Mauer geschlagen hatte, und klopfte sich den Staub vom Mantel, als sei es lediglich lästig, durch eine Mauer geworfen zu werden. Doch der erste Schritt, den er machte, war etwas unsicher. Er war verletzt.

Skulduggery griff in seine Jackentasche und zog seine Pistole heraus. Dann griff er mit der anderen Hand in die andere Tasche und zog genau dieselbe Pistole noch einmal heraus. Er entsicherte beide und feuerte. Zwölf Schüsse, alles Treffer. Dann ließ er die Pistolen fallen und lief los. Walküre sah etwas in seiner Hand, einen Metallzylinder, an dem ein Metalldorn saß.

Skulduggery sprang hoch und stieß den Dorn in dieselbe Stelle, auf die er geschossen hatte. Das Groteskerium packte ihn und schleuderte ihn weg, doch auf dem Zylinder war ein rotes Licht und es blinkte.

Bei der Explosion fiel Walküre auf die Knie. Ihre Ohren klingelten und vor ihren Augen tanzten helle Flecken. Sie schaute sich um, voller Hoffnung, doch das Groteskerium stand immer noch da, als sei nichts geschehen.

Eine Wunde an seinem Arm klaffte für den Bruchteil einer Sekunde auf, gerade so lange, dass ein schwarzer Blutstropfen heraussickern konnte, dann schloss sie sich wieder. War es doch geschwächt?

Tanith sammelte ihre Kräfte und sprang. Das Groteskerium fuhr den Arm aus und schlug sie weg. Ihr Körper drehte sich im Fallen und als sie auf dem Boden landete und wieder aufstehen wollte, ging es nicht.

Das Groteskerium hob den linken Arm und Walküre hechtete los. Sie streckte beide Hände Richtung Tanith aus, erspürte den Abstand, spürte, wie sie miteinander verbunden waren, und als der Stachel aus dem Wulst schoss, drückte sie und die Luft kräuselte sich. Tanith wurde wie ein welkes Blatt über den Boden geblasen, sodass der Stachel sie verfehlte.

Als Walküre aufschaute, musste sie feststellen, dass das Groteskerium seine gesamte Aufmerksamkeit nun auf sie gerichtet hatte.

„Die Sensenträger", flüsterte sie, „kann bitte jemand den Sensenträgern ein Zeichen geben …"

Und dann war Bliss da, stand zwischen Walküre und dem heranrückenden Groteskerium.

Statt anzugreifen, legte ihm Bliss beide Hände auf die Brust und drückte. Die Kreatur ging unbeirrt weiter. Bliss stemmte sich in den Boden, doch er wurde langsam zurückgeschoben. Walküre hörte ihn ächzen vor Anstrengung. Nicht einmal Bliss' legendäre Kraft konnte das Ding aufhalten.

Und dann kam es überraschend ins Stocken.

Bliss holte noch einmal alles aus sich heraus, woraufhin das Groteskerium tatsächlich einen Schritt zurückweichen musste.

Tanith hievte sich auf ein Knie und hatte sich schließlich wieder aufgerichtet. Das Groteskerium war stehen geblieben und schien Bliss in Augenschein zu nehmen. Es hob die linke Hand.

„Tanith?", sagte Bliss zwischen zusammengebissenen Zähnen. Sein Gesicht war schweißüberströmt. „Wenn es dir nichts ausmachen würde ..."

Tanith warf Walküre einen raschen Blick zu. „Schwert."

Walküre streckte die Hände aus, testete die Luft, verdichtete sie um das am Boden liegende Schwert, machte eine Bewegung aus dem Handgelenk heraus und das Schwert flog vom Boden auf und in Taniths linke Hand. Tanith holte bereits aus, als der Stachel erneut aus dem Wulst schoss. Ihre Klinge fing ihn ab, bevor er Bliss erreichte.

Die Stachelspitze fiel auf den Boden. Walküre und Tanith blickten auf sie hinunter.

„Ich habe es verletzt", sagte Tanith ungläubig.

„Wurde auch Zeit", murmelte Bliss, holte mit der rechten Hand aus und versetzte dem Groteskerium einen allmächtigen Schlag, der es rückwärtstaumeln ließ.

„Sensenträger!", brüllte Bliss. „Zum Angriff!"

AUG IN AUGE MIT DEM BARON

Das Groteskerium ließ die Arme wirbeln und schlug zu und drei Sensenträger flogen durch die Luft, aber sofort waren andere da, um ihren Platz einzunehmen.

Skulduggery und Walküre standen nebeneinander. Tanith stützte ihren gebrochenen Arm. Bliss war ein paar Schritte nach hinten gegangen, um Atem zu schöpfen.

Sie verfolgten den Angriff der Sensenträger und es war ein erhebender Anblick. Sie waren ein perfektes Team, bewegten sich lautlos und ohne auf Befehle angewiesen zu sein. Sie wussten, was zu tun war, und gaben sich gegenseitig Deckung, glichen verletzungsbedingte Schwächen aus, standen bereit, wenn Verstärkung notwendig war, und lenkten ab. Sie gönnten dem Groteskerium keinen einzigen Moment Erholung.

Walküre sah, wie die Beule an seinem linken Handgelenk sich zusammenzog und Säure verspritzte. Ein Sensenträger bekam die volle Ladung ab. Während er zu Boden ging, versuchte er noch, sich den Mantel herunterzureißen, starb jedoch, bevor es ihm gelang.

Der rechte Arm des Groteskeriums wickelte sich wieder ab. Alle fünf Klauen hakten sich in einen anderen Sensenträger und wurden wieder herausgerissen. Der

Sensenträger flog wie eine Lumpenpuppe durch die Luft.

Ein Sensenhieb über die Achillessehne brachte das Groteskerium zum Wanken. Nach einem weiteren Hieb über den Rücken spritzte schwarzes Blut auf den Boden. Es schlug wild um sich, traf jedoch nichts als Luft und fiel auf ein Knie. Die Sensenträger umschwärmten es, als es sich zu heilen versuchte.

Und gerade als es so gut lief, ging alles schief.

Hinter ihnen ertönte eine Stimme: „*Barbaren!*", und sie drehten sich um.

Baron Vengeous war zurückgekommen.

Er stand auf demselben Dach, auf dem auch sie gestanden hatten, und die Schatten züngelten wütend um ihn herum. Seine Rüstung veränderte sich, bekam scharfe Kanten und als er vortrat, glitten die Schatten über die Dachrinne und hinunter auf den Boden. Er trat auf Dunkelheit und die Dunkelheit senkte ihn ab auf den Hof.

Die Sensenträger brachen ihren Angriff ab. Das Groteskerium lag auf den Knien. Sein Körper versuchte, die Wunden zu heilen, die ihm beigebracht worden waren. Es stand nicht auf.

„Wie könnt ihr es wagen!", donnerte Vengeous, während er auf sie zukam. „Wie könnt ihr es wagen, einen *lebendigen Gott* anzugreifen!"

„Das Ding ist kein Gott", korrigierte ihn Skulduggery, „und es lebt auch nicht mehr lange."

Walküre betrachtete die Schatten um Vengeous genauer. Er schien einen Klumpen Dunkelheit hinter sich herzuziehen. Plötzlich öffnete sich die Dunkelheit und entließ ihre Gefangene: China Sorrows kullerte auf die Erde. Vengeous ließ sie einfach liegen.

Bliss stellte sich ihm in den Weg.

„Keinen Schritt weiter", sagte Bliss.

„Dann halte mich auf", fauchte Vengeous.

„Das ist meine Absicht", erwiderte Bliss und schlug zu.

Vengeous hob eine Hand und Schatten bildeten eine Barrikade. Bliss' Faust krachte hinein und sie hörten alle, wie seine Knöchel knackten.

Die Rüstung veränderte sich erneut, verstärkte Vengeous' Faust und er lächelte, als er seinerseits zuschlug.

Er traf Bliss unter dem Kinn. Der wurde hochgehoben und flog durch die Luft.

Skulduggery hob seine frisch geladene Pistole und feuerte auf den Kopf des Barons. Die Schatten wurden zu einer dichten Wolke vor Vengeous' Gesicht, saugten die Kugeln auf und spuckten sie wieder aus. Als das Magazin leer war, verzogen die Schatten sich wieder.

„Das hat jetzt nicht funktioniert", murmelte Skulduggery.

„Sensenträger", sagte Tanith, „wir haben ein neues Ziel."

Tanith stürmte los und die Sensenträger setzten zum Sprung an.

Vengeous streckte den Arm kerzengerade aus.

„Oh verdammt", war alles, was Skulduggery noch sagen konnte, bevor aus Vengeous' Hand eine Welle aus Dunkelheit hervorbrach und in Tanith und die Sensenträger hineindonnerte. Skulduggery packte Walküre und drückte sie auf den Boden, sodass die Dunkelheit über sie wegzog. Aus den Augenwinkeln sah sie, wie alle anderen bewusstlos zusammenbrachen.

Einen Augenblick lang rührte sich nichts, dann streckte Vengeous erneut den Arm aus und ein Schattenband schlang sich um Skulduggery und zog ihn näher heran.

Walküre spürte, wie sich etwas um ihren Fußknöchel legte und sie über den Boden zog. In der Mitte des Hofes ließen die Schatten sie los und sie fand sich neben Skulduggery wieder. Vengeous schaute auf sie herunter.

„Ich bin fast beeindruckt. Es ist euch tatsächlich gelungen, das Groteskerium zu verletzen. Eine solche Großtat hätte ich euch gar nicht zugetraut."

„Wir stecken voller Überraschungen", erwiderte Skulduggery und sprang. Ein Schattenstück warf ihn zurück auf den Boden. Stöhnend rollte er herum. „Das war jetzt wohl keine."

„Bis jetzt hat noch keiner von euch wirklich verstanden, was Sache ist, oder?", fragte Vengeous. „Ihr stellt keine Bedrohung mehr dar. Ich bin der mächtigste Zauberer auf diesem Planeten. Wenn die Gesichtslosen zurückkehren, werde ich an ihrer Seite regieren. Was wollt ihr gegen mich ausrichten?"

Skulduggery stand auf und Walküre stellte sich neben ihn.

„Baron Vengeous", sagte Skulduggery, „ich nehme dich hiermit fest."

Vengeous lachte. Walküre schaute an ihm vorbei auf China, die sich kaum merklich bewegte. Ihre weiße Hose war aufgeschlitzt und zerrissen, die Weste schmutzig und voller Blut.

„Endlich sind wir am Ziel", sagte Vengeous, „und ich frage mich, ob du – im Gegensatz zu China – deine Lektion gelernt hast. Bist du bereit zu akzeptieren, dass die Welt den Gesichtslosen gehört? Bist du bereit, ihren Namen zu preisen?"

„Noch sind sie nicht hier, Baron", erwiderte Skulduggery.

„Aber sie kommen. Das muss dir klar sein. Das Groteskerium wird sie rufen und sie werden den Weg zurück kennen. Und korrigiere mich, falls ich mich irre, aber mir scheint, du hast keine Verstärkungstruppen mehr."

„Wer sagt denn, dass wir welche brauchen?", erwiderte Skulduggery und machte eine rasche Bewegung aus dem Handgelenk. Die Luft kräuselte sich und Vengeous trat zur Seite und holte aus. Eine Welle aus tiefschwarzer Dunkelheit traf Skulduggery und entzog ihm den Boden unter den Füßen.

Walküre duckte sich unter einem Konterschlag weg und hob zwei Kieselsteine vom Boden auf. Sie legte die Handflächen aufeinander – es war reiner Instinkt, der sie so handeln ließ –, testete die Luft darum herum und *drückte* und die Kieselsteine schossen wie Pistolenkugeln auf Vengeous zu. Er schickte Schatten, um sie abzufangen, und sie zerfielen zu Staub. Er zeigte auf Walküre und die Schatten warfen sich auf sie.

„So einfach ist das", lachte er.

Die Schatten wickelten sie ein, hoben sie hoch und trugen sie nach hinten, wo sie sie gegen die Mauer warfen. Sie spürte, wie die kalte Dunkelheit durch ihre Kleider drang, versuchte, sich zu bewegen, und konnte es nicht.

Skulduggery krachte neben ihr in die Wand und die Schatten machten auch ihn bewegungsunfähig. „Du bist nichts ohne diese Rüstung", sagte er, an Vengeous gewandt.

Der kam lächelnd herüber. „Ist das jetzt die Stelle, an der du mich verhöhnst? Meine Ehre beleidigst? Diese Rüstung ist eine Waffe, Ausbund der Abscheulichkeit. Ich werde kurz vor dem tödlichen Schlag kaum meine Waffe ablegen, nur um meinem Gegner eine faire Chance zu geben. Wenn mein Feind geschwächt ist, wird er vernichtet. So halten es die Dunklen Götter."

„Bitte bring mich nicht um!", flehte Walküre.

„Keine Angst, Walküre", sagte Skulduggery, „ich hole uns hier raus."

„Er holt dich nirgendwo raus", entgegnete Vengeous. „Du scheinst dich auf die falsche Seite geschlagen zu haben, meine Liebe."

„Dann *wechsle* ich die Seiten!"

Vengeous lächelte amüsiert. „Hörst du das, Ausbund der Abscheulichkeit? Mit dem Ernst der Lage konfrontiert, lässt deine Begleitung dich im Stich."

Skulduggery schüttelte den Kopf. „Walküre, hör mir zu …"

„Nein!", fauchte Walküre. „Willst du mir vielleicht erzählen, dass alles gut wird? Willst du mir vielleicht sagen, ich soll tapfer sein? Er bringt uns um! Baron, bitte, ich möchte nicht sterben! Lass mich beweisen, dass ich es ernst meine. Lass mich ihn umbringen!"

„Das würdest du tun?", fragte Vengeous. „Deinen Mentor umbringen? Ihn kaltblütig ermorden?"

„Es ist kein Mord, wenn jemand schon tot ist."

Vengeous überdachte den Vorschlag. „Das hat fast schon etwas Poetisches. Sehr wohl, Miss Unruh, du wirst diejenige sein, die ihn tötet."

Die Schatten zogen sich zurück und Walküre fiel zu Boden. Sie wischte sich mit dem Ärmel über die Augen und schaute Skulduggery an, der ziemlich kraftlos dahing.

„Wie willst du ihn umbringen?", fragte Vengeous.

„Ich glaube, ich weiß, wie", erwiderte sie. „Vor einiger Zeit hat er einmal etwas von einer schwachen Stelle gesagt."

Vengeous bedeutete ihr, zu ihm zu kommen, und sie trat unsicher an seine Seite.

Sie drehte sich zu Skulduggery um und hob die Hände. „Es tut mir leid", sagte sie.

Walküre schloss die Augen, krümmte die Finger und legte die Arme eng an den Körper. Die Luft um sie herum glitzerte und sie fuhr zu Vengeous herum, aber er schlug ihre Arme zur Seite und packte sie am Hals und hob sie hoch.

„Hast du wirklich gedacht, ich sei so naiv?" Er lachte, als sie nach der Rüstung trat. „Was für ein ungeschickter Versuch. Wenn das alles ist, was der Ausbund der Abscheulichkeit dir beigebracht hat, hättest du wirklich einen besseren Lehrer verlangen sollen."

Sie legte die Hände um sein Handgelenk, zog sich ein Stück höher und nahm damit einen Teil des Drucks von ihrem Hals. „Du bist ein Mann des Militärs", sagte sie, „du solltest eine Finte erkennen."

310

„Oh, *das* war es also? Du hast mich nur abgelenkt, damit du dich in die genau richtige Position bringen konntest, ja?"

„Ganz genau", antwortete sie. „Und jetzt kommt der Augenblick, an dem ich zum wirklichen Angriff übergehen und dich schlagen werde."

Wieder lachte er. „Nun, verzeih, wenn ich lache, Miss Unruh, aber du und welche Truppen?"

Walküre schenkte ihm ein Lächeln, löste eine Hand von seinem Handgelenk und zeigte hinter ihn.

„Diese hier."

Er drehte sich um, als China Sorrows hinter ihn trat.

KAMPF AUF LEBEN UND TOD

Chinas gesamter Körper war mit wirbelnden schwarzen Tattoos bedeckt.

Vengeous ließ Walküre fallen und sie sah, wie China einem Angriff auswich und identische Tattoos an ihren Schienbeinen berührte. Sie leuchteten grün unter ihren zerrissenen Hosen und dann war China nur noch ein verschwommener Fleck, der sich durch Vengeous' Schatten wand.

Er knurrte wütend und schlug nach ihr, doch sie war zu schnell und jetzt schon in seiner Deckung. Einige ihrer Tattoos glühten rot und sie packte ihn und schlug zu und Vengeous verlor den Boden unter den Füßen.

Seine Schatten waren zur Stelle und verhalfen ihm zu einer sanften Landung, dann schossen sie auf China zu. Sie legte die Handflächen aufeinander, die Tattoos dort berührten und vermischten sich und eine gelbe Barrikade baute sich auf. Die Schatten stemmten sich dagegen und China stöhnte, aber die Barrikade hielt stand.

Die Schatten um Skulduggery lösten sich langsam auf, da Vengeous' Aufmerksamkeit auf etwas anderes gerichtet war. Skulduggery konnte sich befreien und fiel zu Boden. Er kroch zu Walküre und packte ihren Arm.

„Wir müssen hier weg", sagte er eindringlich.

„Aber wir müssen China helfen –"

„Wir können ihn nicht aufhalten, er ist zu mächtig."

„Wir treten einfach den Rückzug an?"

„Wir treten nicht den Rückzug an, wir rücken nach rückwärts vor. Bleib immer dicht bei mir und mach dich so klein wie möglich."

Sie liefen zum Hauptgebäude. Walküre schaute zurück zum Kampfgeschehen und sah, wie sich eine Schattenwolke von hinten an China heranmachte und die Barrikade von dort angriff. Sie begann nachzugeben. China fiel auf ein Knie, die Handflächen immer noch aufeinandergepresst.

Walküre hielt sich an Skulduggery fest und die Luft kräuselte sich und sie schossen hinauf aufs Dach.

„Wir können sie doch nicht einfach im Stich lassen!", rief sie, als sie über die Ziegel liefen.

„Ganz meine Meinung", erwiderte Skulduggery, „aber wir können ihn nicht besiegen, solange er diese Rüstung trägt, das wissen wir jetzt. Wir müssen uns irgendetwas überlegen, wie wir ihm die Rüstung ausziehen."

„Was? Aber dazu müssen wir dicht an ihn heran und wir kommen nicht an den Schatten vorbei!"

„Richtig. Also müssen wir tricksen."

Sie sprangen auf der anderen Seite vom Dach, landeten neben dem Jeep und fanden, was Skulduggery suchte.

„Ah", sagte Walküre, „clever."

„Natürlich."

⁘

Walküre kroch übers Dach. Der Kampf war vorbei. Der Hof war übersät von bewusstlosen Sensenträgern, das Groteskerium versuchte immer noch, sich zu heilen, und China kniete verletzt auf dem Boden. Baron Vengeous stand hinter ihr und schaute auf seine Hände in der Rüstung.

„Mir ist schon klar, warum sich jemand für Totenbeschwörung entscheidet", sagte er. „Sie hat ihre Grenzen, sicher, aber allein der Kick, den es einem verschafft, wenn man sie gegen seine Feinde einsetzt … Es gibt kaum etwas Schöneres. Während des Krieges habe ich an der Seite von Vile gekämpft. Ich habe ihn nie gemocht. Er war irgendwie … anders. Er hatte Geheimnisse. Aber ich wusste, dass er mächtig war. Mir war nur nicht bewusst, *wie* mächtig. Natürlich nichts im Vergleich zu den Gesichtslosen, aber immerhin … sehr mächtig. Und jetzt habe ich diese Macht."

„Du spielst nicht …", murmelte China.

„Bitte? Ich habe dich nicht ganz verstanden."

Walküre ging gebückt weiter.

„Du spielst nicht in seiner Liga." China hatte wieder genügend Kraft zum Reden. „Vile war … etwas ganz Besonderes … Du trägst nur seine Rüstung."

„Ich übe seine Macht aus", sagte Vengeous. „Ich habe die Macht, Tote heraufzubeschwören."

„Die hast du nicht." China lachte und es klang spröde und so, als hätte sie große Schmerzen. „Du hast recht, Vile war anders. Er hätte mit seiner Macht die Welt … die Welt verändern können … Aber du, Baron? Du wüsstest doch nicht einmal, wo du anfangen solltest."

Das siegreiche Lächeln auf dem Gesicht des Barons war verschwunden. Er sammelte Dunkelheit in seinen Händen.

„Ich hätte dich schon vor Jahren umbringen sollen", sagte er.

Die Dunkelheit traf China und warf sie um und dann brach der Boden hinter Vengeous auf und Billy-Ray Sanguin schoss heraus. Skulduggery Pleasant klammerte sich an seinen Rücken und hielt ihm eine Pistole an die Schläfe.

Skulduggery stieß Sanguin weg, ließ die Pistole fallen und hatte Vengeous im Würgegriff, bevor dieser sich auch nur umdrehen konnte. Walküre sprang in dem Moment vom Dach und verlagerte die Luft unter sich, als Sanguin sich aufrichtete. Sie landete und konzentrierte sich, spreizte die Finger und er flog rückwärts durch die Luft.

Vengeous wehrte sich heftig, doch Skulduggery ließ nicht locker. Walküre hörte zwischen all den Flüchen ein leises Klicken und sah, wie die Brustplatte der Rüstung aufsprang und ein Nebel aus Dunkelheit hervorbrach.

Vengeous stieß ein wütendes Gebrüll aus und versuchte, sich loszureißen, doch Skulduggery hielt die Brustplatte mit eisernem Griff fest. Er riss daran und warf sie auf den Boden und Vengeous taumelte vorwärts. Aus dem Loch in der Rüstung floss immer noch Dunkelheit, aber sie versickerte in der Nacht.

Vengeous streckte eine Hand aus und die Schatten schlugen nach Skulduggery, doch sie waren stark geschwächt. Skulduggery drängte sie beiseite, trat vor Vengeous und versetzte ihm einen Fausthieb gegen das Brustbein. Vengeous keuchte und wankte und versuchte es erneut mit den Schatten, doch sie verfehlten Skulduggery dieses Mal völlig. Der Detektiv duckte sich unter Vengeous' Arm weg, fuhr mit dem Ellbogen an seinen Rippen entlang, zog den Arm kurz zurück und rammte ihn dem Baron dann in die Niere. Vengeous' Knie knickten ein und er stöhnte vor Schmerz.

Walküre sah aus dem Augenwinkel eine Bewegung und drehte sich in dem Moment um, als Sanguin in sie hineinprallte. Sie stürzte, er stellte sich über sie und wollte sie packen und sie boxte ihm seitlich gegen das Knie. Es tat ihr weh, aber ihm noch mehr, und sie rollte herum und richtete sich auf, doch er ergriff sie und legte ihr die Hände um den Hals.

Sie boxte ihn in den Bauch, versetzte ihm einen Kinnhaken, aber er schüttelte sich nur und grinste und verstärkte den Druck seiner Finger. Sie boxte ihm mit aller Kraft auf die Nase und er heulte auf und sie ergriff seinen kleinen Finger und bog ihn um und er heulte erneut und ließ los. Sie trat ihm in die Leiste und er keuchte und wollte sie wieder packen, doch dann setzte der Schmerz ein und er krümmte sich.

Vengeous bekam Skulduggery zu fassen und in seiner Umklammerung wären einem Mann mit Muskeln und Sehnen die Muskeln und Sehnen gerissen, doch Skulduggery wand sich heraus und brachte seine Ellbogen zum Einsatz. Wie Kugeln trafen sie auf Vengeous' Gesicht und Körper.

Sanguin wollte sich stöhnend aufrichten, als Walküre

ihn von hinten packte und ihm sein eigenes Rasiermesser an die Kehle drückte.

„Da ist es also", sagte er und versuchte, vor der Klinge zurückzuweichen, doch Walküre hielt ihn fest.

„Komm gar nicht erst auf die Idee, deinen Verschwindibus-Trick anzuwenden", warnte sie. „Sobald ich sehe, dass der Boden Risse bekommt, bist du tot."

Ein trockenes Lachen kam über seine Lippen. „Du kannst mich nicht umbringen, Darling. Du gehörst doch zu den Guten. Es wäre Mord."

Sie verstärkte den Druck mit der Klinge. „Du kannst es ja darauf ankommen lassen."

Sie schaute auf und sah gerade noch, wie Vengeous seinen Dolch vom Boden aufhob. Die Klinge blitzte auf, Skulduggery hob die rechte Hand, um sie abzuwehren, und sie fuhr durch seinen Oberarm.

Er schrie auf und taumelte rückwärts und der abgetrennte Arm im Jackenärmel fiel zu Boden. Vengeous trat zu, Skulduggery brach zusammen und Vengeous stellte sich mit erhobenem Dolch über ihn.

„Baron!", rief Walküre. Er schaute zu ihr herüber, der Dolch stand in der Luft. „Lass das Messer fallen!"

Vengeous lachte. „Sonst passiert was? Wirst du Sanguin sonst die Kehle durchschneiden? Nur zu!"

„Das ist kein Witz. Ich tu's."

„Ich glaube dir."

„Ich tue alles, was du willst", versprach Sanguin. „Ich gehe. Ich komme nie mehr zurück, du wirst mich nie mehr wiedersehen, ich schwöre es."

Vengeous schaute leicht angewidert drein. „Kannst du

nicht wenigstens einigermaßen in Würde zu sterben versuchen, du gottloser Hund?"

„Halt die Schnauze, Alter!", rief Sanguin.

Vengeous lachte. „Schau mal nach oben, Mädchen, es ist fast so weit."

Walküre schaute hinauf zu dem wolkenlosen Himmel, dem vollen Mond. Der Schatten der Erde lag fast vollständig über ihm.

„Spürst du es schon?", fragte Vengeous. „Die Welt steht kurz vor der großen Veränderung."

Walküre spürte, wie sich eine Hand auf ihre legte, dann gab es einen Ruck und sie flog über Sanguins Schulter und landete auf dem Boden. Das Rasiermesser war ihr aus der Hand geglitten. Sie rollte herum, bereit, sich zu verteidigen, doch Sanguin erfasste die Situation mit einem Blick, schaute sie an, steckte das Rasiermesser in die Tasche und versank in der Erde.

Vengeous lächelte, dann blickte er auf Skulduggery hinunter. „Bald ist die Mondfinsternis da, Ausbund der Abscheulichkeit. Die Gesichtslosen kommen zurück. Alles, was ich mir vorgenommen habe, alles, wovon ich geträumt habe, erfüllt sich. Du hast verloren."

„Noch nicht", murmelte Skulduggery.

„Was willst du tun?", höhnte Vengeous. „Hast du noch eine schlaue Überraschung für mich im Ärmel? Aber sei vorsichtig, du hast nur noch einen."

„Dann schreiten wir jetzt zum nächsten Trick", begann Skulduggery – und hielt inne. „Oh, verdammt, ich habe überhaupt keine Lust, mir noch eine geistreiche Bemerkung zu überlegen. Walküre."

Walküre schnippte mit den Fingern und warf einen Feuerball. Er traf Vengeous in die Brust und die Kleider, die er unter der Rüstung trug, fingen Feuer. Vengeous fluchte und erstickte die Flammen mit den Schatten. Die Pistole schlitterte über den Boden in Skulduggerys linke Hand und er feuerte ein paar Schüsse ab.

Der Dolch landete auf der Erde. Blut tropfte aus Vengeous' verbrannter Brust. Der Baron konnte nur noch in Skulduggerys leere Augenhöhlen starren.

„Aber ... aber so hatte ich nicht vor zu sterben", sagte er mit schwacher Stimme. „Nicht ... so. Nicht von deiner Hand. Du bist ... du bist ein Ausbund der Abscheulichkeit."

„Ich bin noch viel mehr", erwiderte Skulduggery und ließ die Pistole sinken.

Vengeous taumelte rückwärts. Er sah Walküre und packte sie, doch er hatte keine Kraft mehr.

Sie stieß ihn weg und er fiel um.

Er kroch zum Groteskerium.

„Sag ihnen, dass es mir leidtut", flüsterte er. „Ich habe sie enttäuscht ..."

Das Groteskerium legte eine Hand auf Vengeous' Gesicht. Es war fast eine zärtliche Geste, bis die Hand zupackte und drückte. Es gab einen Knacks und der Kopf des Barons fiel zur Seite und der Körper wurde schlaff.

Das Groteskerium rappelte sich auf. Der letzte helle Mondstreifen schlüpfte unter den Schatten der Erde. Es stand und auch wenn es unsicher wirkte, es fiel nicht um.

Skulduggery versuchte, sich aufzurichten, doch es ge-

319

lang ihm nicht. Er schnippte mit den Fingern, aber kein Funke erschien. „Feuerball", sagte er zu Walküre. Seine Stimme klang gepresst, leise. „Schicke einen Feuerball in die Luft. Es ist unsere letzte Chance."

Sie runzelte die Stirn, verstand nicht, weshalb er es von ihr verlangte, tat es aber trotzdem. Ihr Daumen drückte auf den Mittelfinger und mit einem Klick schnalzte der Mittelfinger nach unten. Durch die Reibung entstand ein Funke, sie fing ihn ein und auf der Handfläche wurde eine Flamme daraus. Sie blies ihre ganze Energie hinein, die Flamme wuchs, Walküre drückte die Schulter nach unten, um Schwung zu holen, und dann warf sie den Feuerball in die Luft. Er stieg kerzengerade in den Nachthimmel, loderte am höchsten Punkt hell auf und verglühte dann zu nichts. Sie schaute wieder auf Skulduggery hinunter.

„Das sollte reichen", murmelte er und ließ sich zurücksinken.

„Was mache ich jetzt?", fragte Walküre, erhielt aber keine Antwort.

Sie hob Taniths Schwert auf und schaute hinüber zum Groteskerium.

„Hey", sagte sie. Es drehte sich zu ihr um. Ihr Mund wurde trocken und sie brachte keinen Ton mehr heraus. Alle anderen lagen am Boden. Sie war ganz allein.

„Ich habe dich überschätzt", kam eine Stimme von hinten und Walküre drehte sich um. Die Qual kam auf sie zu, wobei er es vermied, auf die am Boden liegenden Sensenträger zu treten. „Ich habe euch alle überschätzt. Ich dachte, ihr wärt in der Lage, das alleine zu regeln."

Der Feuerball. Es musste ein Signal gewesen sein, das die letzte Reserve, die sie noch in der Hinterhand hatten, auf den Plan rief. Walküre fragte sich kurz, worauf Skulduggery sich wohl hatte einlassen müssen, damit die Qual ihm ihre Hilfe zugesagt hatte. Etwas Nettes war es bestimmt nicht gewesen, da war sie sich sicher.

„Geh", sagte der alte Mann. „Ich mag nicht in deiner unmittelbaren Nähe sein. Geh, damit ich mich mit dieser Kreatur befassen kann."

„Ich gehe nirgendwohin", erwiderte Walküre krächzend.

„Dann stell dich wenigstens dort drüben hin", schnauzte er sie an, „damit ich deine Schweinerei beseitigen kann."

„*Meine* Schweinerei?"

„Dieses Monstrum wäre nicht zum Leben erwacht, wenn du nicht gewesen wärst und das Blut, das in deinen Adern fließt. Dein ganzes Dasein ist eine Gefahr für jedes lebende Wesen auf diesem Planeten."

Walküre hatte weder Zeit noch Lust, sich auf eine Auseinandersetzung einzulassen, aus der sie nie als Siegerin hervorgehen konnte. Also zog sie sich zurück. Sie schaute zu, als dem alten Mann die pechschwarze Flüssigkeit aus Augen, Ohren, Nase und Mund troff. Sie sah, wie seine Arme und Beine schwarz wurden und in die Länge wuchsen und die zusätzlichen Spinnenbeine sich durch sein ohnehin schon zerrissenes Hemd bohrten. Sie sah, wie sich mitten auf seiner Stirn ein drittes Auge öffnete und sein Körper sich vom Boden hob, und sie sah, wie die Spinnenqual mit einem erbarmungslosen Blick auf das Groteskerium hinunterschaute.

„Hallo, Monster", sagte er und spuckte Schwärze.

Die Schwärze fiel auf das Groteskerium und es kam ins Straucheln, als sie immer mehr wurde und sich in Spinnen verwandelte. Das Groteskerium wich zurück. Die Spinnen waren überall auf seinem Körper und griffen geschlossen an.

Das Groteskerium erwischte eine davon und zerquetschte sie in seiner gewaltigen rechten Hand. Die Spinnenqual wuselte hinter ihm her, holte mit einem Vorderbein aus und zog ihm eins über den Rücken. Es stürzte und brachte die Spinnen, auf die es fiel, zum Platzen. Die Spinnenqual trat zu. Die Klauen zweier Beine bohrten sich in das Groteskerium und nagelten es am Boden fest.

Und dann war es verschwunden und die Luft über der Spinnenqual brach auf und das Groteskerium fiel ihm auf den Rücken. Die Spinnenqual stellte sich auf die Hinterbeine und versuchte, den Angreifer abzuschütteln, doch jetzt hatte das Groteskerium ihn in seinem Griff. Walküre sah den Stachel herausschießen, doch mit seiner abgebrochenen Spitze prallte er, ohne Schaden anzurichten, von den Panzerplatten der Spinnenqual ab.

Die Spinnenqual fluchte und Panik verwandelte die Flüche in Schreie. Der rechte Arm des Groteskeriums rollte sich ab, die einzelnen Stränge wickelten sich um den Hals der Qual und zogen ihn nach hinten, sodass sie sich noch weiter auf den Hinterbeinen aufrichten musste. Die Spinnenqual stolperte über die Leichen einiger Sensenträger, das Groteskerium zog mit einem kräftigen Ruck und sie fiel hintenüber und alle acht Beine kickten in die Luft. Das Groteskerium kam nur langsam wieder hoch, doch es kam hoch, während es der Spinnenqual nicht gelang, sich auf die Seite zu rollen.

„Hilfe!", kreischte die Spinnenqual.

Walküre spürte das Schwert in ihrer Hand. Wenn sie beim Groteskerium war, bevor es sich vollends aufgerichtet hatte, hatte sie vielleicht eine Chance. Aber ihre Beine wollten ihr nicht gehorchen.

Die Qual schrumpfte. Die Spinnenbeine zogen sich in den Körper zurück, die gewöhnlichen Arme und Beine der Qual kamen wieder zum Vorschein und die Schwärze wurde von den Poren der Haut aufgesogen. Walküre beobachtete den Wettlauf zwischen der Qual, die versuchte, ihre menschliche Gestalt anzunehmen, um aufstehen zu können, und dem Groteskerium, das sich auf ein Knie stützte und ebenfalls aufzustehen versuchte.

Das Groteskerium war drei Sekunden schneller. Es blickte auf die Qual hinunter, jetzt ein blasser alter Mann, der hilflos zu seinen Füßen lag. Die gewaltige rechte Hand griff nach unten, packte den alten Mann an den langen Haaren und ließ ihn über dem Boden baumeln. Die Qual stöhnte.

Walküre schaute auf ihr rechtes Bein und versuchte, es durch Willenskraft dazu zu bringen, dass es sich bewegte. Ein Schritt. Sie brauchte nur einen Schritt zu schaffen, den ersten, alles andere würde sich ergeben.

Ihr Bein bewegte sich. Sie machte den Schritt.

Das Groteskerium schwenkte den Arm und Walküre hörte ein entsetzliches Geräusch. Dann flog die Qual durch die Luft. Das Groteskerium ließ die Haare mit dem Stück Kopfhaut, die es noch in der Hand hielt, fallen und drehte sich zu Walküre um, als diese mit dem Schwert vorpreschte und es ihm über den linken Arm zog. Es wollte sie packen, doch sie duckte sich weg, wirbelte herum und führte das Schwert, wie Tanith es ihr beigebracht hatte. Die Klinge fuhr dem Groteskerium in die Seite und riss sie auf.

Walküre sprang zurück, das Schwert in beiden Händen, und blickte auf die Wunde, die sie soeben geschlagen hatte. Das auseinanderklaffende Fleisch versuchte zusammenzuwachsen, zu heilen, doch es tat sich nichts.

Das Groteskerium knurrte.

Sein rechter Arm wickelte sich ab und kam auf sie zu. Einer der Muskelstränge schlang sich um ihren Knöchel und zog sie von den Beinen. Sie stürzte und die übrigen Stränge schossen auf sie zu. Eine Klaue riss ihr die Wange auf und Sekunden später spürte sie ihr eigenes warmes Blut über ihr Gesicht laufen.

Sie richtete den Oberkörper auf und das Schwert durchschnitt den Strang um ihren Fußknöchel. Das Groteskerium wich zurück, die Stränge wickelten sich wieder zum Arm auf. Der Mittelfinger fehlte.

Walküre sprang auf, ließ die Klinge schräg über die Brust des Groteskeriums sausen und hackte Teile der hervorstehenden Rippen ab.

Beim nächsten Hieb war die linke Hand des Groteskeriums dran. Sie fiel zu Boden.

Das Groteskerium wich zurück, dabei wedelte es mit den Armen, um sich Walküre vom Leib zu halten. Sie wartete ihre Chance ab und preschte vor. Das Schwert fuhr in den kaputten Brustkasten und das Groteskerium erstarrte. Walküre packte den Griff mit beiden Händen und bog ihn nach unten, damit die Spitze das Herz erreichte. Dann rammte sie es weiter hinein und drehte. Das Groteskerium brüllte.

Der Schrei traf sie wie ein Faustschlag und aus den Wunden des Groteskeriums quoll Dunkelheit. Sie drang in Walküre ein, woraufhin ihre Beine nachgaben und sie zu Boden stürzte. Sie spürte, wie die Dunkelheit sich in ihr ausbreitete und ihren ganzen Körper mit Schmerz erfüllte. Ihr Rückgrat tat weh. Bilder schossen ihr durch den Kopf, Bilder von damals, als sie ähnliche Qualen ausgestanden hatte. Sie sah Serpine, der auf sie zeigte. Dann die grünen Augen. Sie verloschen und sein Körper zerfiel zu Staub.

Ihre Muskeln begannen zu krampfen, sie würgte und wollte weinen.

Und dann wich die Dunkelheit von ihr und sie öffnete die Augen. Durch die Tränen hindurch sah sie alles noch verschwommen, aber die Dunkelheit entfernte sich von ihr, stieg auf in die Luft und löste sich allmählich auf.

Sie rang keuchend nach Atem.

„Alles in Ordnung?", hörte sie Skulduggery aus weiter Ferne fragen.

Sie hob den Kopf. Das Groteskerium lag reglos auf der Erde. Kleinere Schwaden Dunkelheit stiegen noch von seinem Körper auf.

Sie rollte herum und stützte sich auf einen Ellbogen. „Autsch", stöhnte sie, „das tut weh."

Skulduggery kam langsam herüber. Er hatte seinen abgetrennten Arm aufgehoben und streckte ihn ihr hin.

„Hier", sagte er, „nimm meine Hand."

Sie zog es vor, nicht auf diesen makabren Scherz einzugehen, und ließ es zu, dass er ihr aufhalf. Als sie ihre Wange abtastete, spürte sie, dass die Wunde immer noch blutete. Die Wange war taub, aber sie wusste, das ging vorbei. Dann würde der Schmerz kommen.

„Wir sind nicht tot", sagte sie.

„Natürlich nicht. Ich bin zu clever, um zu sterben, und du bist zu hübsch."

„Ich *bin* hübsch", erwiderte Walküre und brachte ein Lächeln zustande.

„Du liebe Zeit", ertönte eine vertraute Stimme hinter ihnen.

Sie drehten sich um.

„Seht nur, was ihr angerichtet habt", sagte Sanguin und schüttelte in gespieltem Ernst den Kopf. „Ihr habt unsere hinterhältigen Machenschaften durchkreuzt. Ihr seid siegreich und triumphierend aus der Geschichte hervorgegangen. Seid verflucht, Weltverbesserer, seid verflucht."

„Du scheinst nicht allzu traurig darüber, dass du verloren hast", meinte Walküre.

Er lachte, nahm seine Sonnenbrille ab und putzte sie mit einem Taschentuch. „Wie? Glaubst du etwa, das ist vorbei? Glaubst du wirklich, die Sache ist ausgestanden? Sie hat grad erst *angefangen*, Schätzchen. Aber keine Bange, wir sehn uns bald wieder, wirklich sehr bald. Bis dahin passt auf euch auf, ja?"

Als der Boden unter seinen Füßen Risse bekam, setzte er die Sonnenbrille wieder auf. Kurz bevor er verschwand, warf er Walküre noch einen Handkuss zu.

Nachdem sie sicher waren, dass er nicht wieder auftauchen würde, schauten Skulduggery und Walküre sich an.

„Der Plan hat funktioniert", meinte er.

„Skulduggery, der Plan, den du hattest – und jetzt zitiere ich –, war: ‚*Wir gehen möglichst dicht heran und dann warten wir ab, was passiert.*'"

„Und wennschon", erwiderte er. „Ich denke, die ganze Sache ist ziemlich wunderbar gelaufen."

BILLY-RAY SANGUINS
AUFTRAGGEBER

Billy-Ray Sanguin saß im Schatten und beobachtete die hübschen Mädchen, die vorbeigingen.

Der Platz war voller Leute, Geplauder und dem herrlichen Duft nach gutem Essen. Es war ein wundervoller Tag und er befand sich in der auf einer Anhöhe liegenden und von einer Mauer umgebenen Stadt San Gimignano. Vor ihm stand ein gut gemachter Cappuccino.

Zwei hinreißende Italienerinnen gingen vorbei, schauten ihn an und kicherten. Er lächelte und sie kicherten noch mehr.

Ein Mann setzte sich zu ihm an den Tisch und sagte: „Benimm dich."

Sanguin grinste. „Ich bewundere nur die Aussicht."

Der Mann legte einen Umschlag auf den Tisch und schob ihn mit einem manikürten Finger zu Sanguin hinüber.

„Dein Honorar", sagte er, „für einen sauber ausgeführten Job."

Sanguin schaute in den Umschlag und leckte sich unbewusst über die Unterlippe, bevor er den Umschlag in die Tasche seines Jacketts steckte.

„Dann hat es also funktioniert?"

Der Mann nickte. „Hat Vengeous etwas geahnt?"

„Nicht das Geringste." Sanguin grinste spöttisch. „Guy war so mit sich selbst beschäftigt, dass er gar nicht auf die Idee kam, er könnte ausgenutzt werden. Nicht eine Sekunde lang hat er dran gedacht."

„Er war einmal ein verlässlicher Verbündeter", sagte der Mann traurig.

„Und doch haben Sie ihn, ohne zu zögern, für sich und Ihre kleine Gruppe geopfert."

Der Mann blickte ihn an und Sanguin zwang sich, nicht wegzuschauen. „Die Diablerie musste im Verborgenen bleiben", sagte der Mann. „Es steht zu viel auf dem Spiel, als dass wir riskieren könnten, so früh schon entdeckt zu werden. Jetzt, wo das Groteskerium seinen Zweck erfüllt hat, hat es mit der Heimlichtuerei allerdings bald ein Ende."

„Sie haben gewusst, dass Vengeous keinen Erfolg haben würde, stimmt's?"

„Ganz und gar nicht. Und wir haben alles, was in unserer Macht stand, getan, um ihm zu helfen."

„Ich kapier das nicht." Sanguin beugte sich etwas vor. „Das Groteskerium hat kein Portal geöffnet. Es hatte nie die Chance, die Gesichtslosen zurückzubringen. Ist … ich meine, ist Ihr Plan nicht gescheitert?"

„Der Plan des Barons ist gescheitert. Unserer noch lange nicht."

„Ich verstehe nicht … Wie das?"

Der Mann lächelte. „Es hat sie gerufen. Die Gesichtslosen haben seinen Todesschrei gehört. Unsere Götter waren über Jahrtausende hinweg verschwunden, außer-

halb unserer Realität verbarrikadiert, sodass sie den Weg zu uns nicht finden konnten. Jetzt wissen sie, wo wir sind." Damit erhob sich der Mann und knöpfte sein Jackett zu. „Sie kommen, Billy-Ray. Unsere Götter sind auf dem Heimweg. Wir müssen nur eines: bereit sein, damit wir ihnen die Tür öffnen können."

Der Mann ging davon und wurde von der Menge verschluckt. Ein paar Augenblicke später sah Sanguin ihn, als sich eine Lücke auftat, kurz bei einer Frau stehen. Dann schloss die Lücke sich wieder und die beiden waren verschwunden.

Sanguin ließ seinen Cappuccino kalt werden. Früher hatte er die Gesichtslosen verehrt, doch vor achtzig Jahren hatte er erkannt, dass es ihm nicht sonderlich gefallen würde, wenn sie zurückkämen und die Macht übernähmen. Aber ein Job war immer noch ein Job und er ließ nicht zu, dass seine eigenen politischen oder religiösen Überzeugungen ihm dabei einen Strich durch die Rechnung machten. Und außerdem bezahlte die Diablerie gut. Seine Hand wanderte zu seiner Jackentasche, zu dem schmalen Umschlag, der dort steckte, und alle Bedenken verflüchtigten sich. Er stand auf und ging in die Richtung, in die auch die beiden hübschen Italienerinnen von eben gegangen waren.

SCHLIMME SACHEN

Die Hitzeperiode war zu Ende und in der Nacht kam der Regen. Walküre setzte sich an den Pier, ihr Mantel glänzte vor Nässe. Es war nicht der schwarze Mantel, der ihr immer wieder das Leben rettete. Der, den sie im Augenblick trug, war dunkelblau und hatte eine Kapuze, die sie über den Kopf gezogen hatte. Ihre Jeans war klatschnass. Es störte sie nicht.

Zwei Tage war es jetzt her, dass sie auf dem Krankenhausgelände mit gemeinsamen Kräften gegen Baron Vengeous und das Groteskerium gekämpft hatten, und trotz Kenspeckels wissenschaftlicher Magie tat ihr noch alles weh. Ihre aufgerissene Wange war geheilt, nicht einmal eine Narbe war zurückgeblieben und auch die anderen Wunden und blauen Flecken waren auf wundersame Weise verschwunden, doch sie fühlte sich müde und steif. Aber sie lebte, deshalb klagte sie nicht, wenn etwas wehtat – sie war einfach nur froh, dass sie überhaupt noch etwas spüren konnte.

In Haggard war alles ruhig; die Leute schliefen. Das Wasser schlug gegen den Pier, als wollte es ihn versetzen, vielleicht packen und in die Tiefe ziehen. Die Luft war kühl und Walküre atmete sie ein, tief und langsam. Sie schloss die Augen nicht, sondern hielt den Blick auf die See gerichtet, bis sie den Wagen hörte.

Der Bentley hielt und die Scheinwerfer verloschen. Skulduggery stieg aus und kam mit wehendem Mantel zu ihr herüber. Der Regen lief über den Rand seines Hutes und tropfte auf seine Schultern.

„Hältst du immer noch Wache?", fragte er.

Walküre zuckte die Schultern. „Nicht alle von Dusks Vampiren wurden zur gleichen Zeit infiziert. Der eine oder andere war vielleicht erst ganz frisch gebissen worden, sodass das Wasser ihn nicht umgebracht hat. Wenn mich bis morgen Nacht nichts anspringt, glaube ich, dass alle tot sind."

„Und dann schläfst du?"

„Ich verspreche es." Sie schaute zu ihm auf. „Was macht dein Arm?"

Er zeigte ihr seine rechte Hand und bewegte die Finger im Handschuh. „Hängt wieder an Ort und Stelle und funktioniert bald wieder wie vorher, dank Kenspeckel. Wir haben ein paar harte Tage hinter uns."

„Das kannst du laut sagen."

„War Tanith schon bei dir?"

Walküre nickte. „Sie kam auf dem Weg zum Flughafen vorbei und hat mir erzählt, dass Mr Bliss sich um das Groteskerium kümmern wird, es auseinandernimmt und so."

„Es auseinandernimmt, zerlegt in seine sämtlichen Einzelteile, dann zerhackt, verbrennt und die Asche in alle Winde verstreut. Man kann mit Fug und Recht behaupten, dass das Groteskerium nicht zurückkommen wird.

Oder falls es doch zurückkommt, dann in sehr, sehr kleinen Teilen."

„Und Viles Rüstung?"

Skulduggery zögerte. „Die hat Thurid Guild. Er will sie offenbar irgendwo verstecken, damit nie mehr jemand etwas Böses damit anrichten kann."

„Glaubst du ihm?"

„Ich glaube, er will sie verstecken, bis er Verwendung dafür hat."

Walküre erhob sich und stand nun neben ihm. „Bist du noch gefeuert?"

„Ja."

„Aber begreifen sie denn nicht, dass es in erster Linie *seine* Gier und *seine* Dummheit waren, die Vengeous zur Flucht verholfen haben?"

Skulduggery legte den Kopf schief. „Wer sind *sie*? Es *gibt* keine *sie*. Guild ist der Großmagier – er hat das Sagen. Es gibt keinen, der den Wachmann bewacht, Walküre."

„Es gibt uns."

Er lachte. „Ja, wahrscheinlich."

Ein Windstoß wehte ihr die Kapuze vom Kopf. Sie setzte sie nicht wieder auf. „Und was willst du jetzt tun?"

„Ich tue das, was ich schon immer getan habe – ich kläre Verbrechen auf und rette die Welt, in der Regel in allerletzter Sekunde. Obwohl es dieses Mal zugegebenermaßen du warst, die die Welt gerettet hat. Gut gemacht, übrigens."

„Danke."

„Wir werden klarkommen. Es wird zwar nicht so einfach sein, wenn wir nicht mehr auf die Mittel des Sanktuariums zurückgreifen können, aber wir schaffen das. Hier ist etwas Größeres am Werk. Es ist noch nicht vorbei."

Das Haar klebte ihr am Kopf und der Regen lief ihr in Strömen übers Gesicht. „Sanguins mysteriöse Auftraggeber."

„Genau. Jemand arbeitet hinter den Kulissen, versucht, möglichst nicht ins Rampenlicht zu treten. Aber ich fürchte, dass diese Phase bald vorbei ist, und wir müssen bereit sein für das, was als Nächstes kommt – was immer es ist." Er schaute sie an. „Auf uns warten viele schlimme Dinge, Walküre."

„Das scheinen die schlimmen Dinge so an sich zu haben."

Bei dem Wind und dem Regen hätte sie es fast nicht gespürt, doch sie sah, wie Skulduggery den Kopf zur Seite legte, und lotete aus, was die Luft ihrer Haut brachte. Die Luftströme veränderten sich ständig, doch dahinter lag ein Raum, an dem die Luft zerrte, so wie die See am Pier zerrte.

Sie drehten sich langsam um und sahen den Vampir. Seine Arme waren sehnig und unter der nassen weißen Haut waren die Adern überdeutlich zu sehen. Er war hungrig, brauchte Nahrung und hatte Schwierigkeiten beim Atmen. Aber er hatte überlebt und hielt nun nach seinem ersten Opfer Ausschau. Er bleckte die Zähne; die schwarzen Augen waren nur noch Schlitze. Muskeln spielten.

Er kam durch den Regen auf sie zu und Skulduggery zog in einer blitzartigen Bewegung die Pistole aus seinem Mantel. Walküre entfachte eine Flamme in ihrer Hand und stellte sich, wieder einmal, auf einen Kampf ein.

E N D E

Skulduggery Pleasant
Band 3 bis 5 im Hardcover

Band 3, ISBN 978-3-7855-6002-0

Band 4, ISBN 978-3-7855-7077-7

Band 5, ISBN 978-3-7855-7130-9